Unerwartete Lust

Zwischen Liebe und Lust

#ZwischenLiebeUndLust

#1 Unerwartete Lust
ISBN 978-3735719225

#2 Temperamentvolle Leidenschaft
ISBN 978-*3734769986*

#3 Unendliche Begierde
Januar 2016

#4 Temperamentvolle Leidenschaft
September 2016

#5 Harte Spiele
April 2017

Don Ramirez

Unerwartete Lust

Zwischen Liebe und Lust

Eine erotische Autobiographie

Bibliografische Information der Deutschen Nationalbibliothek:

Die Deutsche Nationalbibliothek verzeichnet diese Publikation in der Deutschen Nationalbibliografie; detaillierte bibliografische Daten sind im Internet über http://dnb.dnb.de abrufbar.

Vollständige Erstausgabe 9/2014, 3. Auflage 8/2015
Ereignisse aus den Jahren 1998 - 2001
Titelbild: artem_furman / Shotshop.com

Internet: www.geiles-zur-nacht.com
Facebook: www.facebook.com/GeilesZurNacht
Twitter: www.twitter.com/donramieres

Herstellung und Verlag:
BoD – Books on Demand, Norderstedt

ISBN: 978-3-7357-1922-5

Vorwort

"Ein Leben ohne Frauen ist wie eine Nacht ohne Träume"

Don Ramirez

Seit über 10 Jahren schreibe ich meine sinnlichen Erlebnisse auf.

Inzwischen wissen die Frauen, mit denen ich erotische Erfahrungen teile, dass sie danach von mir in meinen Geschichten verewigt werden. Sie haben Sex mit mir in dem Bewusstsein, später zu einer literarischen Figur zu werden.
Die erste Frage, die mir immer begegnet, wenn ich jemand kennenlerne und davon erzähle: Wie bist du denn auf die Idee gekommen?

Ich möchte Dir diese Frage gleich zu Beginn beantworten.

Vor sehr lange Zeit bekam ich eine wahre erotische Geschichte von einer Freundin zugeschickt.
Ich war zu der Zeit noch recht jung, hatte erst eine Freundin gehabt und meine erste Reaktion war ein kopfschüttelndes Grinsen. Ich stellte mir die Frage: Wie konnte sie nur?
Aber ich verschlang ihre Erlebnisse und schrieb bald darauf meine erste Geschichte.

Wünsche und Bedürfnisse in fiktive Geschichten zu verpacken, ist sicherlich eine Variante, erotische Geschichten zu schreiben. Fast alles ist perfekt – und wenn dem nicht so ist, stellen wir später fest, dass es in der jeweiligen Erzählung dafür einen Grund gibt.

In meinen Erlebnissen ist nicht alles perfekt, sind sie doch aus dem wahren Leben, aus meinem Leben. Aber immer wieder höre ich von Lesern und Leserinnen, dass gerade diese Authentizität so sympathisch ist. Und vielleicht bringe ich Dich ja auf die ein oder andere realistische Idee?

Nun möchte ich Dich aber nicht weiter auf die Folter spannen.

Ich wünsche Dir viel Spaß beim Lesen!

Dein Don

Prolog

Es war der 21. Dezember 2012. An diesem Tag sollte es mit der Welt zu Ende gehen. Während andere für den Abend eine Weltuntergangsparty besuchten, hatte sich unsere Firma entschieden, eine Weihnachtsfeier zu veranstalten. Meine Begeisterung dafür hielt sich stark in Grenzen. Ich hätte diesen Abend lieber anders verbracht, im Bett mit einer Frau. Da ich aber meine Arbeit und mein Vergnügen trennte, gab es für diesen Abend keine Frau in meinen Armen. So dachte ich zumindest. Aber wie der Zufall es wollte, sollte sich in dieser Nacht noch eine nette Gelegenheit bieten.

Denise trat wieder in mein Leben.
Manchmal dauert es, bis sich Wünsche erfüllen. Manche Wünsche hat man in der langen Zeit schon längst wieder vergessen. Es gab eine Phase, in der ich lange vergeben war. 1 1/2 Jahre war ich damals mit Phebey zusammen. Zu dieser Zeit lernte ich auch Denise und ihre beste Freundin kennen. Ich bekam damals sogar einen Dreier angeboten. Aber ich war vergeben und so entschied ich mich, die Beziehung nicht für einen One-Night-Stand aufs Spiel zu setzen. Ein paar Jahre später hatten Denise und ich wieder Kontakt. Dieses Mal war es umgekehrt. Denise war vergeben und so vergingen weitere Jahre ohne Kontakt.
Vor etwa sechs Wochen sah ich Denise zufällig in der ICQ Liste und schrieb sie einfach an. Ganz ehrlich? Ich klickte

das Fenster wieder weg und rechnete gar nicht damit, dass etwas zurückkommen würde.

Aber Denise schrieb zurück. Es waren natürlich zuerst die üblichen Fragen, die man sich nach so langer Zeit stellt. Was machst du? Wo wohnst du? Bist du Single?

Als wir beide wussten, dass wir solo waren, fingen wir automatisch an zu flirten. Wir schrieben per Handy und machten aus, unser Vorhaben von früher nachzuholen.

Sie wollte mich besuchen kommen und ein Wochenende mit mir verbringen. Wir einigten uns für das Treffen auf das vorletzte Wochenende vom Dezember. Denise ging das ganze Thema genauso forsch an wie ich. Sie war schon früher sehr offen gewesen, hatte sie doch immer meine erotischen Erlebnisse gelesen, die ich auf meinem Blog postete. Es gab sogar ein Fansign von Denise. Es war ein Foto von ihren nackten Brüsten mit dem Schriftzug »I like Don«.

Unsere Neugierde aufeinander wurde von Tag zu Tag größer. Irgendwann gestand ich Denise, dass ich nicht mehr der liebe Sonnyboy von nebenan war, den sie von früher kannte. Das störte sie herzlich wenig. Es war ihr sogar recht, dass ich jetzt eher herrisch war und meine dominante Art entdeckt hatte. Sie wollte geführt und gefesselt werden. Das war ganz nach meinem Geschmack.

Denise verlieh ihren devoten Forderungen noch Nachdruck. Sie schrieb mich mit »Sir« an. So hatte ich es gerne. Zu diesem Zeitpunkt war sie die Vierte im Bunde: Alina, Annika und Isabel waren ebenfalls meine devoten Gespielinnen.

Seitdem ich vor zwei Jahren meine dominante Ader entdeckt hatte, hatte sich sehr viel verändert. Frauen wie Denise, die vorher nie über ihre Neigungen sprachen, wollten diese nun mit mir ausleben. Ich lernte dadurch noch mehr Frauen kennen. Der Anteil der Frauen, die vergeben waren und sich mit mir für einen Seitensprung einließen, hatte sich ebenfalls erhöht. Nicht zu vergessen der »Shades of Grey«-Faktor, der mir zusätzlich in die Karten spielte. Viele Frauen wollten seit diesen Romanen gerne ihre devote Seite entdecken.

Früher hatte ich schon viel probiert, viel erlebt und einige Beziehungen gehabt. Auf der Suche nach »Miss Right« erlebte ich schon viele, manchmal auch sehr kuriose Abenteuer. Aber nicht immer stellten sich meine Dates innerhalb von ein paar Wochen ein. Manchmal wartete ich geduldig Monate oder Jahre. Manche Dinge brauchen trotzdem einfach ihre Zeit, genauso wie es sich mit guten Weinen verhält.

Das Treffen mit Denise rückte näher und ich bekam von ihr immer wieder neue Fotos geschickt. Je näher unser Date kam, umso versauter wurden ihre Fotos. Denise überraschte mich auch mit einem Bild von ihrem Intimpiercing. Das bekam ich fortan nicht mehr aus meinem Kopf, denn wenn mich eines fasziniert, ist es eine hübsche, rasierte Pussy, die darauf wartet, geleckt zu werden. Ein paar Tage musste ich mich jedoch noch gedulden. Sie schaffte es immer wieder, mich zu überraschen z. B. durch einen unerwarteten Anruf, der mich zum Lächeln brachte, oder ihre unterwürfigen Nachrichten während meiner Arbeitszeit.

Da ich an dem besagten Freitagabend zur Weihnachtsfeier von unserer Firma musste, überlegte ich, was ich mit Denise machen würde. Sie wollte unbedingt schon am Freitag kommen. Dann würde sie einige Zeit alleine bleiben, weil ich zur Firmenfeier musste. Ich beschloss, ihr das Halsband und die lange Leine anzulegen. Sie konnte damit zum Badezimmer und in die Küche. Den Rest der Zeit sollte sie auf dem Sofa warten.

Die Tage vor dem Treffen vergingen wie im Flug. Der letzte Arbeitstag vor Weihnachten war relativ ruhig, so dass ich früher wieder zu Hause war und noch einiges vorbereiten konnte.

Der Weltuntergangsfick

Endlich ist es soweit. Ich sehe, wie Denise mit ihrem neuen Auto vor meiner Tür hält. Es hatte den ganzen Tag geschneit. Kurz bevor sie eintraf, hatte ich noch den Schnee aus der Einfahrt geräumt. Ich öffne die Haustür, muss lächeln, als ich sie im Auto sehe und gehe ihr entgegen. Der Schnee knirscht unter meinen Schuhen, sonst ist es still. Das Auto läuft noch leise, weil es ein Turbo ist. Denise beweist wieder einmal Geschmack. Sie öffnet die Tür, stellt den Motor ab und steigt lächelnd aus dem Wagen.

Es haut mich um, wie sie sich wie ein Model auf mich zu bewegt. Als ich sie damals kennenlernte, war sie ein blonder Engel mit braunen Augen und lockigen Haaren. Heute steht eine hübsche, erwachsene Frau mit braunen Haaren und dem gleichen aufreizenden Lächeln vor mir. Ich muss an die Fotos denken, die sie in den vergangenen Jahren als

Model gemacht hat. Manchmal erinnert sie mich ein wenig an Marylin Monroe.

Wir begrüßen und umarmen uns kurz und ich helfe ihr mit ihren Sachen. Ich führe sie ins Haus, mustere sie dabei und stelle fest: »Das wird sicherlich ein aufregendes Wochenende.« Sie zieht sich ihre braunen Stiefel im Flur aus und folgt mir ins Wohnzimmer. Ich hatte es vorher gemütlich gemacht, es brennen ein paar Kerzen und die Lichterketten der Weihnachtsdekoration erleuchten das Zimmer. Denise hat sich schon hingesetzt, ich setze mich zu ihr. Ich möchte es alles langsam angehen lassen. Wir sind schließlich ein ganzes Wochenende zusammen.

Denise hält davon anscheinend gar nichts, beugt sich zu mir herüber und gibt mir ganz überraschend einen Kuss. Ein wirklich zärtlicher, aber fordernder Zungenkuss, mit dem sie mich völlig überrumpelt.

»Du bist ja schnell ...«, rutscht es mir heraus.

»Ich muss doch wissen, ob sich das lohnt oder ob ich gleich wieder fahren kann«, grinst sie frech.

Dafür finde ich jedoch den Kuss, von meiner Überraschung gebremst, viel zu schlecht und lege nach. Unsere Zungen spielen immer und immer wieder mitcinander. Ich lege meine Hand um Denise und ziehe sie etwas zu mir. Ihre Küsse werden sehr zärtlich und intensiv. Solch eine fordernde Zunge hatte ich schon länger nicht mehr erlebt. Wir sind beide etwas außer Atem, schaffen jedoch keine lange Pause und küssen uns nach wenigen Augenblicken erneut. Denise versucht immer wieder, mit ihren Zähne meine Zunge festzuhalten.

Freches Biest, denke ich, *dafür wirst du morgen noch büßen.* Irgendwann gelingt es ihr schließlich und sie saugt an meiner Zunge. Meine Hand liegt mittlerweile auf ihrem Po und ich kneife fest hinein. Unsere sinnlichen Küsse werden immer erregender. Wir können nicht mehr voneinander lassen. Ich streichle ihr dabei über das Gesicht und halte ihren Kopf fest in meinen Händen.

Wir rutschen immer weiter aufs Sofa, liegen schließlich seitlich auf dem weichen, roten Stoff. Beim Küssen schiebe ich mein Bein zwischen ihre Schenkel und lasse ihre Pussy spüren, wie sehr ich sie will. Meine Hand liegt noch auf ihrem Po und meine Zunge bekommt erneut ihre Zähne zu spüren. Denise ist inzwischen auf mir und massiert mit ihrem Becken langsam meinen Schwanz durch die Hose. Sie beugt sich zu mir herunter, küsst mich ohne Pause.

Nur die Küsse alleine machen mich schon geil. Mein Schwanz ist deutlich unter der Hose zu spüren, Denise' Bewegungen werden zunehmend fester. Ich höre ihren Atem, der vor Erregung immer lauter wird. Nach einigen Minuten unterbricht sie, um ihre Halskette abzulegen.

Mehr Platz für das Halsband nachher, denke ich und muss innerlich grinsen.

Denise geilt mich weiter mit ihren Bewegungen auf und ich finde den Weg zu ihren festen Brüsten. Ein Blick in ihre Augen sagt alles. Es dauert nicht lange, da ist ihre dünne Jacke ausgezogen und meine Hände gleiten unter ihr Oberteil. Denise macht mich mit ihrem Becken halb wahnsinnig. Ich versuche mich mit meiner Geilheit so weit im Zaum zu halten, dass ich nicht komme. Und das fällt mir sehr schwer, so wie sie die ganze Zeit meinen Schwanz reitet. Meine Hände liegen auf ihrem Po und ich kneife dieses Mal fest hinein.

Denise gibt mir weiter ihre heißen Zungenküsse und ich ergreife wieder ihr Gesicht. Denise Lippen erreichen meinen Hals und ich drücke ihren Kopf leicht in diese Richtung, um noch mehr dieser Liebkosungen zu erhalten.

Das Oberteil von Denise hatte ich schon hochgezogen, so dass sie kurzerhand den letzten Schritt unternimmt und es über den Kopf aufs Sofa befördert. Sie beugt sich zu mir herunter, ich küsse sie und öffne ihren BH, der danach sanft von ihren Schultern gleitet. Ihre runden, festen Brüste werden sofort Ziel meiner Begierde. Ich liebkose sie, beiße Denise leicht in den Hals. Sie stöhnt dabei leise auf.

Ich habe mich kaum noch unter Kontrolle, lutsche einen ihrer großen Nippel und knabbere daran. Meine Zungenspitze wandert um den Nippel zu ihrem Hals. Denise nimmt mir aber wenig später schon wieder mit ihren Küssen den Atem. Ich spüre ihr Verlangen, sie hält sich an mir fest, während ich ihre geilen Titten knete. Beim nächsten Kuss erwischen mich ihre Zähne wieder und knabbern zärtlich an meiner Zunge. Ich richte mich auf und schaue Denise tief in ihre kühlen Augen. Meine Hände führen ihre Hand zu den Knöpfen meines Hemdes und sie öffnet einen nach dem anderen.

Kurze Zeit später liegt mein Oberteil mit einigen anderen Kleidungsstücken auf dem Fußboden. Ich liege unterdessen wieder auf dem Rücken und Denise erkundet meinen Oberkörper und beißt mir dabei leicht in eine Brustwarze.

Biest ... denke ich wieder und haue ihr dafür auf den Arsch.

Denise wird mir eindeutig zu frech, ich ziehe sie grob an den Haaren wieder zu mir, um sie zu küssen. Ich merke, wie sie mich anlächelt. Dass ihr das gefällt, ist mir klar. Ein Hauch ihres lieblichen Parfüms erreicht meine Nase. Beim nächsten Kuss erwische ich ihre Unterlippe und halte sie fest, bevor meine Zunge ihre Zungenspitze streichelt und unser Spiel weitergeht. Nach einigen Küssen öffne ich den Knopf ihrer Hose und fahre mit meinen Fingern unter ihre Jeans.

»Soll ich sie lieber ausziehen?«, fragt mich Denise etwas keck.

»Ja«, grinse ich.

Denise steht auf, macht sich daran, ihre Jeans auszuziehen und wackelt dabei aufreizend mit ihrem Po. Ich schaue ihr zu, bis sie beide Hosenbeine über ihre Füße gestreift hat.

»Jetzt muss ich wohl nachziehen«, sage ich lachend und folge ihrem Beispiel.

Denise dreht sich zu mir, setzt sich wieder auf mich und massiert mit ihrem Becken meinen Schwanz. Sie lächelt mich an und leckt sich dabei einen Finger. Ich spüre ihr Becken noch intensiver. Und es macht mich nur noch geiler. Mich aufrichtend ziehe ich Denise zu mir, küsse ihren Hals und beiße ihr an mehreren Stellen in die Brust. Sie haucht mir ein Stöhnen ins Ohr. Ich lehne mich wieder zurück, schiebe meine Hüfte etwas hoch und ziehe meine Boxershorts aus.

Wenig später liegen wir auf der Seite und Denise beginnt, meinen harten Schwanz zu massieren. Ich stöhne leise auf. Denise bekommt natürlich mit, dass mir das gefällt und greift noch fester zu. Mit meiner Hand fahre ich unter ihr Höschen und erkunde vorsichtig ihre intimsten Stellen.

Ich spüre ihre weiche Perle und ihr Piercing. Ein geiles Gefühl, an dieser Stelle etwas zum Spielen zu finden. Ich kann nicht widerstehen und reibe ihre Klit, nur ganz zaghaft, wandere nach unten und stellte fest, dass sie schon sehr feucht ist. Meine Finger rutschen sofort in ihre Pussy und ich fingere sie. Denise wichst mir meinen Schwanz derweil noch härter. Unsere Geilheit aufeinander ist nicht mehr zu bremsen. Meine feuchten Finger massieren sie, dieses Mal etwas forscher.

Ich bin so geil und ungeduldig, dass ich nicht länger warten kann. Ich rutsche nach unten und ziehe ihr das Höschen aus. Denise spreizt ihre Schenkel und meine Zunge findet den Weg zu ihrer Klit, um diese zu lecken. Ich verharre immer wieder mit der Zungenspitze an ihrem Piercing. Lange halte ich das nicht durch. Ich will sie unbedingt. Jetzt! Heute Nacht, spätestens morgen am Tag, wird es hier auf dem Sofa eine ausgiebige Verlängerung geben. Dann werde ich mich intensiv mit meiner Zunge um ihre Pussy kümmern.

Ich greife zum Regal nebenan und hole ein Kondom hervor. Denise beschäftigt sich mit meinem Schwanz, während ich es aufrolle. Ich beuge mich über sie und Denise lässt meinen Schwanz in ihre enge Pussy gleiten. Ich ficke sie langsam, spüre ihre Enge, erst recht, als sie die Beine hochnimmt. Sie zieht mich immer wieder herunter und küsst mich. Ich bin schon kurz davor zu kommen und lege eine Pause ein. Ein weiterer ausgiebiger Zungenkuss folgt, wobei ich ihre Lustgrotte wieder ficke. Mein Stöhnen wird regelmäßiger.

Wir wechseln, Denise setzt sich auf mich und reitet ihn langsam. Sie lässt wieder ihr Becken kreisen, sitzt aufrecht auf mir. Ich greife mit meinen Fingern an ihren Po und kratze sie leicht. Denise lässt meinen Schwanz nicht aus ihrer Lustgrotte.

»Kratz mich ...«, stöhne ich.

Denise greift mit ihrer Hand hinter sich und beginnt damit, mir die Oberschenkel und meine Eier beim Reiten zu kratzen.

So eine kleine Sau ... denke ich und genieße ihre freche Art. Ich hole aus und gebe ihr einen ordentlichen Klaps auf den Arsch. Sie lässt nicht davon ab, mit ihren Fingernägeln weiter meine Eier zu misshandeln. Noch ein Klaps, dieses Mal ist es die andere Seite.

Sie beugt sich nach vorne und wir küssen uns. Danach reitet sie mich gleich weiter, meine Hände kneten jetzt ihre Brüste. Ich kann kaum noch, komme jedoch nicht, weil ich einfach zu geil bin. Denise hört irgendwann auf.

»Den Rest heben wir uns für später auf. Wann wirst du denn abgeholt?«

»Ich werde nicht abgeholt, ich muss zur Firma. Aber erst um 18:30 Uhr.«

»Dann dreh dich um, ich massiere dich.«

»Hab ich das richtig gehört?«, überlege ich erst zweimal, bevor ich mich wirklich umdrehe.

»Dann muss ich mir gleich Mühe geben, nicht frisch gevögelt auszusehen.«

»Deswegen auch die Massage«, grinst sie.

Ich genieße die Hände von Denise, die mir mit kräftigem Druck den Rücken massiert. Nachdem wir noch ein paar Minuten gekuschelt haben, gehe ich ins Badezimmer und ziehe meine Sachen an. Ich blicke in den Spiegel.

Ich sehe trotzdem frisch gevögelt aus, denke ich und muss lächeln.

So fühlt man sich gleich besser. Während ich mich frisch mache, lasse ich die letzte Stunde noch einmal gedanklich an mir vorbeirauschen und weiß, dass es noch ein interessantes Wochenende wird. Dafür muss Denise aber noch ein paar Stunden auf mich warten. Nachdem ich im Badezimmer fertig bin, gehe ich zurück ins Wohnzimmer. Ich halte ihr Halsband bereits in den Händen.

»Komm her mein kleines Miststück. Zeit für den Herrn, zu gehen.«

Denise kniet auf dem Sofa vor mir und hält still, während ich ihr das Halsband anlege. Danach hake ich die Leine ein, so dass sie sich nur noch begrenzt bewegen kann. Auf dem Regal liegt ein rotes Samtkleid mit weißen Federn.

»Ich erwarte regelmäßig Fotos von dir. Mit dem Kleid. Wenn ich wiederkomme, möchte ich dich darin vorfinden.«

»Ja, Sir. Ich wünsche Ihnen viel Spaß auf der Weihnachtsfeier.«

»Vielen Dank, kleines Miststück. Den werde ich haben.«

Ich verabschiede mich von ihr, schließe die Tür und gehe hinaus in die Kälte. Wenn ich wiederkomme, werde ich bestimmt angetrunken sein und die Kleine wird sehr viel ertragen müssen. Ich verlasse die Hofeinfahrt und stapfe durch den Schnee. Die kalte, klare Luft tut mir gut und ich atme extra tief durch. Es ist schon verrückt. Zu Hause wartet eine hübsche Frau auf mich, angekettet, weil sie es will. Meine Arbeitskollegen wissen nichts von meinen wilden Abenteuern. Sie ahnen nichts von den vielen Erlebnissen, den vielen Frauen, die ich schon in meinen Armen hielt. Wenn in der Firma über mich getratscht wird, bin ich stets der karrieregeile Typ mit dem Stock im Arsch. Ich habe sogar schon von dem Gerücht gehört, ich sei homosexuell. Mich stört es aber nicht, dass so etwas geredet wird. Ich finde es eher amüsant. Mittlerweile bin ich auf unserem Firmenparkplatz angekommen und sehe schon die drei Busse, die uns zur Location der Weihnachtsfeier fahren. Ich steige in den zweiten Bus und sehe gleich mehrere Mitarbeiter aus meiner Abteilung. Mein Stellvertreter ist schon im Bus und ich setze mich zu ihm.

»Na, hast du es auch in der Zeit geschafft. Der Chef hätte uns alle ruhig eine Stunde eher gehen lassen können.«

Ich muss grinsen.

»Hör mal, ich hatte sogar Sex in der Zeit. Ich hatte meinen Weltuntergangsfick. Und du beschwerst dich über zu wenig Zeit?«, höre ich mich sagen.

Sage ich aber nicht.

»War doch okay. Zum Anziehen hat's gereicht«, sage ich in Wahrheit und lasse ein Grunzen los.

»Heute geben wir uns schön die Kante. Wir haben doch mit unseren Leuten wieder ein tolles Ergebnis abgeliefert.«

Ich nicke, schaue mich um und sehe, dass alle meine Mitarbeiter den Weg in den zweiten Bus gefunden haben. Selbst die hübsche Azubine aus dem ersten Lehrjahr hat es

geschafft. Sie läuft an mir vorbei, fixiert mich mit ihrem Blick und lächelt mich an. Ihre blonden langen Haare erinnern mich an meine erste große Liebe Phebey.
Was sie wohl macht? Wo sie jetzt wohnt?
Sie hatte mich damals wirklich gezähmt.
10 Jahre ist das schon her. Wie die Zeit vergeht ...

Phebey
10 Jahre zuvor

Es ist ein schöner Frühlingstag, ich parke mein Auto neben einem silbernen Porsche und stelle den Motor ab. Eine kurze Kontrolle, ob ich alles bei mir trage und ein Blick auf den Beifahrersitz. Ich lächele und denke an all die Frauen, die dort einmal saßen. Gänsehaut breitet sich aus. Dieses Mal ist es anders. Keine Jana, mit der ich nach einer heißen Dusche zu zweit in die Disco fahre. Keine Katharina, mit der ich nach der Disco auf dem Rückweg in einem Feldweg lande, um sie auf dem Rücksitz zu verführen. Ich steige aus dem alten Golf, schließe die Tür und gehe den Parkplatz entlang zum Fahrkartenautomaten.

»Was war denn mit den ganzen Frauen, die nicht einmal in deinem Auto saßen?«, fragt mich eine innere Stimme vorwurfsvoll.

»Die meisten hast du besucht oder sie kamen zu dir!« Stimmt – und ich habe keinen Kontakt mehr zu ihnen. Ein heißes Treffen nach dem anderen und jetzt ist alles anders. Gleich treffe ich Phebey wieder. Sie sitzt im Zug und ich werde ihr entgegen fahren. Ich füttere den Automaten mit Geld und bekomme mein Ticket. Sie ahnt nicht, was ich vorhabe. Ich gehe durch den Tunnel, die Treppe hinauf zu meinem Gleis. Ein warmer Sommerwind begrüßt mich auf dem Bahnsteig. Das erinnert mich an Phebeys blonde Haare und ihren süßen Duft, den ich seit dem ersten Treffen nicht mehr aus der Nase bekomme. Ich bin so aufgeregt, dass ich mir am liebsten eine Zigarette anzünden würde, aber seitdem ich Phebey kenne, habe ich mir mein Gelegenheitsrauchen abgewöhnt. Der Geschmack ihrer Küsse entschädigt für alles. Der Zug fährt ein, ich steige zu und suche einen Sitzplatz. Ich hoffe, die Deutsche Bahn fährt heute einmal nach Plan.

Nichts wäre schlimmer, als wenn mir der Zug in Hannover vor der Nase wegfährt. Es war schon schwierig genug, Phebey auszufragen, in welchem Wagen sie sitzt. Nach dem Sitzplatz zu fragen habe ich mir gespart. Phebey ist zwar blond und hübsch, aber nicht blöd.

Im Gegenteil, sie ist sehr schlau und ahnt es, wenn etwas in der Luft liegt. Mein Handy vibriert und ich schaue auf das Display. Sie weiß sogar, wenn man an sie denkt!

Eine SMS von ihr: *Bin jetzt in Magdeburg. Freue mich schon voll auf das Wochenende mit dir, mein Hase.*

Richtig, seit Ostern bin ich ihr Hase. Begonnen hat alles viel früher.

Osterüberraschung

Ich lernte Phebey einige Monate zuvor im Chat kennen. Ich fand sie sehr hübsch. Sie war schlank, hatte lange blonde Haare und haselnussbraune Augen. Unser Schreiben entwickelte sich zu einem täglichen Ereignis. Ich studierte in der Zeit und hatte gerade mein 5. Semester in Betriebswirtschaft absolviert. Da ich nebenher jobbte, konnte ich mir seit Studienbeginn eine kleine Wohnung außerhalb der Stadt leisten. Vor einem Jahr hatte ich das Internet für mich entdeckt, es waren noch die Zeiten der trillernden Modems und langsamen ISDN-Anschlüsse. Internetseiten luden nur innerhalb von mehreren Minuten, weil sich Bits und Bytes wohl erst noch beim Nachbarn zum Kaffee trinken versammelten, bevor sie auf meinem Bildschirm eintrafen.

Da blieb ich lieber auf der gleichen Seite, um mich mit anderen zu unterhalten, als möglichst viele Fenster zu öffnen und mich mit warten zu langweilen. In kürzester Zeit hatte ich mich auf verschiedensten Chatseiten angemeldet und traf so auf Phebey. In den Wochen vor unserem ersten Treffen telefonierten wir sogar. Sie machte ihr Abitur, hatte bereits ihren Führerschein und wohnte noch zu Hause. Wir telefonierten heimlich, weil Phebey die Befürchtung hatte, dass ihre Eltern es nicht gutheißen würden, wenn sie jemanden aus dem Internet anschleppte.

Sie sollte damit Recht behalten, jedoch finden mich potenzielle Schwiegermütter immer besonders sympathisch, was zum Glück wieder alles ausgleicht. Dazu erzähle ich Dir später mehr. Phebey schien so fasziniert von mir, dass sie kurzerhand beschloss, mich zu besuchen.

Zwischen ihrer Idee und der Bahnfahrt zu mir lagen gerade einmal zwei Tage. Ihre Eltern glaubten, sie besuche eine gute Freundin in Hannover. So irgendwie ganz glauben wollte ich das nicht, was sich dort abspielte.

Ich werde ja sehen, dachte ich bei mir. Ich fuhr zum Bahnhof, um mein erstes Internetdate abzuholen. Natürlich regnete es und später fiel Schnee. Und das an Ostern! Ich suchte mir am Bahnhof einen Parkplatz und zog einen Parkschein.

Ich machte mich auf den Weg zum Bahnsteig, schaute dabei nervös auf die Uhr. Ein richtiges Bild hatte ich nicht von ihr gesehen. Dann konnte ich den Zug sehen, der langsam vorbeifuhr und anhielt. Ich schaute nach hinten. Es war kein blondes Mädel dabei.

Hm, verarscht, dachte ich nur.

Ich drehte mich um und sah, wie Phebey auf mich zukam. Sie lächelte ein wenig schüchtern und gab mir die Hand.

»Hi!«

»Hi«, sagte ich nur kurz und traute meinen Augen nicht. Sie war einfach nur umwerfend! Ich lächelte.

»Wo müssen wir denn lang?«, fragte sie.

»Hier!«, meinte ich, deutete mit meiner Hand in Richtung Parkplatz und starrte sie weiter an.

Wir gingen zum Auto.

Sie erzählt ja nicht so viel, dachte ich.

Ich versuchte während der Fahrt immer wieder, ein Gespräch anzufangen. Was aber nicht so recht gelingen wollte.

Machte nichts, mittlerweile hatten wir sowieso meine Wohnung erreicht. Wir gingen ins Wohnzimmer, sie stellte ihren Rucksack ab und zog die Schuhe aus. Sie setzte sich in den Sessel, während ich auf dem Sofa Platz nahm. Ich schaute sie an.

Phebey schaute verlegen weg.

»Oh Mann, ich möchte nicht, dass du mich so anschaust!«

»Warum?«, fragte ich neugierig.

»Dieser Blick, ich weiß auch nicht ...«, entgegnete sie und brach diesen Satz in der Mitte ab.

Damit keine Funkstille eintrat, startete ich erneut und wir unterhielten uns über ein paar allgemeine Sachen, während sie sich interessiert im Zimmer umschaute. Ich setzte mich auf den Fußboden, um sie ein bisschen zu ärgern , indem ich sie weiter ansah. Irgendwann setzte sie sich zu mir. Ich weiß nur noch, dass irgendein dummer Spruch kam, weil ein Lied von Pur im Radio lief und Phebey meinte, das würde so gut zum heutigen Tag passen.

Daraufhin kuschelte sie sich an mich. Phebey umarmte mich und schaute mich kurz an. Ich beugte mich zur ihr herüber und rieb meine Nasenspitze an der ihren. Sie musste lachen. Ich näherte mich langsam ihrem Mund und drückte ihr einen kurzen Kuss auf die Lippen. Unser erster Kuss!

Keine Reaktion.

Ich versuchte es noch einmal.

Dieses Mal kam nur ein kurzes »Nein« von ihr. Ich zog mich etwas zurück. Später versuchte ich es noch einmal. Dieses Mal ließ sie es zu. Ich strich beim Küssen mit meiner Zungenspitze über ihre Lippen. Wir saßen immer noch aneinander gekuschelt auf dem Fußboden und Phebey nahm meine Hand. Beim Küssen spielte ihre Zungenspitze ein wenig mit meiner. Sie war so unglaublich schüchtern, aber ich ließ nicht locker. Nachdem wir uns ein paar Mal geküsst hatten, musste ich sie in meiner Wohnung alleine lassen, weil ich arbeiten musste und nicht frei bekommen hatte. So blieb sie für drei Stunden in meiner Wohnung.

Als ich wiederkam, lag sie auf dem Sofa und schaute mich ganz süß an. Ich ging zu ihr, beugte mich herunter und berührte ihre sanften Lippen. Phebey erwiderte den Kuss und zog mich aufs Sofa. Wir klappten das Sofa aus und legten uns aneinander gekuschelt darauf, um ein bisschen Fernsehen zu schauen. Zwischendurch küssten wir uns wieder. Ihre weichen Lippen berührten mich dieses Mal etwas fordernder. Mittlerweile spielte ihre ganze Zunge schon in meinem Mund und ich begann, sanft daran zu saugen.

»Mhmm, das gefällt mir, wenn du an meiner Zunge saugst«, grinste sie und schaute dabei verlegen nach unten.

Ich strich mit meiner Hand über ihr Bein. Dann legte ich mein Bein zwischen die ihren und wartete auf Protest. Dieser kam aber nicht. Ich streichelte ihr schon die ganze Zeit die Brüste über ihrem Shirt und versuchte nun, darunter zu kommen, um mit meinen Fingern nach ihrem BH zu tasten. Hatte sie nicht heute Nachmittag noch gesagt, sie hätte noch nie einem Jungen erlaubt, ihr Knie zu streicheln?

Und ich tastete nun über ihre Nippel. Ich zog den BH hoch und das Shirt beiseite, schaute Phebey dabei an. Sie lächelte zustimmend, aber etwas unsicher. Ich beugte mich über sie und begann, ihre Brüste zu küssen. Nebenbei wanderte ich mit meiner Hand an ihre enge Jeans und massierte sie zwischen den Beinen.

Wow, dachte ich, *ist die süß. So was Erregendes ist mir lange schon nicht mehr passiert!*

Ihre kleinen Brüste passten zu ihr.

Sie sah wundervoll aus, wie sie mit nacktem Oberkörper vor mir lag. Ich versuchte, mit meiner Hand einen Schritt weiter zu gehen, und berührte ihr Höschen unter der Jeans. Sie schaute mich an.

»Öh, öh. Nein! Das will ich nicht!«

Jetzt war es soweit. Die Blockade war da. Ich schaute in ihre braunen Augen, stupste sie wieder mit meiner Nasenspitze an und wanderte zu ihrem Ohr, um an ihrem Ohrläppchen zu lutschen.

»Was machst du da?«, lachte sie.

»An dir lutschen?!«, grinste ich.

»Ich will vorher 'was wissen, falls wir es tun. Hast du Kondome?«, fragte sie.

»Ja ... genug«, antwortete ich frech.

»Gut, ich hab nämlich keine mit!«, meinte sie.

Wir beschlossen, umzuziehen und ich holte noch eine Decke und ein Kissen. Wir verkrochen uns unter die Decke und machten da weiter, wo wir aufgehört hatten. Wir küssten uns und Phebey fing immer an zu lachen, als ich ihre Zunge lutschte. Dann zog ich ihr das Oberteil ganz aus und begann, ihre Brüste zu lecken.

»Du hast echt süße Brüste!«

»Findest du?«

»Ja, wirklich!«

Ich zog ihr Höschen etwas hoch, das dadurch in den feuchten Schlitz glitt.

»Mhmm«, brummte ich.

Nun griff ich ihr unter das Höschen und streichelte über ihre rasierte Pussy.

Alles rasiert, dachte ich nur. *Mhm, wie gern würde ich da mal lecken!*

Ich glitt mit meinem Finger tiefer und versuchte, in sie einzudringen. Phebey war feucht, aber es misslang trotzdem. Ich zog Phebey das Höschen aus und blickte auf ihre rasierte Pussy. Ihre Lippen waren vor Erregung angeschwollen.

Ich schaute sie fragend an. »Möchtest du?«

Sie nickte. »Mhmm. Ja!«

Ich zog meinen Slip aus und versuchte, das Gummi aufzuziehen, was sich als Problem erwies. Ich grinste sie an, sie blickte verlegen weg. Endlich hatte ich es geschafft. Phebey spreizte die Beine und ich versuchte noch einmal, mit dem Finger in sie einzudringen. Sie war zu aufgeregt.

»Hey Süße, versuch, dich einfach zu entspannen!«

»Tut mir leid!«

»Ist doch nicht schlimm, wir haben so viel Zeit. Das weißt du doch. Ist doch egal, wenn´s jetzt nicht klappt.«

Sie spreizte die Beine noch ein wenig, während wir uns küssten und ich versuchte noch einmal, in sie einzudringen. Ich schaffte es nicht, kein bisschen. Weder mit meinem Schwanz noch mit den Fingern. Wir versuchten es in der Nacht noch einmal, aber es sollte wohl nicht sein.

Am nächsten Morgen waren wir gerade aufgewacht, da legte ich meine Hand um Phebey und zog sie an mich. Wir küssten uns wieder und ich massierte ihre Brüste. Meine Hand startete noch einen Versuch. Langsam wanderte sie über den Bauchnabel zu Phebeys rasierter Pussy und drang ohne Mühe in ihre feuchte Lustgrotte ein. Ich war etwas überrascht. Sie war gar nicht verspannt, es war total leicht.

»Oh, Phebey, ich würd dich jetzt gern lecken!« Ihre glatten Schamlippen machten mich wahnsinnig und ich hätte doch zu gern meine Zunge hineingebohrt.

»Nein, das möchte ich nicht!«

»Probieren wir es dann noch mal?«

»Ja!«

Ich zog wieder ein Gummi über, während Phebey schon die Beine spreizte. Ich ließ es mir nicht nehmen, ihre nasse Pussy erneut zu fingern. Sie stöhnte leise.

»Wieder eine Jungfrau, du Hengst«, grinste ich erst innerlich. Aber dieses Mal war es nicht nur einfach eine Jungfrau. Es war anders.

Ich schaute in die weit aufgerissenen Augen von Phebey und gab ihr noch einen zärtlichen Kuss. Sie war so unglaublich hübsch, wie sie vor mir lag. Ihre schüchterne Art gab dem Ganzen einen Zauber. Phebey faszinierte mich. Ich küsste mich von ihrem Hals zu den Brüsten und saugte an ihrem Nippel, versuchte langsam in sie einzudringen.

»Aua!«, kam es kurz von ihr.

Ein Stück war ich schon in ihr.

»Alles okay?«, fragte ich besorgt.

»Ja, ist schon okay!«

Ich drang weiter in sie ein.

Noch ein »Aua«.

Sie lächelte.

»Ist okay!«

»Wirklich?«

»Ja, Don, mach weiter!«

Ich zog meinen Schwanz wieder ein Stück heraus und stieß wieder langsam zu. So machte ich weiter, um ihre zarte Pussy an meinen Schwanz zu gewöhnen.

»Und, ist es okay?«

»Ja, es ist echt angenehm, bloß am Anfang tat es weh.«

»Du bist wirklich süß!«, lächelte ich.

»Mach weiter, bitte!«, flehte sie.

Der erste Sex und sie wird schon süchtig, kam es mir in den Kopf.

Phebey schloss ihre Arme fest um mich. Bei jedem Stoß, der kam, hielt sie mich fester. Ich spürte ihre Hände von hinten auf meinen Schultern. Ihr schien es wirklich zu gefallen, wie mein Schwanz immer wieder in sie eindrang. Ich küsste sie und saugte an ihrer Zunge, während ich weiter in ihre enge Pussy stieß.

Ein kleiner Seufzer, dann auf einmal ließ sie los.

»Bist du gerade gekommen?«, fragte ich völlig überrascht.

»Ja!« kam es ganz zart und leise zurück. Sie lächelte verschämt und kuschelte sich an mich.

Ich schloss sie in meine Arme.

Wunderschön, dachte ich, *sie ist bei ihrem ersten Mal gleich gekommen. Hoffentlich wird sie das nie vergessen, ich vergesse es nämlich nicht.*

Nachdem ich Phebey am Mittag zum Bahnhof gebracht hatte, fuhr ich etwas durcheinander wieder zurück nach Hause. Ich wünschte mir, Phebey hätte noch einen oder zwei Tage bei mir bleiben können.

Es hatte mich wohl tatsächlich erwischt.

Am gleichen Tag erhielt ich noch eine SMS von ihr: *»Werde das Wochenende nie vergessen! Das war einfach wunderschön mit dir. Kuss!«*

Ich spürte ein seltsames Gefühl in mir aufsteigen, eine Mischung aus Freude, tiefer Zufriedenheit und Wehmut.

Ich musste an mein erstes Mal denken.

Die erste Freundin

Anne war nicht nur das Mädchen, mit dem ich das erste Mal hatte, sie war auch meine erste Freundin. Ob ich das wirklich als Beziehung bezeichnen konnte?

Heute denke ich darüber anders. Früher waren wir jedenfalls so richtig "zusammen".

Seit meiner Jugend verliebte ich mich grundsätzlich immer in die falschen Mädchen. Ich wollte sie, sie wollten mich nicht. Als ich Anne kennenlernte, schlug mein Herz seit Jahren für eine andere: Vanessa.

Ein klassischer Fall von hoffnungsloser junger Liebe. Ich war trotzdem der festen Überzeugung, sie sei die Richtige und hatte lange Zeit nur Augen für sie.

Aber jetzt passierte etwas Unerwartetes: Ein anderes Mädchen zeigte Interesse für mich und sie kämpfte sogar um mich!

Sie war die Erste, die mir zu Füßen lag. Sie wollte mich –

und ich genoss dieses neue Gefühl.

Ich hatte Anne erst vor einer Woche kennengelernt und mich für den Samstagabend mit ihr für die Disco verabredet. Sie war 18 und absolvierte eine Ausbildung als Arzthelferin. Ich kannte sie aus dem Reitstall und es war Zufall, dass sie ausgerechnet an dem Tag dort war, den ich dort verbrachte. Sie ließ an jenem Tag nicht mehr von mir ab, begleitete mich auf Schritt und Tritt. Also verabredeten wir uns. Da ich am Samstagabend beim Pizza-Lieferdienst, meinem damaligen Nebenjob, noch etwas länger fahren musste, rief ich bei ihr an, dass es später werden würde. Ich hatte mir nicht sonderlich viele Gedanken darum gemacht, warum sie ausgerechnet mit mir ausgehen wollte und es war mir auch nicht so wichtig.

Ich wollte einfach mal wieder in die Disco und ein bisschen Spaß haben.

Nach der Arbeit fuhr ich also zu ihr. Anne stand mit einer Zigarette in der Hand an der Straße und wartete. Ich hielt an und sie stieg ein.

»Hi«, sagte sie und lächelte.

»Hi, tut mir leid, dass es etwas später geworden ist. Ich musste noch meine Lieblingskundin beliefern.«

»Macht nichts!«, kam es trocken zurück. »Jetzt können wir ja unseren Spaß haben, es ist ja sowieso noch sehr früh.«

In der Disco angekommen, zahlten wir den Eintritt und gingen hinein. Wir schauten uns um, tanzten ein bisschen, saßen danach in einer Ecke und redeten.

Sie sieht ja eigentlich ganz niedlich aus, dachte ich und fing an, sie von oben nach unten zu mustern. Sie hatte braune mittellange Haare, kleine Brüste und war schlank. Passend zu ihrer Figur trug sie ein knappes Oberteil und einen BH, der etwas durchschimmerte. Dazu trug sie einen schwarzen Rock und hohe schwarze Stiefel.

Ich konzentrierte mich wieder auf die Tanzfläche und Anne nahm meine Hand.

»Komm mit, wir tanzen!«

Ich ließ mich mitreißen und so blieben wir noch etwa eine Stunde dort. Dann zog sie mich an der Hand von der Tanzfläche und meinte zu mir: »Hey, wollen wir nicht woanders hin? Hier gefällt es mir überhaupt nicht!«

Dass sie etwas Bestimmtes vorhatte, kam mir in meiner jugendlichen Unschuld gar nicht in den Sinn. Erst später sollte ich herausfinden, was sie wirklich plante.

»Und wohin?«, fragte ich enttäuscht, denn meinetwegen hätten wir gut bleiben können. Ich hatte meinen Spaß.

»Zu dir nach Hause!«, sagte sie.

Moment, dachte ich, *hat sie gesagt zu mir nach Hause? Sagte sie das nur so oder wollte sie irgendwas von mir?*

»Na gut!«, willigte ich ein, um es herauszufinden.

Wir fuhren zu mir, ich öffnete die Tür und wir gingen ins Wohnzimmer. Anne nahm auf dem Sofa Platz. Wir einigten uns, dass wir ein Video ansehen wollten. Als ich mich um den Videorecorder kümmerte, hatte Anne es sich schon auf der Couch gemütlich gemacht und sah sehr verführerisch aus. Sie war aufgrund des Discobesuchs ziemlich aufreizend angezogen, das hatte ich ja bereits gemerkt. Nur die Stiefel waren auf dem Weg zum Sofa verloren gegangen.

Schade eigentlich, dabei stehe ich doch auf Stiefel, dachte ich.

Auf dem Sofa fing Anne an, mich zu umarmen und sich an mich zu kuscheln.

Das ging während des Films weiter, bis sie auf einmal meinem Mund sehr nah kam und mich küsste.

Ich wich aus.

»Sorry«, sagte ich, »aber das geht mir alles ein bisschen zu schnell!«

Eingeschnappt zog Anne sich zurück. Das war das erste Mal seit dem Kindergarten, dass mir ein Mädchen so nah kam und ich fühlte mich etwas überfordert.

Ich kannte sie gerade einmal fünf Stunden!

Als ich Anne nach Hause brachte, redete sie kein Wort mit mir. Es war mittlerweile halb vier morgens, als ich endlich ins Bett kam, da klingelte das Telefon.

Es war Anne.

»Tut mir leid, dass ich so eingeschnappt war!«

»Ist in Ordnung, aber das ist ein bisschen ungewohnt für mich!«

Wir redeten noch ein wenig und trafen uns am gleichen Tag, um gemeinsam auf ein Turnier zu fahren. Nach diesem Erlebnis trafen wir uns regelmäßig und wir kamen uns schnell näher. Knapp eine Woche später, an einem Freitag, holte ich sie abends zu mir und wir hörten Musik und kuschelten miteinander. Dann fing sie an, mit mir herum zu albern und gab erst Ruhe, als sie auf mir saß. Ich ahnte nicht, was sie vorhatte. Anne begann, mit ihrem Becken auf meiner Hose zu kreisen und ich spürte, dass sie mich damit richtig geil machte.

Sie weiß, wie man einen Jungen scharf macht, dachte ich, während sich in meiner Hose mein Schwanz zu einem harten Ständer entwickelte.

»Los, zieh mich aus!«, sagte sie und lächelte mich an.

»Ich weiß nicht, ob das so eine gute Idee ist?!«, sagte ich schüchtern und dachte daran, dass ich überhaupt keine Erfahrung hatte.

Das war bei Anne offensichtlich anders.

»Ich habe aber Lust, du doch bestimmt auch, oder nicht? Vertrau mir einfach!«, setzte sie nach.

»Ich glaub, das ist wirklich noch ein bisschen früh!«, druckste ich herum.

»Komm schon, vertrau mir. Du brauchst keine Angst zu haben!«

Sie massierte weiter meinen Schwanz mit ihrem Becken. Ich half ihr dabei, das T-Shirt auszuziehen. Als nächstes kam der BH dran. Das brachte mich jedoch an den Rand der Verzweiflung, denn ich hatte so ein Ding noch nie in der Hand gehabt.

»Einfach aushaken!«

Einfach, ja, ja, für dich vielleicht, aber nicht für mich, dachte ich.

Sie half mir. Ich zog den BH über ihre Arme nach vorne und starrte wie gebannt auf ihre Brüste.

Titten, dachte ich *nur, richtige Titten!*

Sie zog mein T-Shirt aus. Ich machte mich daran, meine Hose auszuziehen, und sie zog die ihre aus. Anne nahm meine Hand und steckte sie in ihr Höschen.

O Gott, sie war richtig feucht. So fühlt sich das also an, dachte ich.

Es fühlte sich weich an, ein wunderschönes Gefühl, sie dort berühren zu dürfen.

»Los, massiere meine Perle ein bisschen, ich steh darauf!«,

flüsterte Anne mir ins Ohr. Völlig unbeholfen zog ich ihr Höschen aus. Ich strich vorsichtig über ihren Venushügel, tauchte in ihren feuchten Schlitz ein und massierte ihn mit zwei Fingern.

Anne stöhnte leise auf. Ich beobachtete, wie es sie erregte.

»Weiter nach oben«, stöhnte Anne und schob meine Finger an die richtige Stelle. Ich spürte eine kleine harte Erhebung. Die Stelle war nicht ganz feucht, fühlte sich jedoch trotzdem sehr weich und angenehm an. Ich begann, sie dort mit einem Finger zu massieren.

Anne stöhnte noch lauter und bäumte sich etwas auf. Das war also die richtige Stelle.

»Mach's mir mit den Fingern, steck sie hinein«, hauchte Anne und führte meine Finger wieder tiefer. Zaghaft steckte ich sie hinein. Das erste Mal war ich in einem Mädchen! Erst ein Finger, dann zwei und schließlich drei, die sie von innen massierten und sie verwöhnten.

»Besorg's mir! Zieh deinen Slip aus!«

Ich tat, was sie sagte, und bemerkte, dass mein Slip schon ganz nass war. Vor lauter Aufregung war ich schon vorher gekommen und hatte es nicht einmal bemerkt.

Anne versuchte trotzdem, meinen Schwanz in ihre Pussy zu schieben, aber er war einfach noch zu schwach.

»Ich glaube, wir lassen das lieber!«, kam es von mir.

»Nein, du bist zwar ziemlich aufgeregt, aber das kriegen wir schon hin. Vertrau mir einfach!«

Sie massierte meinen Schwanz und bekam ihn wieder schön hart. So fest geworden, ließ Anne ihn in ihre nasse Pussy gleiten. Anne hob ihren Po und ritt mich, erst langsam, dann immer schneller. Dieses Gefühl, in ihr zu sein und sie mit jedem Stoß wieder aufzuspießen, war sowas von aufregend! Anne erregte mich noch mehr, als sie sich zurücklehnte und ich dabei zuschauen durfte, wie ihre feuchten Lippen meinen Schwanz in sich aufnahmen. Ihre enge Pussy zu spüren, war ein so schönes Gefühl. Ich bekam davon gar nicht mehr genug. Ihr Becken kreiste, während ich nach ihren kleinen Brüsten griff. Das Kreisen war wieder ein neues Gefühl, das ich noch mehr mochte. Ich war aber viel zu nervös und kam kein zweites Mal.

Anne versuchte mir zwar immer gut zuzureden, das »Vertrau mir doch« bewirkte bei mir aber genau das Gegenteil. Wir ließen es darauf beruhen und kuschelten noch etwas. Es sollte ja noch einige Male geben, in denen Anne und ich uns genießen konnten.

Verliebt

Anne kam mich ein paar Tage nach unserem ersten Mal wieder besuchen. Ich hatte sie nach der Arbeit abgeholt und sie wollte die Nacht bei mir verbringen. Am nächsten Tag würde ich sie auf dem Weg zur Arbeit bei der Berufsschule absetzen. Ich schob für jeden eine Pizza in den Backofen. Anne kam zu mir und gab mir einen langen Zungenkuss, der mich schon wieder völlig außer Kontrolle brachte. Ihr Blick und das Funkeln in ihren Augen sagten alles.

Nach dem Essen würde sie mich bestimmt anfallen!

Eine Viertelstunde später war die Pizza fertig, wir setzten uns hin und aßen. Als wir fertig waren kam Anne zu mir aufs Sofa und kuschelte sich an mich. Ich wusste genau, was das zu bedeuten hatte. Wir schauten nebenher etwas Fernsehen und als 10 Minuten vergangen waren, setzte sie sich auf mich, direkt in meine Blickrichtung und zog sich ihr T-Shirt vor mir aus.

»Wir wollen doch heute Abend nicht fernsehen und uns langweilen, Süßer?! Kümmere dich mal ein bisschen um mich ...«

Meine Hände umfassten schon ihren Po, ich zog sie zu mir herunter und gab ihr einen zärtlichen Zungenkuss. Anne hatte ihre Hände schon an meinem T-Shirt und zog es mir wenig später über den Kopf. Ich folgte ihrem Beispiel und öffnete als Nächstes den BH. Ihre runden Brüste waren wirklich schön, ich mochte die Nippel mit den großen Vorhöfen. Anne brauchte gar nicht lange zu warten, denn meine Lippen waren schon zur Stelle. Ich küsste ihre Nippel und leckte mit meiner Zunge darüber. Sie waren jetzt hart, Anne strich mir derweil über die Hose und öffnete sie.

»Mal schauen, ob da wer Lust hat ...«, grinste sie vergnügt.

»Aber so, wie du mich anknabberst ...«, stöhnte sie und drückte meinen Kopf auf ihre Brüste.

Das gefiel mir! Sie bekam es gleich zu spüren, weil ich ihre Nippel nun noch wilder lutschte. Meine Zungenspitze kreiste wieder auf ihrem großen Vorhof und Annes Stöhnen wurde lauter. Sie schloss ihre Augen und ließ mich weitermachen. Bis sie mich irgendwann zurückwies, auf den Boden rutschte und mir die Hose ganz öffnete.

»Arsch hoch, Süßer!«, forderte sie mich auf und ich gehorchte. Sie zog mir die Hose aus und den Slip gleich mit. Mein Schwanz sprang ihr förmlich entgegen. Sie nahm ihn in die Hand und massierte ihn langsam schön hart, um ihn später zwischen ihren sanften Lippen verschwinden zu lassen und ihn mit Zungenschlägen zu verwöhnen.

Ich fuhr ihr mit meiner Hand durch ihre braunen Haare.

»Mhmm ...«, konnte ich nur hervorbringen.

Anne stieß meinen Schwanz jetzt tief in ihren Mund und ließ mich spüren, wie eng ihr kleiner Schlund sein konnte.

Ich konnte mich nicht mehr zurückhalten.

»Nicht zu viel, sonst komme ich gleich ...«, brachte ich nur heraus.

Anne unterbrach das Spiel und stellte sich mir direkt mit ihrem Po vor meine Nase, um demonstrativ ihren String herunterzuziehen.

Ich zog sie zu mir und gab ihren einen Kuss auf den Allerwertesten.

Sie kicherte.

»Los, Gummi drauf ziehen, Schatz, dann werde ich dich mal abreiten und zeigen, wie ich es gerne mag.«

Ich holte ein Kondom aus meiner Hosentasche. Das hatte ich nach unserem ersten Mal nun immer dabei. Anne kniete sich auf das Sofa und ließ meinen harten Ständer zwischen ihre glänzenden Schamlippen gleiten. Kaum war mein Schwanz tief in ihr, begann sie, mich mit ruckartigen Bewegungen zu reiten. Sie stützte sich dabei mit ihren Händen an der Sofalehne ab und setzte sich zwischendurch aufrecht hin, um mit ihrem Becken zu kreisen.

»Mhhhmmm ... jaaaa ...«, gab sie nur immer wieder von

sich und ließ meinen Schwanz fast aus ihrer Pussy gleiten, um ihn wieder mit einem Ruck einzulassen. Mit einer Hand rieb sie über meine Brust und hinterließ mit ihren Nägeln eine Kratzspur. Ich konnte es kaum noch aushalten, so wie sie mich ritt. Und das bemerkte Anne.

»Willst du etwa schon kommen, Schatz … ?«, brachte sie stöhnend heraus.

»Süße, doch. Ich komme gleich schon. Du machst mich so geil mit deinen Bewegungen …«, stöhnte ich.

Anne ließ meinen Schwanz aus ihrer Pussy gleiten und rutschte wieder auf den Boden. Sie zog das Gummi von meinem harten Schwanz und begann, ihn hart mit der Hand zu reiben. Das hielt ich keine 10 Sekunden durch.

»Ich komme Süße, ich komme …«, brachte ich nur noch heraus und spritzte Anne mitten in ihr Gesicht. Die ersten beiden Stöße landeten auf ihrer Stirn und ihrer Nase, bis sie reagierte und den Rest mit ihrem Mund aufnahm.

»Duhuuuuuuuuu…«, kam es nur von ihr, während sie weiter den Rest von meinem Schwanz ableckte. »So wollte ich das aber nicht. Jetzt kannst du dich aber wirklich um mich kümmern …«

Anne legte sich auf das Sofa und spreizte ihre Beine.

»Komm her, und leck mich …«

Ich kniete mich nun vor ihr hin, küsste ihre Schenkel und wanderte mit meinen Küssen weiter zu ihrem Venushügel. Meine Finger verschwanden ohne große Umstände in ihrer nassen Pussy. Als ich mit meiner Zunge dort ankam, leckte und saugte ich ihre Klit. Anne stöhnte laut auf.

»Mhm, Schatz … jaaa … mhmmm …«

Ich leckte sie weiter, ließ meine Zunge weiter zu ihrem nassen Eingang wandern, um ihren Saft auszuschlecken. Meine Zunge begann, ihre feuchten Lippen zu durchdringen und sie langsam und genüsslich hinein zu stoßen. Anne drückte meinen Kopf noch mehr zwischen ihre Beine. Ich nahm immer erneut die Finger dazu und leckte ihre Perle. Annes Stöhnen wurde in dem Moment noch lauter. Auch mich machte das Lecken geil und es dauerte nicht mal eine Viertelstunde, da war mein Schwanz wieder in voller Größe bereit, ihr kleines, enges Loch zu besuchen. Ich suchte ein weiteres Kondom und zog es über meinen Schwanz.

»Dreh dich um, ich möchte dich von hinten!«, forderte ich Anne auf. Annes Augen strahlten. Sie drehte sich um, war nun auf allen Vieren vor mir und hielt mir ihren Arsch entgegen. Ich stieß mit meinem Schwanz von hinten in ihre Pussy und nahm sie langsam. Anne stöhnte lauter, als ich bis zum Anschlag in sie stieß. Mein erstes Mal von hinten und ich spürte, dass dieses Gefühl viel tiefer und intensiver war.

»Mmmmhmm ... oh jaa ... härter, Süßer ...«, kam es nur von Anne. Und ich zog sie noch fester an mich, stieß meinen Schwanz noch schneller und härter in sie. Ihr Stöhnen wurde mit jedem Stoß lauter. Das Klatschen an ihrem Po ebenfalls. Und das liebte ich! Mein Schwanz pochte kurze Zeit später wieder und entlud sich tief in ihr.

Anne drehte sich, völlig außer Atem, um.

»Schon wieder gekommen? Das müssen wir aber noch üben, Süßer ...«

Ich lief etwas rot an, weil ich es nicht gewohnt war. Sie würde mir schon zeigen, wie das geht.

Dass sie mich dabei total versaute, bekam ich nie bewusst mit. Sie ließ mich immer mehr Erfahrungen sammeln, sicherlich vorzugsweise die, die ihr auch gefielen. Anne wusste, was sie machen musste, damit sie ihre tägliche Dosis bekam. Sie hatte in ihrem Alter sehr viel Erfahrung und war ein wahrer Sexvamp. Für mich war das alles Neuland und ich war damals naiv genug zu glauben, alle Frauen seien so besessen vom Sex.

In den nächsten Wochen erlebte ich bei jedem Treffen wieder etwas Neues. Wir verabredeten uns fast täglich. Ich probierte immer mehr aus und sie ließ mich dafür ihre Pussy lecken, was mir ganz besonders gefiel. Es dauerte nicht lange, da übernachtete ich bei ihr.

Ihre Eltern hatten das eh nicht zu entscheiden. Anne war zwar erst 18, aber im Haus ihrer Eltern hatte sie das Sagen. Für mich war das angenehm. In unserer Beziehung hatte ich zwar nicht viel zu melden, aber wenn man still ist, kann man umso mehr lernen.

Leider lernt man auch nur das, was der Andere einen lernen lassen will.

An einem Wochenende waren wir zusammen auf einem Reitturnier. Anne hatte zwei Wochen vorher ein eigenes Pferd bekommen: Dawina. Ihr Vater hatte es ihr nachträglich zum Geburtstag geschenkt. Eigentlich hatte er keine andere Wahl, weil Anne so lange auf ihn einredete, bis er zustimmte, damit er seine Ruhe hatte. Das Pferd war genauso zickig wie Anne.

Nun könnte man sich einen Spaß machen und die Familienhierarchie aufzeichnen. Unten der Vater, der das Geld verdiente. Darüber stand die Mutter und Anne. Das Pferd thronte darüber und beherrschte alles. Genauso lief der Turniertag ab.

»Schatz, fährst du Anne zum Turnier? Ich muss heute noch shoppen.« Annes Mutter hatte sich schon geschickt aus der Affäre gezogen. Ihr Vater fuhr also mit Auto und Anhänger zum Reitstall und holte uns dort ab. Ich war mit Anne schon eine Stunde eher im Stall, um das Pferd zu säubern und zu frisieren. Anne stand auf einem kleinen Hocker und flocht Zöpfe in die Mähne. Ich beobachtete sie dabei, musterte sie und fragte mich, wie ich zu Anne stand. Meine »große Liebe« Vanessa war in den letzten Wochen kaum noch in meinem Kopf. Ich genoss die Zeit mit Anne. Es war zwar keine Liebe auf den ersten Blick, aber ich bemerkte, wie sehr ich meine kleine Zicke mochte. Erst hatte ich mich nur auf sie eingelassen, um Erfahrungen zu sammeln. Nun entwickelte sich daraus mehr. Ich schaute ihr auf den festen Po. Nein, es waren nicht nur der Sex und ihre anhängliche Art. Es waren auch ihre Macken, die ich mochte. War ich etwa verliebt?

Anne riss mich aus den Gedanken.

»Kannst du mir mal noch 'n paar Gummis holen?«

Ich griff in den Putzkoffer und gab ihr einige Gummis aus der Tüte. Als sie fertig war, stieg sie vom Hocker und gab mir einen Kuss.

»Den Rest bekommst du erst heute Abend. Ich hab wohl gesehen, wie du mir auf den Arsch gestarrt hast«, neckte sie mich.

Ich seufzte. Man konnte ihr einfach nichts vormachen. Ich

holte mir noch einen Kuss.

»Anne, seid ihr fertig?«, hörten wir eine Stimme vom Hof. Annes Vater war eingetroffen.

»Ja!«, rief Anne und zog Dawina auf den Hof.

Dort stand der Anhänger. Die Klappe hatte Annes Vater schon heruntergelassen. Dawina folgte Anne genau bis zur Klappe. Wie jedes Mal musste sie jetzt wieder versuchen, ihren sturen Kopf durchzusetzen. Sie hasste den Anhänger. Meistens konnte man sie aber mit etwas Futter locken. Dieses Mal brauchten wir jedoch noch zwei Männer, die halfen.

»Ich hätte dir einen Esel kaufen sollen. Der ist genauso stur, aber wesentlich billiger«, schnaubte Annes Vater außer Atem.

»Mit dem kann ich aber nicht L-Springen reiten«, rief Anne verärgert und knallte die Autotür zu.

In diesen Situationen hielt ich immer den Mund. Die beiden stritten während der Autofahrt weiter. Irgendwann kam es, wie es kommen musste.

»Sag doch auch mal was dazu, Schatz!«, forderte Anne mich auf.

Die Männerfalle. Egal, was du sagst, es ist falsch.

»Ja, Schatz. Du hast recht«, war meine Antwort.

»Du hast bestimmt gar nicht zugehört.«

Ich seufzte. Klar, es war falsch.

Endlich waren wir auf dem Turnierplatz. Dawina zickte weiter und hatte heute keinen guten Tag. Anne verlor bei der Prüfung fast die Kontrolle und kam somit nicht in die Platzierung. Auf dem Rückweg sagte sie kein Wort. Ich zog es an dem Abend vor, nach Hause zu fahren, denn bei solchen Launen war an eine romantische Nacht nicht zu denken.

Das nächste Wochenende würde besser.

Annes Eltern waren nicht zu Hause und wir hatten sturmfrei.

Sturmfrei

Anne hatte mich eingeladen, mit ihr zusammen das Wochenende zu verbringen. Ich fuhr direkt nach der Arbeit zu ihr. Anne begrüßte mich mit einem Kuss.

»Schatz, wir müssen gerade noch zum Pferd. Ich muss sie zumindest etwas laufen lassen. Können dann ja noch kurz bei Mäcces vorbei. Meine Ellis haben mir etwas Geld hiergelassen.«

»Ok Baby ...«, stimmte ich zu und gab ihr einen Kuss.

Wir stiegen ins Auto und fuhren zur Reithalle. Sie ließ das Pferd in der Halle laufen und kümmerte sich in der Zeit um den Stall. Ich stand an der Bande und unterhielt mich mit einem Freund aus dem Verein, während ich im Augenwinkel das Pferd beobachtete. Nach einer Stunde ging es weiter zu Mc Donald's und als wir bei ihr zu Hause waren, war es schon kurz vor 20 Uhr.

Wir machten es uns auf der großen schwarzen Ledercouch im Wohnzimmer gemütlich und schauten etwas TV. Anne kuschelte sich an mich und fuhr mit ihrer Hand über meine Hose. Als sie bei meinem Schwanz angekommen war, griff sie etwas fester zu und drückte mir einen Kuss auf die

Lippen. Sie brauchte nicht lange zu warten, mein Schwanz war gleich hart wie eine Stange.

»Naa, ist wohl jemand geil auf Sex…«, flüsterte Anne mir ins Ohr und setzte sich jetzt direkt auf mich, um ihre Pussy auf meinem Schwanz zu reiben. Noch hatten wir alles an, ich meine Jeans und Anne ihr schwarzes Röckchen. Ich zog sie ganz nah an mich und gab ihr einen langen Zungenkuss. Annes Lippen wanderten über mein Gesicht und zu meinem Hals, um dort an einer Stelle zu saugen.

»Mhmmmm…«, stöhnte ich und schob ihr T-Shirt hoch. Ich zog es ihr über den Kopf und sie schaute mich mit ihren grünen Augen ganz unschuldig an.

»Keine Knutschflecke, hatte ich gesagt…!«, ermahnte ich sie.

»Ich, weiß. Deswegen mache ich es ja so gerne, Schatz!«, lachte sie.

An mich gezogen, küsste ich dieses Mal ihren Hals. Ich tastete nach den Haken ihres BHs und öffnete sie. Die Träger rutschten ihre Arme herunter und gaben ihre Brüste frei. Meine Küsse wanderten weiter nach unten und ich lutschte an ihren großen Nippeln.

»Mhmm…. mach weiter!«, stöhnte Anne erregt, während ihre Nippel immer härter wurden.

Ihre Hand öffnete die Knöpfe meiner Hose, sie zog mein Oberteil aus, wobei ich sie beobachtete. Kurze Zeit später lag auch meine Hose neben dem Sofa und der schwarze Rock nicht weit entfernt. Ich vergrub meinen Kopf zwischen Annes Schenkeln, sie lag mittlerweile auf dem Sofa. Nachdem ich ihren schwarzen String über ihre Beine gezogen hatte, schob Anne meinen Kopf wieder dazwischen.

Ich leckte mit meiner Zungenspitze durch ihren Schlitz und nahm ihren süß-bitteren Saft auf.

»Mhmmmm ...«, stöhnte Anne auf, »mach weiter ...«

Mit meinen Fingern zog ich ihre zarten Lippen auseinander und leckte weiter ihre nasse Pussy. Annes Stöhnen wurde immer lauter und sie presste meinen Mund noch fester zwischen ihre Schenkel. Ich nahm meine Finger dazu und drang langsam in sie ein. Erst mit zwei Fingern, später nahm ich sie sogar mit drei Fingern. Zwischendurch leckte ich sie wieder mit meiner Zunge. Annes Stöhnen hallte durch das ganze Wohnzimmer.

»Jetzt mach schon. Fick mich endlich!« drängelte sie und holte mich nach oben.

Sie zog mir mit einem Ruck den Slip herunter. Anne hatte es gerne ein bisschen wilder.

Ich war nichts anderes gewohnt, sie war meine erste Freundin. Sie war einfach eine kleine Drecksau. Anne hatte schon meinen Schwanz in ihrer Hand und rieb ihn. Ich zog ein Gummi darüber und ließ ihn in ihr versinken. Anne stöhnte auf. Ich fickte sie, Stoß für Stoß, immer wieder tief und hart.

Jedes Mal bis zum Anschlag. Das Ledersofa knatschte.

»Jaaaa. Härter, du Hengst ...«

Anne knetete ihre Titten, während ich sie immer schneller fickte. Ihr Mund war beim Stöhnen halboffen. Ich fand, das machte alles noch erotischer. Sie nahm ihre Beine hoch und ich konnte noch tiefer in sie dringen.

»Tiefer, Schatz ...«, stöhnte sie lauter.

Ich konnte mich nicht mehr zurückhalten. Mein Schwanz begann zu pulsieren und ein paar Sekunden später spritzte ich tief in ihr ab.

»Mhhhmm ... oooar ...«, kam ich laut und rammte meinen Schwanz tief in ihre nasse Pussy.

Völlig außer Atem ließ ich von ihr ab und setzte mich auf das Sofa. Anne hingegen richtete sich auf. »Mitkommen, ich bin noch nicht fertig. Wir gehen in mein Zimmer, das Sofa klebt mir zu sehr.«

Sie nahm mich an die Hand und zog mich die Holztreppe hinauf, bis wir in ihrem Zimmer waren.

»Kümmere´ dich um meine Pussy, Schatz«, kam es von Anne fordernd, als wir auf ihrem Bett lagen. Anne hatte schon ihre Beine gespreizt und ich blickte auf ihre glänzenden Lippen. Ich ließ mir das nicht zwei Mal sagen, schließlich liebte ich es, sie zu lecken.

Meine Zungenspitze wanderte durch den feuchten Spalt. Anne stöhnte leise auf und presste gleich meinen Kopf in ihr Becken. Ich leckte sie, stieß mit meiner Zunge in ihre Nässe und fickte sie damit. Annes Stöhnen wurde lauter und ihre Fingernägel kratzten über meinen Rücken. Ich nahm noch meine Hand zur Hilfe, die auf ihrem Schenkel ruhte. Mit zwei Fingern penetrierte ich ihre schmatzende Pussy.

»So ist das gut, ja, mach weiter, weiter ...«, stöhnte Anne.

Ich verwöhnte Anne weiter, merkte, wie sie mir vor Geilheit durch die Haare fuhr und meinen Kopf zwischen ihre Schenkel drückte, sodass ich fast keine Luft mehr bekam. Danach bekam ich wieder ihre Nägel auf dem Rücken zu spüren.

Irgendwann wanderten meine Küsse über ihre Perle den Bauch hoch zu ihren Nippeln. Ich fingerte sie nun mit drei

Fingern und knetete mit der anderen Hand eine ihrer Brüste.

»Noch ein bisschen, mehr!«, stöhnte Anne noch lauter und ihre Fingernägel vergruben sich in meinem Rücken. Ihr Körper erbebte und ließ mich erahnen, dass sie gekommen war.

»Das war sehr geil, Großer!«, brachte sie völlig außer Atem hervor. Ich rutschte zu ihr nach oben und Anne kuschelte sich an mich. Ich fühlte mich stark, stolz und sehr erregt. Es hatte ihr gefallen.

Anne war für den Moment etwas erschöpft und wir machten es uns auf dem Bett bequem. Ich wusste schon, als ich neben ihr lag, dass sie nicht lange Ruhe geben würde. Wir schauten etwas TV und schon verirrte sich Annes Hand wieder zwischen meinen Beinen und streichelte meinen Schwanz. Unsere Küsse wurden schnell wieder wild und innig.

Wie kann man nur so gierig sein, dachte ich.

Aber ich kannte es ja nicht anders und dachte, es müsse so sein.

Ich knetete ihre Titten und konnte mich nicht beherrschen, ihnen ein paar Küsse aufzudrücken. Mein Schwanz war erneut zu einem harten Prügel angewachsen und Anne wichste ihn nun hart und fordernd.

»Na, mein Süßer, hab ich dich wohl wieder geil gemacht?«, grinste sie.

Während sie weiter mit meinem Schwanz beschäftigt war, vergrub sich meine Hand zwischen ihren Schenkeln. Sie war dort heiß und feucht. Unsere gegenseitigen Berührungen ließen uns leise stöhnen. Mir war etwas schwindelig, ich war wie im Rausch. Wir wurden immer gieriger und es dauerte nicht lange, da drehte sich Anne um und streckte mir ihren Po entgegen, drückte ihren Rücken durch und sah mich über die Schulter provozierend an. Also begann ich, langsam in sie einzudringen und sie in ruhigem Rhythmus zu ficken.

Anne kniete auf allen Vieren vor mir und drückte mir ihren Po mit jedem Stoß entgegen. Mit jedem Stoß wurde ihr Stöhnen lauter und ließ mich alles rund herum vergessen. Ich fickte sie noch härter, schneller und griff ihr dabei in die Pobacken.

»Mhhhmm ... gut so!«, kam es nur von Anne, die mit ihrem Kopf jetzt auf dem Kopfkissen lag.

Jeder Stoß gab ein klatschendes Geräusch und es dauerte nicht lange, bis ich spürte, dass ich bald kommen musste. Das Gefühl war einfach überwältigend, ich verlor völlig die Kontrolle.

Anne stöhnte, rief, sie wolle es noch härter, und ich stieß so fest zu, wie ich konnte. Aber beim nächsten Mal war es soweit. Ich stieß noch einmal richtig tief hinein und spritzte in ihr ab.

»Unglaublich ...«, stöhnte ich leise und völlig außer Atem.

Anne grinste wieder vergnügt und legte sich auf die Seite. Sie hielt mir eine Hand entgegen.

»Komm her, ich will in deine Arme!«

Wir kuschelten uns zusammen unter die Decke und widmeten uns wieder dem Fernsehprogramm. Fälschlicherweise ging ich davon aus, dass es das bereits für den Abend gewesen sei. Ich irrte mich.

Allerdings ruhten wir uns wirklich eine Zeit aus, bis Anne sich zu mir umdrehte und meinte:

»Bevor wir schlafen, könnten wir eigentlich noch in die Badewanne. Kommst du mit?«

Es war schon fast halb eins, aber wenn die Eltern nicht zu Hause sind, will man ja schon mal verrückte Dinge tun: nachts in der großen Badewanne der Eltern baden, zum Beispiel.

Anne zog mich also hinter sich her. Im Badezimmer ließ sie Wasser in die Wanne ein.

»Schatz, was guckst du so entgeistert?«, fragte sie und strahlte dabei über beide Wangen.

»Du hast echt nen Knall ...«, kommentierte ich nur.

Anne holte eine Hand voll Wasser aus der Wanne und spritzte es mir direkt ins Gesicht.

»Jetzt sei kein Spielverderber. Ausziehen, komm! Ich hab dich schon nackt gesehen. Ich werde höchstens gleich wieder geil.«, lachte sie.

Ich zog mich aus, weil Anne auch schon fast nackt war. Sie scheuchte mich zuerst in die Wanne und folgte mir dann. Zuerst saß sie mir gegenüber, folgte mir jedoch auf meine Seite, indem sie sich auf mich legte und mir einen langen Zungenkuss gab. Meine Hände glitten über ihren zarten Po, ich bewunderte die wunderschöne Form. Annes Küsse wurden jetzt wilder und ich konnte mich nicht zurückhalten. Trotz des ausdauernden Sex hatte ich schon wieder einen Ständer. Ich konnte Annes Grinsen beim Küssen spüren. Nicht wenig später hatte sie ihre Hand an meinem Schwanz und begann, ihn unter Wasser zu wichsen. Ich schaute zu ihr herunter, sah, wie ihre Brüste mit Schaum bedeckt aus dem Wasser schauten.

»Na, Süßer, bist du schon wieder geil?«, neckte sie mich.

»Wenn du auf mir bist, hab ich wohl keine andere Wahl.«

»Na, ich glaube wir warten noch etwas.«

Anne kuschelte sich an mich und ich genoss, die weiche Haut zu spüren, die von heißem Wasser umgeben war. Als das Wasser kälter wurde, stiegen wir aus der Wanne und trockneten uns ab.

Während ich mich an Annes Titten vergriff, war ihre Hand schon wieder mit meinem Schwanz beschäftigt. Wir zogen uns gar nicht erst an, sondern gingen gleich in Annes Zimmer. Ich schob sie vor mir her und ließ meine Hand dabei ihre Lustgrotte streicheln, mein Schwanz presste sich unterdessen an ihre Pobacken.

»Nimm mich, jetzt gleich ...«, hauchte Anne mir ins Ohr, beugte sich nach vorne und streckte mir dabei den Po entgegen. Ich zog ein Gummi über und ließ meinen Ständer ohne Probleme in ihre weiche Lustgrotte eintauchen.

Anne stöhnte leise auf und ich begann, sie zu ficken.

»Härter ... los komm schon, ramm ihn rein«, stöhnte sie und ich kam ihrer Forderung nach. Wahrscheinlich würde gleich wieder ihre Äußerung kommen, ich solle sie ficken, als wenn ich sie vergewaltigen würde. Ich mochte diese Aussage nicht. Das war nicht meine Fantasie, die Vorstellung, eine Frau zu vergewaltigen gibt mir nichts. Außerdem war ich damals sowieso noch zu sehr mit all den neuen Eindrücken und Gefühlen beschäftigt, um irgendwelche Spielchen zu spielen.

Aber Anne forderte und ich gab ihr, was sie wollte.

Also bekam sie es jetzt ordentlich hart von mir. Das Klatschen ihres Pos hallte durch das ganze Zimmer, ebenso wie ihre Lustschreie. Zwischendurch bekam sie noch einen groben Schlag mit der Hand auf ihren Arsch, dann kniff ich von hinten ihre Nippel. Annes kleiner Apfelpo wurde langsam leuchtend rot. Weil wir schon so oft am Tag Sex gehabt hatten, fickte ich sie nun umso länger. Anne hielt mit ihrem Arsch immer wieder gegen meine Stöße.

Nach langen, sehr geilen Minuten spürte ich, dass es nun nicht mehr lange dauern konnte. Ich stieß noch einmal zu und kam in Anne. Verschwitzt und völlig erschöpft krochen wir ins Bett und schliefen aneinander gekuschelt ein.

Anne hatte ein relativ schmales Bett, genauso wie ich bei mir zu Hause. Wir waren es damals gewohnt, mit wenig Platz auszukommen, ich schlief tief und traumlos wie selten und weiß jetzt, dass dieser Abend eine neue Seite in mir erweckt hatte.

Am nächsten Morgen wurde ich von meinem kleinen Monster geweckt. Und mein Monster war schon wieder geil. Ich konnte das in ihren Augen sehen. Anne lag bereits auf mir und küsste mich, wobei mir ihre braunen Haare ins Gesicht fielen. Ihr Becken kreiste auf meinem Schwanz und sie brauchte keine Minute, um mich willig zu bekommen. Ich hatte gar keine andere Wahl.

Ihr geiler Blick sagte nur eines: Ich will dich jetzt, hier und sofort!

Anne hatte schon ein Gummi heraus gekramt und drückte mir dieses ohne ein Wort in die Hand. Ich zog es über meinen Schwanz. Annes Hand hatte ihn sofort danach in ihrer Hand und führte ihn zu ihrer nassen Möse. Ich spürte, wie ich langsam und Stück für Stück in ihr versank.

Anne stützte sich mit den Händen auf meiner Brust ab und fing an, mich zu reiten. Erst ziemlich langsam, dann wurde es immer schneller und wilder. Zwischendurch schob sie ihr Becken vor und zurück, etwas, wovon ich immer sehr geil werde, so dass es nicht lange dauert. Anne wusste das und begrenzte ihre Bewegungen immer auf eine kurze Phase. Ihr wilder Ritt entlockte ihrer Pussy immer wieder schmatzende Geräusche.

»Mhhhmm ... das ist schön, Schatz ...«, beteiligte ich mich stöhnend an der Unterhaltung, denn Anne war schon wieder sehr laut. Ich knetete ihre kleinen festen Brüste, schloss die Augen und genoss die nächsten Augenblicke, denn Anne brachte mich gerade bewusst dazu, dass ich kam.

Sie grinste über beide Ohren: »Guten Morgen, hast du gut geschlafen?«

»Na, geschlafen ... ging so. Aber ich hatte einen bezaubernden Wecker. Du Monster ...«, sagte ich und kitzelte sie.

Nachdem wir aufgestanden waren und uns angezogen hatten, gingen wir nach unten in die Küche. Wir plünderten den Kühlschrank und bereiteten uns ein schönes Frühstück zu: Brötchen, Orangensaft, Aufschnitt, Kaffee, Milch, Nutella, Marmelade und Eier.

Anne saß mir grinsend gegenüber.

»Was machen wir heute, Schatz?«

Ich schaute nach draußen. Das Wetter war gut.

»Wie wäre es, wenn wir ein paar Sachen packen und zum See skaten?«

»Klingt gut«, stimmte sie zu, beugte sich über den Tisch und gab mir einen sinnlichen Kuss. Ich nahm einen

Schluck von meinem Kaffee und biss in das Nutella-Brötchen. Die beste Kombination am Morgen. Anne kicherte.

»Hm?«, fragte ich verwirrt.

»Du hast da was an deiner Lippe, Schatz.«

Anne beugte sich erneut vor und gab mir einen Kuss. Dieses Mal saugte sie an meiner Lippe.

»Jetzt ist es weg«, informierte sie mich und blickte mich dabei mit ihren grünbraunen Augen an.

»Danke«, grinste ich.

Der Blick in ihren Augen stimmte mich nachdenklich. Jetzt hatte es mich wohl erwischt, wurde mir klar. In den letzten Tagen hatte ich überhaupt nicht mehr an Vanessa gedacht. Ich sehnte mich nur nach Anne. Auch an diesem Tag wollte ich nur die ganze Zeit mit ihr verbringen, sonst nichts.

Wir packten unsere Sachen und schnallten uns die Skates unter die Füße. Zum See brauchten wir eine gute Stunde. Es ging quer durchs Feld. Hier konnte man gut zu zweit fahren. Die meisten Getreidefelder waren abgeerntet und der Mais war noch nicht so groß. So konnten wir die Landschaft genießen und fuhren meist nebeneinander her. Verkehr gab es hier kaum. Ich genoss es, Anne beim Fahren zuzuschauen. Dieser Anblick ließ mein Herz rasen.

Am See angekommen, packten wir unsere Badetücher aus und legten uns zusammen auf die Wiese. Anne hatte sich bis auf ihren Bikini ausgezogen und ich hatte nur noch Boxershorts an. Die Strahlen der Sonne wärmten die Haut. Es war nicht mehr so heiß wie im Hochsommer, aber noch warm genug für ein Sonnenbad. Als ich zu Anne hinüber schaute, hielt sie die Augen geschlossen und ich konnte ihren Körper mustern, die braune Haut, ihre schlanken Beine und ihren Bauch.

Das Piercing am Bauchnabel hatte sie sich vor ein paar Wochen stechen lassen. Mittlerweile war es schon fast verheilt und der Stecker mit dem roten Stein kam voll zur Geltung. Ich musste lächeln, als ich feststellte, dass ich die ganze Zeit nur Augen für Anne und mich komplett in ihren Anblick vertieft hatte.

War das Liebe? War dies das Gefühl, von dem alle sprachen? Diese Mischung aus Freude, den anderen anzusehen, aus Geborgenheit und Lust?

Aber warum hatte ich das am Anfang nicht gespürt? Anne hatte mich haben wollen, hatte gekämpft und nun hatte sie mich bekommen. Ich war verwirrt, scheuchte die Gedanken weg.

Ich schaute zum See und sah, wie einige Jugendliche sich trotz der nicht mehr durchgängig sonnigen Tage in den letzten Wochen ins Wasser stürzten. Das Wasser durfte deutlich kühler sein als im August. Mir lief es kalt den Rücken herunter. An diesem Experiment wollte ich nicht unbedingt teilnehmen. Ich blieb auf meinem Badetuch und kümmerte mich um Anne. In wenigen Tagen sollte sich das Wetter verschlechtern, dieser Tag sollte der letzte Sommertag in diesem Jahr gewesen sein.

Der rote Fleck

Mein bester Freund und damaliger Arbeitskollege wollte am Wochenende darauf mal wieder etwas mit mir unternehmen, da ich die letzten Wochenenden immer bei Anne gewesen war. Er hatte selbst auch eine Freundin und so planten wir, zusammen in die Disco zu fahren. Ich fragte Anne, ob sie mitkommen würde. Sie war einverstanden und so sagten wir zu.

Wir trafen uns vorher bei ihm, denn er hatte noch ein paar Freunde eingeladen. Insgesamt waren wir acht Leute. Dann ging es mit zwei Autos weiter. Anne hatte schon ein wenig getrunken und flüsterte mir anzügliche Bemerkungen ins Ohr. Als wir in der Diskothek auf der Tanzfläche waren, hielt sie nichts mehr zurück. Ich bekam nur im Augenwinkel die Blicke der anderen Gäste mit, weil Anne mich antanzte und daraus eine Show veranstaltete.

Ich hatte nichts dagegen und zog sie immer wieder an mich. Im Verlauf des Abends hatte Anne viel Alkohol getrunken, dass ihre Küsse und Bewegungen immer ausgelassener wurden und man ihr deutlich anmerkte, dass sie sehr betrunken war.

Als ein Gast über die Tanzfläche brüllte »Nehmt euch gefälligst ein Zimmer« und Anne dieses trocken mit »Mein Kerl hat wenigstens 'nen Grund dafür, sich 'nen Zimmer zu nehmen« kommentierte, sah ich, dass es Zeit war, zu gehen. Meine kleine Zicke sah das allerdings anders.

»Iiisch will noch hierbleiben ... ssscht doch lustig. Der Typ da hinten hat bestimmt noch nicht mal Titten angefasst«, lallte Anne und hielt sich an mir fest.

»Schatz, wir gehen wirklich besser. Du kannst ja kaum noch stehen.«

Mein bester Freund kam ebenfalls dazu.

»Was ist mit ihr?«

»Sie ist betrunken«, kommentierte ich die Situation.

»Nein, bin isch gar niiisch ...«, protestierte Anne. »Der Typ da hat nur gemeint, wir sollen uns nen Zimmer nehmen. Guck dir den mal an. Als wenn deeeeer das beuuuurteilen kann.«

»Schatz, wir gehen jetzt«, sagte ich energisch.

»Nur, wenn duuuu dich gleich um miiiiiich ...«, lallte sie weiter und tippte mit ihrem Finger auf meine Brust. Ich umarmte Anne und verließ mit ihr den Ort des Geschehens. Als wir bei mir ankamen, schickte ich Anne zuerst ins Badezimmer. Sie kam nur mit einem Höschen und T-Shirt bekleidet wieder.

»Komm her mein Hengst ... huuuuuups«, kam es aus ihrem Mund und eh sie sich versah, saß sie auf dem Boden. Sie kicherte wie verrückt, aber in dem Moment war ich nur genervt. Ich verließ das Schlafzimmer und ging ins Bad. Als ich wiederkam, lag Anne im Bett und schlief.

Am nächsten Morgen wachte ich neben ihr auf. Sie schlief noch. Ein paar Haare bedeckten ihr Gesicht und ich beobachtete sie lange, wie sie leise atmete.

Ich strich ihre Haare sanft zur Seite und gab ihr schließlich einen Kuss.

»Guten Morgen, Süße.«

»Guten Morgen, Süßer.«

Ich zog sie in meine Arme und wir küssten uns. Ihre Hand wanderte über meinen Bauch zu meinem Schwanz.

»Mhmm Don ... gerade erst wach und schon geil auf mich?«, grinste sie frech.

Ich begann, Annes Hals zu küssen, und biss ihr sanft ins Ohrläppchen. Anne schob meinen Slip beiseite und wichste mir meinen harten Schwanz, während ich unter ihr T-Shirt kroch, um ihre Brüste zu massieren und an ihren Nippeln zu lutschen.

Meine Hand wanderte zu ihrem String ...

»Nein, Süßer ... das geht nicht, ich hab meine Tage.«

Sie gab mir einen Kuss.

»Geh ins Wohnzimmer, auf die Couch ... ich komm gleich nach.« lächelte Anne. Sie schob die Decke beiseite, stand auf und ging ins Bad. Ich stand ebenfalls auf und ging ins Wohnzimmer.

Ein paar Minuten später stand Anne in der Tür. Sie hatte nur ihr T-Shirt von der Nacht an und ihr Blick sagte schon wieder alles aus: Komm, fick mich!

Anne kam zu mir auf die Couch und gab mir einen langen, ungestümen Zungenkuss. Ihre Hände zogen meinen Slip aus und sie wichste mir wieder den Schwanz, wild und hart, wie es ihre Art war. Ihre Lippen wanderte über meinen Körper bis hinunter zu meinem Schwanz und verwöhnten ihn mit ihrer Zunge. Ich vergrub meine Hände im Sofa, während Anne mir zeigte, wie tief ihr Mund war.

»Oh Anne ...« Ich strich mit meinen Händen durch ihre glatten braunen Haare.

Ihre Hände wanderten über meinen Oberkörper.

Anne setzte sich auf mich und ließ meinen harten Ständer

langsam in ihrer nassen Pussy verschwinden. Sie lehnte sich nach hinten, drückte meinen Schwanz immer tiefer in sich. »Mhmm ... Anne ...«, stöhnte ich. Ich konnte mich kaum noch beherrschen, weil sich mein Schwanz so bog und gegen ihre Pussy drückte. Annes Titten wippten mit jedem Stoß auf und ab.

»Jaaa ... jaaaa ...«, stöhnte Anne.

Dann beugte sie sich zu mir nach vorne, gab mir einen Kuss und meinte: »Komm, Großer, nimm mich auf dem Sessel ... aber richtig ... ich bin so geil auf dich!«

Sie rutschte vom meinem Schwanz und ging zum Sessel. Ich folgte ihr. Anne setzte sich breitbeinig auf den Sessel, ich stützte mich mit den Händen ab und stieß meinen Schwanz zwischen ihre nassen, roten Lippen. Das Blut aus ihrer Pussy klebte mittlerweile an meinem harten Ständer.

»Mhmm ... jaaa ... fester, härter, gib's mir ...« Ich nahm sie noch härter.

Mein Schwanz hämmerte immer wieder in sie. Mit jedem Stoß ließ sie mich die Enge spüren, jeder Stoß erzeugte ein schmatzendes Geräusch. Ich liebte es, zu hören, wie mein Geschlecht ihre nassen Lippen spreizte und bis zum Anschlag in sie eindrang und ich stieß noch schneller zu. Anne war bereits völlig außer Atem. Ein paar Minuten später kam sie, ich fickte sie aber trotzdem weiter.

»Jaaaaaaaaa ... gut so, Süßer ...«

Kurz darauf war es soweit, mein Schwanz schoss meinen Saft heraus. Nichts ahnend zog ich meinen blutverschmierten Schwanz aus ihrer Pussy und bemerkte, dass das Kondom abgerutscht war.

»Schatz, das Kondom steckt noch drin ...«

Unterdessen lief mein Saft, gemischt mit ihrem roten, auf den Sessel.

Mir war das alles unangenehm, auf diese Situation war ich nun wirklich nicht vorbereitet. Was sollte ich jetzt tun?

»Hol es raus, Süßer ... los ...«, reagierte sie sehr hektisch auf meine Aussage.

Mit den Fingern fummelte ich das Kondom aus ihr heraus. Sie war total blutverschmiert und mein Sperma tropfte immer weiter aus ihr.

Sie sprang hektisch auf, verschwand im Bad und ließ mich mit einem undefinierbaren Gefühl alleine zurück.

Seitdem zierte ein dunkelbrauner Fleck meinen Sessel ...

Ausgeträumt

Es waren keine drei Wochen vergangen, da änderte sich mein Leben schlagartig. Bis zu diesem Tag war ich sehr glücklich, hatte alles, was ich brauchte. Ich hatte seit zweieinhalb Monaten eine hübsche Freundin! Manchmal war sie etwas kompliziert, aber welcher Mensch ist schon perfekt? Keiner! Ich fühlte mich wohl mit ihr, die Tage waren ausgefüllt mit schönen Momenten mit Anne. Es gab immer etwas, auf das ich mich freuen konnte. Wir waren verliebt. Ich hätte nie gedacht, dass ein kurzer Moment dies alles zerstören könnte.

Wir waren auf dem Weg zu einer Freundin von Anne, als uns von rechts ein Geländewagen ins Auto fuhr. Ich erwachte eine Woche später aus dem Koma und konnte mich an nichts erinnern. Wenige Tage später konnte ich mich nicht mal mehr an den Tag des Aufwachens erinnern. Meine Eltern erzählten mir von meinem Autounfall und dass es Anne den Umständen entsprechend sehr gut ginge. Sie hatte Glück gehabt und nur einen Riss in der Kniescheibe abbekommen.

Mich hingegen hatte es schlimmer erwischt, sogar einige schwere Kopfverletzungen mussten behandelt werden. Meine erste Operation wurde sehr schnell nach meinem Erwachen angesetzt. Die komplizierte Kopfoperation sollte erst zwei Wochen später durchgeführt werden. Ich wusste gar nicht, was mich erwarten würde. Also saß ich im Krankenhaus fest. Anne hatte mich noch nicht besucht.

Eines Abends klingelte das Telefon. Es war Anne. Wir redeten miteinander, ich fragte nach, wie es ihr ging. Irgendwann konnte ich es mir nicht verkneifen, danach zu fragen.

»Warum besuchst du mich nicht? Können deine Eltern dich nicht mal zu mir bringen?«

»Ich möchte nicht kommen. Ich kann das nicht. Ich will das alles nicht mehr.«

»Was möchtest du nicht mehr?«, fragte ich etwas verwirrt.

»Das mit uns. Ich glaube nicht, dass es passt. Es fehlt einfach das letzte Bisschen.«

Das sagte sie mir jetzt? Wo ich im Krankenhaus lag? Ich war so verwirrt, dass ich nicht mehr wusste, was ich sagen sollte. Mir schossen die Tränen in die Augen.

»Können wir uns noch einmal sehen, bitte? Ich bekomme nächstes Wochenende zwei Tage frei vor der großen Operation«, fragte ich total verstört.

»Du kannst einen Nachmittag zu mir kommen und wir bringen dich wieder zum Krankenhaus. Wenn du das willst. Aber meine Entscheidung steht fest.«
Ich hätte sagen müssen, dass ich verzichtete. Aber ich sagte zu. Wahrscheinlich war es die Hoffnung, sie würde ihre Meinung noch einmal ändern.

Als meine Eltern mich an dem Wochenende abholten, gab ich vor, bei mir zu Hause ein paar Sachen holen zu müssen. Eigentlich war ich aber nur aus einem Grund in meine Wohnung zurückgekehrt: Für den nächsten Tag wollte ich Kondome bereit halten! Ich wühlte in meinem Nachttisch und steckte schnell 2-3 in meine Hosentasche. Sie wollte zwar nicht mehr mit mir zusammen sein, aber ich war mir sicher, dass ich noch ein letztes Mal Sex mit ihr haben konnte. Wenigstens das wollte ich noch einmal erleben. Und vielleicht würde sie es sich noch mal überlegen?
Ich ging durch die Wohnung und suchte mir ein paar andere Sachen zusammen, die ich mitnahm. Meinen Eltern hatte ich noch nicht erzählt, dass Anne Schluss gemacht hatte.
Das wollte ich erst nach der Operation tun, falls Anne bei ihrem Entschluss bleiben würde.

Den ersten Tag verbrachte ich bei meinen Eltern. Am nächsten Tag brachten sie mich zu Anne, da mein Auto nach dem Unfall nur noch Schrott war. Anne begrüßte mich an der Tür und wir gingen kurz ins Wohnzimmer, um ihren Eltern "Hallo" zu sagen. Ein paar Minuten später machten wir uns auf den Weg in ihr Zimmer im ersten

Stock. Anne hatte ein Paar Gehhilfen, weil ihr rechtes Bein nach dem Unfall eingegipst worden war. Wir setzten uns aufs Sofa.

»Hast du schon Angst vor der OP?«, fragte Anne und schaute mich an.

Ich runzelte die Stirn.

»Ja schon etwas ... die wird ja nicht gerade sehr leicht werden.« seufzte ich.

Anne umarmte mich.

»Wird schon alles gut gehen.«

»Ja, hoffentlich ...«

Ich zog sie vorsichtig an mich und gab ihr einen Kuss. Der erste seit fast drei Wochen.

Sie schaute mich an.

»Du weißt, dass es nur zum Abschied ist?!«, ermahnte sie mich.

»Ja, das weiß ich doch, Süße.«

Anne gab mir einen Zungenkuss und umarmte mich. Wir legten uns aufs Bett und kuschelten miteinander. Wir küssten uns weiter und Annes Hand wanderte langsam zu meiner Hose und öffnete den Knopf. Kurze Zeit später hatte sie schon meinen Schwanz in der Hand und wichste ihn hart. Ich zog ihr Oberteil und den BH aus. Während sie meine harte Stange rieb, liebkoste ich ihre Nippel und massierte ihre Brüste. Ihre großen grünbraunen Augen strahlten mich an. Ich tauchte ein in sie und fühlte mich wieder so nah bei ihr.

»Du bist so geil ...«, stöhnte ich.

Anne zog mir das Sweatshirt und T-Shirt aus.

Ich versuchte, Annes Hose auszuziehen, was aber etwas

schwieriger war, weil sie den Fuß in Gips hatte. Anne half ein bisschen nach, so dass sie schließlich nur noch im String vor mir lag. Meine Finger wanderten unter ihren String, um ihre Lippen zu ertasten, in sie einzudringen und sie zu fingern.

Ich griff mit meiner Hand an ihren Po und zog langsam den String herunter, wobei mich Anne neugierig beobachtete. Sie spreizte ihre Beine weit und ließ mich mit meiner Zunge in ihre Lustgrotte eintauchen. Ich saugte zärtlich an ihren großen Lippen und spielte mit meiner Zungenspitze langsam an ihrem Kitzler. Sie stöhnte. Sie wurde immer so schnell geil …

Ich lächelte, leckte sie weiter und zwei meiner Finger tauchten in ihre Pussy ein. Nach ein paar Minuten nahm ich noch einen Finger mit dazu. Annes Stöhnen wurde langsam lauter.

»Komm her, Süßer, und nimm mich, ein letztes Mal!«, flüsterte sie leise und zog mich zu ihr rauf. »Aber pass auf meinen Gips auf.«

Es gab mir einen Stich. Warum musste sie mich jetzt noch einmal daran erinnern? Ich schob den schmerzenden Gedanken beiseite, holte das Kondom aus meiner Tasche, riss die Verpackung auf und zog das Gummi über meinen Schwanz.

»Los komm her, mein süßer Hengst!«, grinste Anne.

Ich legte mich auf Anne und ließ meinen Schwanz in ihre feuchte Pussy gleiten. Durch das Gipsbein kamen leider nicht viele anderen Stellungen in Frage.

Ich stieß langsam zu.

»Heftiger, Süßer!«, stöhnte Anne. »Nimm mich, als wenn

du mich vergewaltigen wolltest!«

Ich stieß heftiger zu und Annes Stöhnen wurde immer lauter.

»Mhmm ... jaaa ...«

»Ohh Süßeeee ...«, stöhnte ich, während ich sie weiter fickte und sah wie sich bei jedem Stoß ihre süßen Titten auf und ab bewegten.

Ich gab Anne einen innigen Zungenkuss und ließ meinen harten Schwanz weiter in sie gleiten.

»Don ... mir kommt es gleich ...«, stöhnte sie völlig außer Atem.

Ich konnte meinen Orgasmus nicht mehr zurückhalten und stieß noch einmal zu.

Dann kam ich in ihr.

Anne lag etwas verschwitzt auf dem Bett.

»Ich will dich noch mal lecken ...«, flüsterte ich und kroch nach unten zwischen ihre Beine. Ich wollte unbedingt noch einmal ihren süß bitteren Saft schmecken, in dieser süß bitteren Situation.

Meine Zungenspitze strich langsam über ihren Kitzler und über ihre Grotte hin zu ihrem Loch um einzutauchen. Annes Stöhnen wurde wieder lauter.

»Mach weiter ...« Sie drückte meinen Kopf tief zwischen ihre Schenkel.

Ich saugte wieder an ihrem Kitzler, während Anne sich mit ihren Fingern in der Bettdecke festkrallte.

»Noch ein bisschen, mir kommt es gleich noch mal!«, stöhnte Anne.

»Mhmmmm ... jaaaa ...«

Ich kroch zu Anne unter die Decke, gab ihr einen Kuss und kuschelte mich an sie.

War das also das letzte Mal gewesen … ? Ich wäre am liebsten nicht wieder aufgestanden. Draußen wurde es langsam dunkel und ich wusste, dass es bald Zeit war, zu gehen.

Ich verstand alles nicht. Warum wollte sie sich trennen, obwohl alles so schön zwischen uns war? Was fehlte ihr denn? Ich lag mit offenen Augen da und wurde zusehends trauriger.

Aber Selbstmitleid ist nicht mein Ding. Ich schwor mir, dass ich nach der Operation mein Leben genießen würde. Es würde bestimmt noch andere Frauen für mich geben.

Schon einige Wochen nach meinem Krankenhausaufenthalt war ich mit meinen Gedanken nicht mehr bei Anne. Durch meine Verletzung war ich einige Zeit krankgeschrieben und musste mich unter anderem um Wohngeld kümmern.

Aus diesem Grund bekam ich einen Brief von der Stadtverwaltung. Also musste ich zur Verlängerung meines Antrages wieder einmal alles ausfüllen und meine ganzen Unterlagen zur Stadtverwaltung bringen. Ich wollte das alles schon früh morgens erledigen, deswegen war ich bereits um 9 Uhr dort. Ich klopfte an die Tür und trat ein. Es war niemand da. Erwähnenswert ist dabei, dass es zwei Räume für Wohngeld gab, man hatte einfach das Alphabet unterteilt. Ich verließ gerade den Raum, als nebenan eine hübsche junge Dame die Tür öffnete und zu mir sagte: »Einen Augenblick, Frau Maier ist gerade nach unten gegangen, die müsste aber gleich wiederkommen!«

Ich dachte nur: Von dir lass ich mir meinen Antrag sicherlich viel lieber genehmigen!

Ihre Beine wollten nicht enden und die langen blonden Haare mit dem hübschen Gesicht ergaben den Rest: Ich wurde geil und musste mir große Mühe geben, normal zu wirken. In der Art vertröstet setzte mich auf einen der Stühle, die auf dem Gang standen. Es dauerte 10 Minuten, aber nichts geschah. Ich beschloss bei der netten jungen Dame von vorhin anzuklopfen. Nach einem »Herein« öffnete ich die Tür und trat ein.

»Ich wollte eigentlich nur meinen Antrag auf Verlängerung des Wohngeldes abgeben ...«, sagte ich.

»Und ein Date für eine Nacht mit Ihnen hätte ich auch gerne«, hörte ich mich in Gedanken sagen.

»Gut, kommen Sie herein!«

Ich konnte meinen Blick gar nicht von ihrem Körper abwenden: schlank, geile Beine, lange blonde Haare und eine hübsche Oberweite. Sie überblickte den Antrag, kopierte das Nötigste und ich konnte gehen. Leider, denn ich musste ein paar Tage später immer noch an sie denken ...

Die Ansage reißt mich aus meinen Gedanken.

»In wenigen Minuten erreichen wir Hannover Hauptbahnhof.«

Ich bemerke, wie die Leute hektisch das Abteil verlassen. Eine ältere Dame müht sich mit ihrer Tasche ab, die sie im Gepäcknetz verstaut hatte. Die anderen Passagiere stehen jetzt im Gang und warten dort. Warum tun sie das nur immer, frage ich mich jedes Mal, wenn ich mit dem Zug fahre: Der Zug steht noch nicht einmal. Ich bleibe entspannt sitzen und versuche erst einmal, wieder meine Laune zu heben. Anne ist Teil meiner Vergangenheit. Sie war der Beginn. Danach hatte ich meinen Schwur umgesetzt. Das Leben konnte so schnell zu Ende sein. Da ist doch ein bisschen Spaß erlaubt, oder?

Der Zug hält und ich mache mich auf den Weg zum Ausgang. Ich blicke in das ein oder andere Abteil und sehe die Menschen mit ihren Zeitungen, Handys und Büchern. Bahn fahren macht Spaß. Da hatte ich ja auch schon mal etwas erlebt. Einen internationalen Zwischenfall, wenn mal so will. Ich grinse und der Kerl aus dem nächsten Abteil schaut mich entgeistert an.

Heiße Bahnfahrt

Ich stand jetzt schon eineinhalb Stunden in Bonn auf dem Bahnhof und wartete auf den Zug. Verspätung!

Es kam eine Durchsage, dass der Zug überhaupt nicht mehr kommen würde. In Süddeutschland tobte anscheinend ein Unwetter und der Zug musste umgeleitet werden. Na, das war echt toll.

Ausgerechnet auf dem Bahnsteig, auf dem ich wartete, gab es kaum Sitzgelegenheiten. Und die, die es gab, waren natürlich besetzt. Ich hatte mir eben noch eine Zigarette angezündet, da kam ein Mädchen auf mich zu. Ganz verlegen schaute sie mich an und meinte: »Hallo, hast Du wohl

Feuer?«

»Ja, klar, Moment«, erwiderte ich und kramte in meiner Hosentasche nach der Zigarettenschachtel mit dem Feuerzeug.

Sie bedankte sich, drehte sich um und ging.

Süßes Ding, dachte ich nur.

Sie war vielleicht 18 oder 19.

»Auf Gleis 1 fährt nun ein der EC 526 von München nach Berlin über Hannover«, dröhnte es aus dem Lautsprecher.

Ich stöhnte auf. Endlich! Nun dauerte es noch ein paar Stunden und ich war wieder zu Hause. Der Zug hielt an. Ich stieg mit ein paar anderen Leuten ein und suchte mir – ohne lange zu überlegen – ein Abteil und setzte mich. Ich schaute mich um.

Oh toll, sechs Richtige! Es saßen nur alte Leute im Abteil. Ich vermied es, meinen Discman aus der Tasche zu holen und Musik zu hören, um irgendwelchen dummen Bemerkungen zu entgehen. Also packte ich meine Zeitschrift aus und fing an, zu lesen. 20 Minuten später waren wir in Köln angekommen und – welch Wunder! – es blieb nur noch ein Ehepaar sitzen. Es kamen zwei nette junge Mädchen ins Abteil, die ihre großen Koffer vor der Tür ließen. Sie setzen sich mir genau gegenüber und fingen an, zu reden. Französisch? Ja, ich glaub es war französisch. Zu dumm, dass ich das damals in der Schule abgewählt hatte. Das Mädchen, das mir gegenüber saß, hatte ein hellblaues, geknöpftes Top an. Nur noch die unteren der fünf Knöpfe waren zugeknöpft und ließen süße, kleine, birnenförmige Brüste erahnen. Auch sonst sah sie sehr nett aus. Braune, schulterlange Haare mit blonden gelockten Strähnen. Ich schaute in ihre grünbraunen Augen und danach herüber zu ihrer Freundin. Sie war etwas größer, wirkte ein bisschen älter, hatte blaue Augen und schwarze Haare, die sie unter einem Kopftuch versteckte.

Die Dinger sind im Moment wieder der letzte Schrei, dachte ich nur.

In ihrem Gespräch schauten sie ab und zu mal zu mir herüber. Meist schaute ich gleich desinteressiert nach draußen, was natürlich auf keinen Fall so war. Aber ich hatte inzwischen gelernt, dass zuviel Interesse Frauen langweilt.

An der nächsten Station verließ uns das ältere Ehepaar. Wir waren allein. Je länger sie da saßen, desto länger und intensiver wurden meine Blicke zu den Mädchen nun doch. Das brünett-blonde Mädchen schaute mich an und zog noch ein bisschen ihr Top zur Seite, so dass ich noch mehr Einblick hatte. Spielte sie mit mir? Ich war verunsichert.

Aber dann nahm ich all meinen Mut zusammen:

»Mach doch noch einen Knopf auf, denn was ich jetzt sehe, gefällt mir schon ziemlich gut!«, sagte ich frech und nahm an, dass sie gar nicht verstanden, was ich sagte.

Die beiden sahen sich an, redeten irgendwas auf französisch und kicherten.

»Vielleicht kommst du mal gerade herüber und machst das selbst!«, sagte sie mit einem französischen Akzent.

Ich war ziemlich überrascht, stand aber wortlos auf, lächelte, beugte mich zu ihr herunter und öffnete einen weiteren Knopf.

Sie kicherten.

»Was hältst Du davon, wenn ich den nächsten öffne?«,

fragte ich.

»Oui, mach doch!«, kam es leise zurück.

Ich starrte auf ihre Brüste, beugte mich weiter vor und küsste sie auf den Hals.

»Was hältst Du davon, wenn deine Freundin rausgeht und schaut, dass keiner uns unterbricht?«, fragte ich.

Sie nickte. Wieder ein paar französische Sätze und das dunkelhaarige Mädchen stand auf, zog die Vorhänge zum Gang zu und ging nach draußen. »Sie kann nur Französisch und Englisch.«

Wir unterhielten uns kurz, aber sie kam mir schon sehr schnell näher und küsste mich fordernd auf den Mund. Ihre Zungenküsse waren heiß und feucht. Der Geschmack hatte etwas von Erdbeeren. Langsam begann sie, meine Jeans auszuziehen, während ich das Top abstreifte und mich an ihrer Stoffhose vergriff. Sie hatte noch ein weißes Höschen mit Blumenmuster darunter.

Ich schaute darauf, auf die Hose, und meinte nur: »Tja, die Hose muss sowieso aus!« Ich setzte mich gegenüber auf den Sitz und nahm ihre beiden Beine hoch, um die Turnschuhe auszuziehen. Dann zog ich ihre schwarze Hose über die weißen verschwitzten Socken. Sie machte sich schon daran, das Höschen auszuziehen, aber ich streifte ihre Hände herrisch ab.

»Das geht auch so!«, meinte ich. Sie schaute mich fragend an.

»Meinst Du?« Ich kniete nieder und spreizte ihre Beine mit Nachdruck. Mit zwei Fingern zog ich ihr Höschen von der Muschi und leckte ihren Saft. Mit dem kleinen Finger hielt ich das Höschen weg, während ich mit meinem Zeige- und

Mittelfinger ihren Lusthügel stimulierte.

Sie fing an, zu stöhnen und kurze leise Lustschreie von sich zu geben. Ich wollte noch tiefer in sie eindringen. Sie drückte meinen Kopf fest an ihren Unterleib, als wollte sie sagen: »Mach bloß weiter.«

Nach ein paar Minuten zog sie mich an den Haaren hoch und schubste mich auf den gegenüberliegenden Sitz. Sie machte dort weiter, wo sie schon angefangen hatte. Sie zog meine Shorts herunter und schaute auf meinen Ständer.

»Der sieht ja erregt aus«, flüsterte sie und ließ ihn sanft in ihren Mund gleiten. Sie schloss ihre Lippen, so fest sie konnte und verwöhnte meinen Schwanz mit ihrer Zunge.

»Stopp, das reicht, ich komme gleich schon!«, konnte ich nur noch herausbringen. Sie lehnte sich auf ihren Sitz zurück und hielt sich am Gepäcknetz oberhalb des Sitzes fest. Ich knetete mit meinen Händen ihre geilen Brüste und leckte ihre großen Knospen. Mein Schwanz brauchte diese Pause. Ich zog wieder ihre Beine auseinander und das Höschen zur Seite, ließ meinen Schwanz ein paar Mal über ihren feuchten Schlitz fahren, bis er endlich in ihre nasse Lustgrotte eintauchen durfte.

Während ich sie nahm, dachte ich, wie seltsam Frauen doch sind. Sie tun, als ob sie unschuldig sind, aber in Wahrheit sind sie schlimmer als die Männer. Dieses kleine Biest hier hatte es darauf angelegt. Ich würde sie nicht schonen, würde mir nehmen, was ich wollte.

Und so nahm ich sie hart und ohne Zärtlichkeit.

Kurz, bevor ich kommen musste, zog ich mich aus ihr zurück. Sie sah mich fragend an.

"Runter mit Dir! Nimm meinen Schwanz in den Mund!"

sagte ich, nahm sie an den Haaren und zog sie nach unten.

Sie ließ sich sofort heruntergleiten und beugte sich zu meinem Schwanz, den ich ihr tief in den Mund schob. Ich stieß ein paar Mal fest zu, einige Momente darauf kam auch schon der erste Stoß meines Liebessaftes, der ihren Schlund traf.

Sie leckte meinen Schwanz sauber und kommentierte das nur mit einem »Mhm ...«.

Dann stand sie auf und zog sich schnell an. Ich wunderte mich. So schnell?

Wie gesagt: Frauen sind nicht unschuldig. Na ja, ich begann, meine Hose anzuziehen.

»Non, non, du bist noch nicht fertig, Monsieur«, sagte sie und gab mir ein Kuss auf die Wange. Ich schaute sie verdutzt an. Sie zeigte auf die Tür.

»Jeanette möchte auch! Aber du musst schon Englisch mit ihr reden.« Sie zog sich ihr Top über und wollte es zuknöpfen.

»Warte«, sagte ich, leckte über ihre Brust und küsste einen Nippel.

»Jetzt.« Ich grinste und gab ihr noch einen Zungenkuss.

Ich war gespannt, was nun passieren würde. Ob ich jetzt überhaupt noch einmal Lust bekommen würde? Mir egal, ich musste diesen beiden dreisten Dingern nichts beweisen und konnte entspannt auf mich zukommen lassen, was auch immer passieren würde.

Sie verschwand hinter dem Vorhang und ich hörte, wie sie die Tür öffnete und mit ihrer Freundin tuschelte. Jeanette kam herein. Sie hatte eine hellblaue, ausgebleichte Jeans an,

Turnschuhe und ein enges T-Shirt, das ihre prallen runden Titten gut abstehen ließ. Sie brachte nur ein »Hi« heraus. Ich deutete auf den Fußboden vor mir. Sie kniete sich gleich nieder und schaute mich von unten richtig süß an. Ihre Haare waren unter dem Kopftuch verborgen, aber sie waren schwarz, lockig und bestimmt lang.

»Stephanie told me, you will have to relax a little bit.«

Ich lächelte und sagte: »If you are good enough, I will not have to relax too long. Are you good enough?«

Sie kicherte: »I am a bit nervous, I don't know, what to do now ...«

Ihre Wangen wurden knallrot, sie hielt meinem Blick nicht stand und blickte zu Boden.

»That's not good, isn't it?«, fragte sie weiter.

»You're right ... I'll tell you what you will do: come here!«, antwortete ich.

Sie robbte etwas näher, so dass sie fast zwischen meinen Beinen kniete.

Ich öffnete meine Hose und holte meinen Schwanz heraus. Wenn sie jetzt entrüstet aufspringen würde, wäre es vorbei. Wenn sie zögerte, gehörte sie mir. Dieser Gedanke ging mir direkt zwischen die Beine und mein Schwanz regte sich.

Sie schaute mich entsetzt an, zog ihre Augenbrauen nach unten, dann ... zögerte sie.

Ich packte sie am Kopf, zog ihr Gesicht zu meinem sich gerade aufrichtenden Teil und schob es ihr in den Mund.

Sie lutschte meinen Schwanz, bis er richtig hart wurde, um sich damit aufspießen zu können.

Sie holte Luft: »It's a really hard one. What do you want me to do?«

»I want to kiss your nice boobs and lick your pussy!«

Sie errötete wieder, stellte sich jedoch hin und ich rollte ihr T-Shirt hoch, durch das ihre Nippel schon vorher durchdrückten. Ihr Brüste waren schön rund und sahen richtig geil aus. Ich saugte ihre Nippel, hörte, wie sie leise stöhnte und begann damit, mich nun abwärts zu bewegen. Dann stieß ich sie abrupt nach hinten auf den Sitz. Sie schrie kurz erschrocken auf.

Ich zog ihr die Jeans herunter und sah einen schwarzen Tanga. Die weite Jeans ließ sich über ihre Turnschuhe ziehen und der Tanga gleich mit. Die einzigen Haare, die ihre Muschi verzierten, standen auf einer schmalen Linie zum Bauchnabel hin und waren kurz gehalten. Ich streichelte ihren Venushügel mit meiner Hand und tauchte in ihre nasse Lustgrotte ein, um sie zu dehnen. Ihr Stöhnen wurde lauter.

»Ahhhhh ...«

Ich drang noch tiefer in sie ein. Ihr Stöhnen wurde noch lauter. Es wurde mir ein bisschen zu laut, falls jemand vom Bahnpersonal im Gang vorbeikäme. Ich hielt ihr den Mund zu: »Sorry, honey, not so loud!«

Als ich meine Hand von ihren Lippen nahm, biss sie sich auf die Lippen. Ich zog die Hand heraus und ließ meinen Ständer in ihre Pussy gleiten. Langsam stieß ich zu. Ihre Brüste, die unter dem T-Shirt hervorschauten, wippten im Takt. Ihr ganzer Körper bebte. In der ganzen Aufregung und der Geilheit merkte sie nicht, wie ihr Kopftuch sich löste und ihre prachtvollen schwarzen Locken auseinanderfielen. Ich nahm sie in den Arm und hob sie hoch, setzte mich hin und ließ sie mich reiten. Ihre Hüftbewegungen waren enorm. Sie konnte eine wahnsinnige Kraft aufbringen und ich hatte schon fast Angst um meinen Schwanz.

Sie hielt sich im Gepäcknetz fest, zog sich so hoch und ließ sich wieder fallen. Ich dachte an ihre Freundin. *Hatten sie das vorher gemeinsam geübt?*

Ich sah nach draußen und bemerkte, dass wir in einen Bahnhof einfuhren. Es war ein größerer, ich glaube Bochum. Sie bemerkte, dass ich mich nicht auf sie konzentrierte und schaute sich um.

»Fuck!« schrie sie auf und lehnte sich zurück, um den Vorhang vor das Fenster zu reißen. Sie schaute mich an, beugte sich herunter und küsste mich.

»Boy, we must leave in Dortmund. It's only a short time!«

Sie begann wieder, sich am Gepäcknetz hochzuziehen und sich fallen zu lassen, damit mein Schwanz mit voller Wucht in ihre Lustgrotte prallte. Meine Hüftknochen taten gewaltig weh, aber ich stand kurz vor meinem Orgasmus.

»I´m coming soon!«

Sie bekam große Augen: »No no, don´t come in my pussy!«

Sie ließ ihn heraus und schaute mich an. Ich schaute neben mich und sah das blaue Kopftuch, nahm es schnell und stülpte es über meinen Schwanz, der schon pumpte und abspritzte. Sie trommelte mit ihren Händen wie wild auf meiner Brust und sagte nur: »Fuck! Fuck! My new Scarf!« Ich musste lachen, erst sah sie mich böse an, danach platzte es auch aus ihr heraus. Lachend lagen wir uns in den Armen.

Sie lächelte versonnen, als sie sich anzog. Ich hielt mir immer noch ihr Kopftuch über meinen Schwanz. Als sie fertig war, gab ich ihr das vollgewichste Stück Stoff.

»Oh, thanks, you german boys are wonderful!«, sagte sie etwas wütend.

Dann musste sie wieder kichern.

Sie faltete das Tuch und steckte es in den Rucksack, während ich mich anzog. Ihre Freundin kam herein und fing an, hektisch die restlichen Sachen zusammenzusuchen. Beide sprachen französisch miteinander. Ich beobachtete die Szene und grinste.

Ich musste den Kopf schütteln: nun waren sie auf einmal wieder die ordentlichen Mädchen, niemand, der uns jetzt sähe, würde mir glauben, was gerade passiert war (hätte sie nicht das Tuch als Beweis).

»In wenigen Minuten erreichen wir Dortmund Hauptbahnhof!«, tönte es aus dem Lautsprecher.

Breit grinsend steige ich aus dem Zug in Hannover, weil ich noch immer an die Geschichte denken muss. Ich muss mich beeilen, weil Phebeys Zug auf einem anderen Bahnsteig hält. Als ich die Treppe hochkomme, ertönt die Ansage, dass der Zug fünf Minuten später eintrifft.

Na ja, besser zu früh als zu spät, denke ich mir und schreite gemächlich die letzten Stufen der Treppe nach oben, weil ich nun doch etwas mehr Zeit habe.

Auf dem Bahnsteig erwartet mich ein buntes Treiben. So viele Menschen, die anscheinend diesen Zug nehmen wollen, dass ich den Gedanken nicht abschütteln kann, ob mein Vorhaben wirklich eine so gute Idee war. Die Überraschung bei Phebey wird mir sicherlich gelingen, jedoch wäre es ärgerlich, die ganze Zeit im Zug zu stehen, weil der Platz neben ihr besetzt ist.

Ein Zug fährt ein und ich kann das Gewusel nachvollziehen. Der Zug ist ein ICE und kommt aus dem Süden. Das ist nicht der Zug, in dem Phebey sitzt. Die meisten der wartenden Passagiere stellen sich vor die verschlossenen Türen. Nachdem das Chaos sich aufgelöst hat und der ICE weiterfährt, bleiben nur noch wenige Menschen übrig. Ich atme tief durch und entspanne mich.

Ein paar Minuten später sehe ich in der Ferne "meinen" Intercity, der sich langsam nähert. Die Ansage hallt über den Bahnsteig. Meine Muskeln spannen sich an, weil ich so neugierig bin, wie Phebey reagieren wird. Und mein Herz klopft, weil ich in ein paar Minuten das Mädchen in den Armen halten werde, das ich liebe.

Der Intercity fährt langsam an mir vorbei und kommt zum Stehen. Jetzt muss alles schnell gehen! Ich suche nach der richtigen Wagennummer, die zum Glück nur einen Wagen weiter ist. Aus dem Zug strömen immer noch einige Passagiere, die hektisch zur Treppe laufen. Vor mir stehen zwei Jugendliche, die sich mit mir Stufe für Stufe den Eintritt erkämpfen.

Ich bin erleichtert, als ich im Zug bin. Es hat alles geklappt! Jetzt muss ich nur noch Phebey finden. Da ich ihre Sitzplatznummer nicht weiß, schaue ich mir jede Sitzreihe an. »Suche blonden Engel, der ein Wochenende mit mir verbringen will!«

Zwei Sitzreihen weiter meine ich, sie zu erkennen. Ich werde zusehends aufgeregter. Leider kann ich sie nur von hinten sehen. Ich gehe noch zwei Schritte weiter und drehe mich um. Sie ist es, sitzt in ein Buch vertieft am Fenster, ihr Rucksack liegt auf dem freien Platz neben ihr.

»Entschuldigung junge Dame, ist der Platz da noch frei?«, frage ich und muss mir ein Lachen verkneifen.

Phebey hebt ihren Kopf und blickt mich mit weit aufgerissenen Augen an.

»Was machst du denn hier?«, fragt sie völlig verdutzt. Erst, als sie einen Augenblick später die Situation checkt, springt sie auf und umarmt mich.

»Überraschung!«, rufe ich aus und schließe sie in die Arme.

»Du Spinner ...«, kommentiert sie und gibt mir einen verliebten Kuss. Ihre Augen leuchten.

»Was machst du nur für verrückte Sachen?«

»Ich wollte halt noch mehr Zeit mit dir verbringen«, grinse ich und lege meinen Kopf in ihre engelsblonden Haare. Wie habe ich diesen Geruch vermisst! Noch nie rochen die Haare einer Frau so wahnsinnig gut.

Wir setzen uns und kuscheln miteinander. Sie erzählt mir von der Bahnfahrt und dem letzten Tag.

»Ich hab dich so vermisst.«

»Und ich dich erst, Maus.« Ich küsse sie und spüre dabei ihre freche Zunge.

Endlich wieder vereint.

Den Rest der Bahnfahrt lassen wir nicht voneinander. Als wir ankommen, helfe ich ihr mit ihrer Reisetasche und bringe sie zum Auto. Wir fahren ohne Umwege zu mir und ich koche eine Kleinigkeit. Danach sitzen wir auf der Couch und genießen die Zweisamkeit. Ich spüre ihre

Nähe, die ich die ganzen letzten Wochen so vermisst habe, sauge ihren Duft tief in mir auf, als müsste ich ihn für die nächsten Monate in meinen Kopf speichern, damit ich sie beim nächsten Treffen erkenne. Ich kann es nicht lassen, sie immer wieder von oben bis unten zu mustern. Sie ist einfach das Süßeste, was mir je begegnet ist.

Am nächsten Tag unternehmen wir etwas, gehen in der Stadt shoppen und danach schwimmen. Ich liebe es, ihre Hand zu halten und mit ihr gemeinsam durch das Einkaufszentrum zu laufen. Wir küssen uns ständig, umarmen uns, so oft wir können und haben Sex bei jeder Gelegenheit.
Ich bade in Glück. Es fühlt sich so geborgen an, wenn sie bei mir ist. Jede Minute mit ihr ist einfach nur perfekt.

Am Abend des darauffolgenden Tages liegen wir auf meinem Sofa und Phebey hat nur ihren Bademantel und die schwarze durchsichtige Unterwäsche an, die ich ihr am Tag zuvor geschenkt habe. Der Fernseher läuft nebenbei, eine Stunde vorher hatten wir eine Pizza gegessen.
Ich habe meine Jeans und ein T-Shirt an und liege neben Phebey, die sich eng an mich kuschelt und mir einen langen Zungenkuss gibt. Ihr Blick spricht Bände. Sie gibt mir noch einen Kuss, ihre Zunge sucht sich ihren Weg in meinen Mund. Ich weiß, was das bedeutet, halte sanft daran fest und ziehe daran. Phebey wird davon immer sofort geil. Der Blick hatte mich schon darauf vorbereitet. Phebey will ihre Zunge gar nicht zurück haben und lässt mich sie weiter lutschen. Ich lasse sie entweichen und schiebe meine

Zunge vor, damit sie daran saugen kann. Ihre Umarmung wird fester, ihre zarten Hände streicheln meinen Bauch. Ich spüre meine Zunge von ihren wilden Küssen kaum noch und beginne damit, ihren Hals zu liebkosen.

Langsam streife ich ihren Bademantel ab und die hübsche Unterwäsche kommt zum Vorschein.

Der schwarze Stoff ist hauchdünn und man kann alles darunter erkennen. Es sieht einfach perfekt an ihr aus. Ich sehe ihre harten Nippel durch den Stoff und schaue nach unten auf ihren String. Auch hier sieht man alles. Da Phebey rasiert ist, sehe ich ihren Schlitz unter dem Venushügel, den ich am liebsten gleich mit der Zunge erkunden möchte. Eigentlich ist es viel zu schade, ihr den schönen Stoff auszuziehen. Ich küsse Phebey weiter am Hals, den noch der Knutschfleck von mir ziert.

Dabei muss ich daran denken, dass ich ihr tags zuvor die Hände gefesselt hatte. Erst wollte ich nur sehen, wie sie darauf reagiert ... aber dann kam die Lust dazu: Ich wollte sie vor dem Sex fesseln.

Phebey schaute mich dabei ganz hilflos an. Ihre Hände gefesselt auf ihrem Bauch, während ich mich zwischen ihre Beine legte und sie fingerte. Und nebenbei ließ ich meine Zungenspitze ihren geilen süßen Saft schlecken. So gut hatte mir noch nie eine Pussy geschmeckt. Ihr glattrasierter Schlitz ließ mich total auf Touren kommen. Ich lutschte sie förmlich aus.

Das will ich jetzt erneut: Sie lecken, sie verwöhnen und genießen. Ich löse ihren BH, der herunterfällt, während wir uns küssen. Phebey schaut mich gespannt an. Dieser süße Blick haut mich jedes Mal um. Ich fahre mit meiner Hand über ihren Oberkörper, spüre ihre harten Nippel und lutsche daran.

»Don, da kommt wirklich nichts raus!«, stöhnt sie provozierend.

»Ich möchte deinen String ausziehen ...«, lasse ich verlauten.

»Darf ich das nicht?«, fragt Phebey.

»Nein, ich will das machen!«

Ich rutsche nach unten und schaue ihr auf den süßen Schlitz, den man durch den Stoff sieht. Ich erinnere mich an früher, als Phebey sich mit Händen und Füssen gewehrt hat, weil sie nicht geleckt werden wollte. Dann ziehe ich ihren Slip aus und streichele ihre Pussy, um sie richtig feucht werden zu lassen.

Boar, du siehst so scharf aus, denke ich, als sie vor mir liegt. Ihr nackter schlanker Körper drückt sich in mein Sofa, während ich ihre Pussy massiere. Phebey hat die Augen geschlossen, ihre Hände krallen sich in der Decke fest. Es ist ein so erotischer Anblick, das mir schwindelig wird.

Mein Schwanz presst sich gegen meinen Slip und möchte nur noch heraus. Ich rutsche nach unten, um sie zu lecken. Ihre zarten weichen Lippen sind vor Erregung geschwollen. Sie glänzen, weil sie so feucht sind. Das will ich mir nicht entgehen lassen. Meine Zunge berührt ihre Haut und ich nehme jeden Tropfen auf, den ich erhaschen kann.

»Ich liebe deinen Saft ... du schmeckst so geil, Süße!«

Phebey hat ihre Augen immer noch geschlossen und genießt es, wie ich sie lecke. Ich nehme noch einen Finger dazu, um sie zu verwöhnen.

Mit langsamen Bewegungen versuche ich, noch tiefer in sie

einzudringen. Ich kann aber nicht mehr warten. Meine Sehnsucht ist zu groß, endlich wieder in ihr zu sein. Ich ziehe hastig meine Jeans und das T-Shirt aus. Phebey zieht meinen Slip herunter und nimmt meinen harten Phallus in die Hand. Ich suche schnell ein Kondom und rolle es über meinen Schwanz. Phebey blickt mich wieder mit ihren großen Augen an und wartet gespannt darauf, was ich vorhabe. Ich beuge mich über sie und lasse meinen Schwanz in sie eintauchen.

»Aauuuhh ...«, stöhnt sie kurz auf, während ich bis zum Anschlag zustoße.

»Entspann Dich ... meine süße geile Maus ... du!«, stöhne ich ihr ins Ohr.

Phebey umarmt mich, hält mein Gesicht und gibt mir einen Kuss.

»Ich will Dich!«

»Oooaarr, du bist so süß!«, stöhne ich und kann es kaum fassen, dass Phebey und ich wieder vereint sind.

»Möchtest du, dass ich mal oben bin?«, fragt sie mich auf einmal ganz niedlich.

Natürlich, nichts mag ich lieber!

Ich ziehe meinen Schwanz heraus und lege mich auf den Rücken, damit sie mich reiten kann. Phebey setzt sich auf mich und ich nehme vorsichtig meinen Schwanz und führe ihn zwischen ihre nassen Lippen. Phebey senkt sich, bis mein Phallus sie ausfüllt. Phebeys lange blonden Haare fallen mir auf meine Brust, als sie sich zu mir herunterbeugt.

Ab und zu hebt sie ihren Kopf, um mich anzuschauen und anzulächeln.

»Das ist wunderschön, Maus!«, stöhne ich. »Ich möchte

mit dir kommen!«

»Ja, ich auch mit dir, Hase!«

Lange halte ich das nicht durch. Ihre Pussy ist so eng, dass ich jeden Millimeter ihrer Bewegung spüre.

»Ich komme gleich, mein Schatz!« stöhnt sie.

»Ja … ich auch!«, bringe ich nur noch mit Mühe heraus.

Sie hält inne. In diesem Moment komme ich stöhnend zum Höhepunkt. Phebey kuschelt sich mit ihrem verschwitzten Körper an mich, legt sich zärtlich lächelnd neben mich. Ich hole uns die Bettdecke und decke uns damit zu. Wir kuscheln uns aneinander und schauen noch ein wenig Fernsehen.

Allzu spät möchte ich jedoch nicht schlafen, denn ich muss Phebey morgen früh zum Bahnhof bringen. Ich döse schon etwas, da fängt Phebey an, mich zu kitzeln und will mich wachhalten.

»Nicht einschlafen, Don!«

»Bist du überhaupt nicht müde?!«, frage ich verdutzt.

»Neeeein … wollen wir noch spazieren gehen?«

Jetzt dreht sie langsam durch … denke ich. *Wenn es denn draußen wenigstens schön warm wäre … aber das ist es nicht.*

Phebey schaut mich eindringlich an.

»Geh mal ins Badezimmer!«, kommt es von ihr.

»Warum?«

»Lass dich überraschen …« Sie grinst. Ich bin gespannt, was sie vorhat und gehe ins Badezimmer. Keine gute Idee, wie ich feststelle. Es ist sehr kühl. Daran hätte ich vorher denken können. Trotzdem bleibe ich und warte gespannt, frierend. Endlich kommen die erlösenden Worte: "Du kannst wiederkommen!"

Ich kehre zurück ins Wohnzimmer und frage mich, was sie im Schilde führt.

Phebey liegt unter der Decke und hat wohl wieder ihren Bademantel an.

»Komm mit unter die Decke!«, lädt sie mich ein.

Ich lege mich zu ihr und schiele durch die Ritze des Bademantels. Sie hat tatsächlich noch das heiße Weiße angezogen. Der String und der BH sind mit Spitze besetzt. Der String ist vorne geschnürt, ebenso der BH. *Der Einkauf gestern hat sich wirklich gelohnt,* denke ich. *Sie sieht darin umwerfend sexy aus.*

Wir küssen uns, ich streiche ihr wieder den Bademantel von der Haut, so dass ich ihre süßen kleinen Brüste in den Dessous bewundern kann.

»Na, immer noch müde?«, neckt sie mich.

»Neeein, ich glaub jetzt nicht mehr!«

Meine Hände spüren den weichen Stoff der Wäsche, während sie Phebeys Körper erkunden. Phebey verwöhnt mich mit weiteren Küssen, wandert über meine Brustwarzen zu meinem Bauchnabel und wieder zurück zum Hals. Ihre Hand verschwindet in meinem Slip und holt meinen harten Schwanz heraus. Langsam wandert sie mit ihrer Zunge abwärts.

Was sie jetzt wohl vorhat, denke ich mir. *Sie wird mir mit Sicherheit keinen blasen ... so was hatte sie noch nicht gemacht!*

Sie wandert immer tiefer mit ihrer Zunge, ihre langen blonden Haare liegen auf meiner Brust und ich kann nicht erkennen, was sie dort macht. Ich fühle, wie Phebey mir den Schwanz streichelt und dann ist da noch etwas anderes. Es ist ihre Zunge. Sie leckt über meine Eichel und nimmt den oberen Teil meines Schwanzes auf, um daran zu saugen. Das macht mich wirklich scharf und mein Schwanz wird richtig hart in ihrem Mund. *Fürs erste Mal ...* denke ich erst.

Ich komme gar nicht dazu, weiter zu denken, denn Phebey raubt mir gerade sämtliche Sinne: Sie schiebt sich meinen Ständer tief in den Mund, ich spüre die nasse Hitze und stöhne laut auf.

Sie hört auf und schaut mich an.

»Gefällt dir das?«

»Ja!«, bringe ich nur heraus. Sie macht weiter und ich greife ihr dabei ins Haar. Am liebsten würde ich sie daran nach oben ziehen und küssen. Ich belasse es aber bei dem Gedanken, weil ich den Moment nicht zerstören will.

Phebey leckt und lutscht bestimmt weitere fünf Minuten und macht mich wahnsinnig. Sie schaut mich mit ihren großen Augen flehend an.

»Möchtest du?«, frage ich schließlich.

»Ja!«, antwortet sie.

Ich hole noch ein Gummi. Phebey liegt schon auf dem Rücken, ihre Beine breit gespreizt und wartet darauf, meinen Phallus zu empfangen. Ohne noch lange zu warten, dringe ich in sie ein. Immer fester stoße ich in sie. Phebey umarmt mich dabei und je fester ihre Umarmung wird, desto näher kommt sie dem Orgasmus, das weiß ich inzwischen.

»Ich liebe das ...«, stöhne ich.

Phebey presst sich fest an mich.

»Ich komme«, stöhnt sie mir leise und zärtlich ins Ohr und

ihr heftiges Atmen hält mit einem Mal inne. Ich komme noch einmal. Phebey lächelt mich an und gibt mir einen Kuss.

»Na, hab ich es doch geschafft, dass du nicht einschläfst!«, grinst sie frech.

Am nächsten Tag muss ich Phebey wieder zum Bahnhof bringen. Sie ist morgens damit beschäftigt alle ihre Sachen zusammen zu suchen und rennt etwas orientierungslos durch meine Wohnung.

»Du machst mich wahnsinnig, Maus«, sage ich und denke natürlich wieder zweideutig, denn Phebey trägt nur eine knallenge Hotpants und ein T-Shirt. Ich stehe in der Küche und bereite das Frühstück zu. Es gibt Brötchen, Toast, allerlei Aufschnitt, Marmelade und Nutella. Dazu Orangensaft und Tee.

»Irgendwas vergesse ich sowieso wieder bei dir, Hase«, merkt sie an und huscht wieder an mir vorbei. Ich hole aus und gebe ihr einen Klaps auf den Arsch. Ich liebe das Geräusch.

»Der wird es leider nicht sein«, kommentiere ich und lache.

»Nein, der bleibt auf jeden Fall bei mir«, freut sich Phebey.

»Schade eigentlich. Das Frühstück ist fertig, lass uns erst etwas essen.«

»Ich habe gar keinen Hunger, ich hab noch zu tun.«

»Willst du meine Wohnung ausräumen?«, necke ich sie.

»Du setzt dich hin und isst wenigstens einen Toast. Im Zug isst du ja auch nichts.«

Schweren Herzens folgt Phebey meinen Anweisungen. Dabei isst sie sowieso schon zu wenig. Ich genieße den Anblick meiner hübschen Blondine am Tisch. *Sie kann doch, manchmal muss man sie nur zwingen*, denke ich und muss grinsen.

»Was freust du dich denn?«

»Ich freue mich nur, dass ich mit meiner Freundin frühstücken kann.«

Phebey beißt in ihren Toast und schielt mich dabei ganz süß an.

»Es war bestimmt wieder irgendwas Versautes ...«

Ich muss laut lachen. Sie denkt immer so etwas über mich. Gut, dass sie kein Sexmuffel ist. Und neugierig ist sie dazu. Das Frühstück verläuft entspannt, auch wenn wir beide schon wissen, dass wir uns in wenigen Stunden wieder für mehrere Monate nicht sehen werden. Es wird für uns beide wieder eine halbe Ewigkeit sein. Wäre es doch schön, wenn sie einfach bleiben könnte und wir die Zweisamkeit genießen könnten. Aber Phebey muss wieder zurück.

Ein paar Stunden später bringe ich sie zum Bahnhof. Wir stehen beide auf dem Bahnsteig und umarmen uns die ganze Zeit. Der Abschied fällt uns sehr schwer. Immer wieder geben wir uns lange Zungenküsse, bis die Ansage uns aus der innigen Zweisamkeit reißt. In der Ferne ist schon der Zug zu sehen, der sich unaufhaltsam nähert.

»Ich will nicht ...«, jammert Phebey. »Keine Lust wieder auf die Schule und meine Eltern.«

»Ich weiß, Maus. Wir telefonieren aber – und wir sehen uns wieder. Wir bekommen das schon hin«, versuche ich ihr Mut zu machen.

»Ich weiß, mein Hase. Es war wieder wundervoll mit dir.«

Der Zug fährt langsam an uns vorbei und die Bremsen erzeugen ein unangenehmes Quietschen.

Phebey nimmt ihre kleine Tasche, während ich ihre große Reisetasche zum Wagon trage. Vor dem Einsteigen geben wir uns einen langen Zungenkuss.

»Ciaui, mein Hase. Ich hab dich lieb!«

»Ich dich auch, Maus. Gute Fahrt!«

Ich warte auf dem Bahnsteig und sehe ihr traurig nach. Erst begleite ich sie bei der Suche nach einem Sitzplatz am Bahnsteig entlang. Als sie einen freien Platz gefunden hat und sich ans Fenster setzt, fährt der Zug schon los. Mit einem traurigen Gesicht winkt sie mir zu. Mit Sicherheit wird sie mir gleich schon die erste SMS schreiben. Ich gehe die Treppen herunter zum Parkplatz. Mit meinem Auto fahre ich die nächste Tankstelle an, weil das Lämpchen für die Reserve leuchtet.

Reserve, denke ich und fühle mich irgendwie mit dem Lämpchen verbunden, weil auch ich in den nächsten Monaten auf Sparflamme laufe, bis ich meinen Schatz wieder in die Arme schließen darf. Ich lenke meine Gedanken wieder ins Hier und Jetzt. Anscheinend sind die Spritpreise wieder sehr niedrig, denn auf dem Hinweg war die Schlange schon genauso lang. Ich wollte es aber nicht riskieren, dass Phebey ihren Zug verpasst, darum entschied ich mich auf dem Rückweg zu tanken. Seufzend, weil noch drei Autos vor mir sind, versuche ich, mich abzulenken und dabei nicht an Phebey zu denken. An so einer Tankstelle der gleichen Marke hatte ich schon etwas Verrücktes erlebt. Nachdem ich damals wieder solo war, weil Anne mit mir Schluss gemacht hatte, verbrachte ich noch einige Wochen im Krankenhaus. Nach ein paar Monaten hatte ich wieder ins normale Leben zurückgefunden. Ich konnte wieder meinem Studium nachgehen und schaffte es, mir ein Auto zuzulegen. Es war zwar nur ein alter Golf, aber der ist mir ans Herz gewachsen, deswegen fahre ich ihn immer noch. Ich hatte ihn günstig bei einem Händler bekommen, er war aber schon etwas speziell, weil er an verschiedenen Stellen aufgemotzt wurde. Meine Vermutung war, dass der Preis wegen dieses Aussehens so gering war. Sie wurden den Wagen einfach nicht los.

Nachdem ich wieder mitten im Leben stand, erinnerte ich mich an meinen Schwur. Ich wollte das Leben genießen. Vor allem nach der Sache mit Anne. Ich zog also jedes Wochenende los. An diesem besagten Samstagabend aber hatte ich keine Lust.

Girl von der Tankstelle – Leonie

Es war mitten im Sommer und die letzten Sonnenstrahlen hüllten die Landschaft in ein sommerliches Rot ein. Ich war gerade fertig mit meiner Arbeit beim Pizza-Taxi und stieg in mein Auto, um nach Hause zu fahren. Eigentlich hatte ich an einen gemütlichen Fernsehabend gedacht, aber daraus sollte nichts werden. Ich bog gerade auf die Hauptstraße ein, als ich dieses hübsche, blond gelockte Wesen an der Tankstelle 50 Meter entfernt von meiner Arbeitsstelle sah. Die Tankstelle hatte schon seit acht Uhr geschlossen und somit konnte die Schönheit nur mit Karte tanken. Ich war schon auf der Hauptstraße und überlegte, ob ich zurückfahren sollte. Kurzerhand nahm ich die nächste Einfahrt, drehte und fuhr zurück.

Verrückt, dachte ich nur, *so etwas fällt mir sonst nicht ein!* Schon stand ich mit meinem Wagen an der Zapfsäule vor ihrem Auto, kurbelte das Fenster herunter und fragte: »Ich hoffe, du weißt, dass du hier nur mit der goldenen Karte weiterkommst?!«

Was redest du bloß, da springt die bestimmt nicht drauf an, dachte ich.

Ich war doch noch immer sehr schüchtern und konnte selbst nicht fassen, dass ich es mit einem abgedroschenen Spruch versuchte. Aber da ich die Dame nicht kannte und das Kennzeichen darauf schließen ließ, dass sie nicht aus der Umgebung kam, machte es mir gerade nicht wirklich etwas aus, einen Korb zu erhalten.

»Es ist Papas Karte. Der kann sich das leisten.«

Sie lächelte und drehte sich zum Kartenautomat.

Ein wirklich heißer Feger, schoss es mir durch den Kopf. Sie mochte 19 oder 20 sein, trug ein silberfarbenes Stretchtop, das hauteng an ihrem Körper anlag. Dazu eine kurze Jeanshose, die so aussah, als hätte sie die Hosenbeine selber abgeschnitten. Anscheinend hatte sie heute noch etwas vor. Bei ihrem Outfit schloss ich auf Diskothek und darauf, dass sie heute jemanden abschleppen wollte – oder um die Männerwelt auflaufen zu lassen. Das erste Opfer hierfür war ihr gerade ins Netz gegangen. Sie bückte sich nach vorne um den Zapfhahn in den Tank zu führen. Ihre Pobacken drückten sich deutlich nach unten weg und der Schritt lag so eng an, dass ihr Höschen etwas herausschaute. Ich schaute auf ihre Beine. Zwei schwarze Stiefel, die bei den Herren zu der damaligen Zeit unter dem Titel »Fick-mich-Stiefel« liefen, bekleideten diese. Und ja, ich würde wirklich gerne, falls es dazu kommt, dass sie diese dabei trägt. Eine Fantasie, die schon lange in meinem Kopf schwirrte. Ich stieg aus, lehnte mich auf meine Tür und starrte sie durch die blauen Gläser meiner Sonnenbrille an.

»Oder möchtest du mir deine Karte anbieten? Du meinst wohl, so kriegst du jede, was?«, meinte sie etwas schroff und wartete gespannt auf eine Antwort.

»Ich hab's gerade so das erste Mal versucht«, gestand ich ihr und befürchtete, dass es mit diesem Gespräch ganz schnell zu Ende sein würde.

Sie kam auf mich zu, blieb vor der Tür stehen, sah mir in die Augen und fing an zu grinsen.

»Vielleicht hast du ja heute sogar Glück. Ich wollte eigent-lich weiter in die Disco und mal schauen, was man dort kennenlernen kann. Möchtest du nicht mit? Meine Freun-din hat mich heute versetzt. Dabei bin ich seit einer Woche Single und wir wollten das heute richtig feiern!«

Heute war wohl mein Glückstag. Ich hatte wohl voll ins Schwarze getroffen. War das ein Zufall oder der erste Schritt in ein neues aufregendes Leben?

»Wenn du meinst, du kannst es mir diese Nacht zeigen, ich muss dich aber vorwarnen. Mit mir feierst du bis acht Uhr morgens! Also sieh dich vor! Noch kannst du einen Rückzieher machen!«, zwinkerte sie mir zu.

»Ich müsste aber noch nach Hause und mich umziehen«, sagte ich. »Das ist hoffentlich in Ordnung für dich.«

Ich ließ die Tür ins Schloss fallen und näherte mich ihr. An mich gezogen, schob ich ihr mein Bein in den Schritt, um ihr ganz nah zu sein. Sie lachte.

»So so, du musst dich also noch umziehen?! Und was schlägst du vor, wie wir das jetzt machen?«, fragte sie neugierig.

»Fahren wir doch zu mir, das sind gerade mal fünf Minuten von hier! Ich heiße übrigens Don«, sagte ich lässig.

»Ja, das hört sich gut an! Ich bin Leonie«, sagte sie zu mir und schaute mich dabei mit ihren funkelnden blauen Augen an.

Wir fuhren zu mir, ich übernahm die Führung und überlegte die ganze Fahrt über, ob sie das zweideutige Spiel verstanden hatte oder ob sie wirklich daran glaubte, dass ich mich nur umziehen wollte. Ich beschloss, es von ihrem Verhalten abhängig zu machen. Würde sie aussteigen und mit in die Wohnung kommen, würde ich nicht zögern, den nächsten Schritt zu unternehmen. Als wir bei mir ankamen, ging alles sehr schnell.

Leonie stieg aus dem Auto, folgte mir bis zur Haustür und griff mir, während ich den Schlüssel umdrehte, dezent an den Po. Ich drehte mich um, schaute in ihr grinsendes Gesicht, welches ich wohl nie vergessen werde. Ihre vollen Lippen bewegten sich nur ganz leicht.

»Los, lass uns reingehen oder willst du hier jetzt stehenbleiben?!«, hauchte sie leise.

Wir gingen durch den Hausflur zu meiner Wohnung. Dann schloss ich meine Wohnungstür auf und Leonie folgte mir über den Flur. Die Tür hatte gerade ihren Weg ins Schloss gefunden, da schubste sie mich gegen die Wand. Ihre Finger wanderten gleich zum Knopf und zum Reißverschluss meiner Hose, während sie mich küsste.

»Wer meint, er müsste mich so plump anmachen und denkt, ich schaue mir nicht an, mit wem ich es zu tun habe, wird schon was erleben«, fauchte sie mich an und drückte mich noch mehr gegen die Wand.

Ihre dominante Art ließ meinen Atem erstarren. Was hatte ich mir da gerade mit nach Hause genommen? Leonie küsste mich ein zweites Mal und schob langsam die Zunge durch die Lippen.

Genau das wollte ich doch, versuchte ich mich zu beruhigen. Mein Herz schlug wie wild. Ich versuchte meine Aufregung einzufangen und mich auf ihr Spiel einzulassen. Ich zog ihr Top hoch. Sie trug keinen BH und ihre großen Brüste sprangen mir förmlich entgegen. Ich ließ meinen Kopf darin versinken und begann damit, sie zu liebkosen. Leonie hatte schon meine Hose und die Shorts heruntergezogen. Für mein Gefühl verlief alles so wahnsinnig schnell.

Ich griff mit meinen Händen zu ihrer Jeans, als sie schon meinen Schwanz berührte und ihn fordernd massierte. Meine Finger hatten gerade einmal ihre Klit erreicht. Ihr Höschen war feucht und ihre Perle angeschwollen. Sie wollte mich, das war eindeutig. Ich tauchte mit einem Finger in ihre Lustgrotte ein, ihre Jeans und das Höschen lagen mittlerweile am Boden.

»Oh ja! Mach's mir mit dem Finger, das mag ich besonders«, hauchte sie mir leise ins Ohr und biss kurz hinein.

Was für eine böse Lady hatte ich da nur aufgegabelt, fragte ich mich. *Wohin wird das heute Nacht noch führen? Was hat sie mit mir vor?*

Ihr Hauchen verwandelte sich in ein warmes regelmäßiges Stöhnen.

Leonie griff zu und wichste mir meinen Ständer noch härter. Ich schob noch einen weiteren Finger in ihre Grotte, die schon so nass war, dass es ihr das Bein herunterlief.

»Nimm mich hier«, forderte sie auf, während sie sich mit ihren Armen an mir hochzog und mich mit ihren Beinen umklammerte.

»Nicht ohne Gummi«, sagte ich und setzte sie ab. Nachdem ich eines aus meiner Hosentasche geholt hatte, sprang Leonie mich gleich wieder an. Ich griff mit meiner Hand unter ihrem Bein entlang und ließ meinen Schwanz in ihre Pussy gleiten.

»Oh ja, nimm mich mit deiner harten Lanze. Der fühlt sich gut an«, stöhnte sie, als ich eindrang. Ich hielt sie fest und spürte ihre Stiefel, die mich umschlossen, während sie meinen harten Ständer ein- und wieder ausließ.

»Mmmhhm, ja, ja ...«

Ihre Lustschreie erfüllten den Flur und mir gefiel es, wie sie schrie und stöhnte, wobei ich Leonie immer wieder von Neuem aufspießte. Ich konnte mich nicht mehr zurückhalten und bemerkte, wie dieses heiße Gefühl in mir aufstieg und mein Schwanz sie bereit machte.

»Mmhmm, ich komm gleich, Baby!«, brachte ich nur noch heraus.

»Dann komm in mir. Los!«, stöhnte sie laut.

Ich hatte gar keine andere Wahl. Sie ließ meinen Schwanz noch einmal bis zum Anschlag in ihre Pussy und er pumpte meinen Saft tief hinein. Ich war völlig außer Atem nach der Aktion. Leonie stellte sich auf ihre eigenen Beinen und schaute mir in die Augen.

So eine Drecksau, dachte ich, *es gibt also noch viel Schlimme-*

re als Anne. Was mich da in dieser Nacht noch erwarten würde ...

»Das hat mir gefallen«, stöhnte sie etwas außer Atem und gab mir einen kurzen Bussi. Aber Leonie hatte noch nicht genug. Ich nahm sie mit ins Wohnzimmer und ließ sie auf meinem Tisch Platz nehmen. Ich kniete mich nieder und schaute direkt auf ihre feuchte Vulva. Sie war rasiert und über ihrer Klit befand sich ein Dreieck mit blondem kurzem Haar. Sie sah so geil aus mit den schwarzen Stiefeln, die sich so deutlich von ihren blonden Haaren und der blassen Haut abhoben. Ich drückte ihre beiden Schenkel noch weiter auseinander und begann, ihren süß bitteren Saft aus ihrer Lustgrotte zu lecken. Das war ganz nach meinem Geschmack. Ich schaute nach oben und bemerkte, wie sie mich dabei beobachtete. Ihre gelockten Haare fielen in ihr hübsches Gesicht.

»Oh ja, ja ... Oh ja!«, stöhnte sie und leckte sich dabei ihre schmalen Lippen. Ich drang mit meiner Zunge immer weiter in ihre zarte Pussy ein. Nach einiger Zeit nahm ich zwei Finger dazu, um sie zu fingern. Leonie wurde jetzt richtig laut.

»Oh ja, ja, fick mich oder bist du noch nicht geil genug«, fuhr sie mich in ihrer dominanten Art an und griff an meinen Schwanz, der sich schon darauf freute, wieder in sie einzudringen. Leonie ließ sich nicht aufhalten. Bevor ich antworten konnte, wichste sie bereits meinen Schwanz. Ich beugte mich über sie, meine Lippen verharrten an ihren kleinen Nippeln. Leonie stöhnte leise auf, als ich sie liebkoste und zärtlich zubiss. Ihre Handbewegungen wurden immer schneller. Mein Schwanz war wieder bereit, Leonies

Pussy zu erkunden.

»Fick mich … los fick mich …«, zischte Leonie ungeduldig. Aber ich ließ nicht von ihren Nippeln ab und so musste Leonie etwas warten. Das gefiel ihr gar nicht und sie umfasste meinem Schwanz noch kräftiger und wichste ihn härter.

»Mhmmmm …«, stöhnte ich.

»Nun fick mich endlich, du Scheißkerl …«, flehte sie.

Sie war doch etwas ungeduldig. Ein temperamentvoller Fang.

»Beine nach oben, Fräulein.«

Leonie gehorchte und hob ihre Beine an. Mein Schwanz drang in ihre nasse Lustgrotte ein. Ich zog ihre Stiefel dicht an meinen Oberkörper und begann sie langsam zu ficken.

»Härter … los …«, spornte Leonie mich an. Aber ich ließ sie etwas zappeln, genoss das Gefühl ihrer Stiefel auf meiner Haut. Mein Luststab massierte langsam ihre enge Pussy, immer und immer wieder stieß ich langsam zu. Es dauerte etwas, dann ließ ich Leonie meinen Schwanz richtig spüren. Ich fickte sie schneller und härter. Ihr Stöhnen wurde lauter, ihre Fingernägel verirrten sich auf meinen Oberkörper und hinterließen dort ihre Spuren. Mein Schwanz fand seinen Weg aber ungehindert in ihre nasse Lustgrotte.

»Ja, oh ja …«, stöhnte Leonie.

Mit jedem Stoß konnte ich sehen, wie mein Schwanz zwischen ihre Lippen eindrang, das blonde Dreieck ihrer Schamhaare darüber zeigte mir mit seiner Spitze den Weg. Nach einigen Minuten kam ich, mein Schwanz hatte sie bis zum Anschlag aufgespießt und pumpte den Saft in ihre nasse Pussy.

Leonie stöhnte laut auf. Ich hingegen war mittlerweile völlig fertig und musste mich erst einmal wieder fangen. Leonie beobachtete mich dabei.

»Hast du dich etwas verausgabt?«, grinste sie frech.

»... Ist alles okay«, brachte ich nur heraus. Sie zog mich zu sich herunter und gab mir einen langen Kuss.

»Wenn du möchtest, kannst du noch bis morgen früh bleiben«, meinte ich.

Leonies Augen blitzten auf. Natürlich nahm sie mein Angebot an und blieb über Nacht.

Als ich jedoch am nächsten Morgen aufwachte, war Leonie schon verschwunden. Nur ein Post-it an der Tür mit einem Smiley und einem "Danke" darunter ließen mich wissen, dass das kein Traum war. Ich hatte weder eine Handynummer noch eine Adresse von ihr. Unser Abenteuer war ein One-Night-Stand ohne weitere Verpflichtungen.

Das fühlte sich gar nicht schlecht an, dachte ich mir und beschloss diese Erfahrungen noch auszuweiten. *Welche Frauen würden sich auf so etwas noch einlassen und wie würden sie ticken? Waren sie alle so dominant wie Leonie?*

Meine Lust auf mehr war auf jeden Fall geweckt.

Mein Handy vibriert und reißt mich aus den Gedanken. Eine SMS von Phebey.

»Vermiss dich jetzt schon mein Hase. Telefonieren wir später? Kuss. Deine Maus.«

Mein Blick fällt wieder auf die Tankstelle. Endlich bin ich an der Reihe. Ich lege das Handy beiseite, fahre den Wagen neben die Zapfsäule und steige aus.

»Don, du auch hier?«, grüßt mich ein alter Freund, der gerade aus dem Shop kommt.

»Michael! Tja, irgendwann müssen wir alle mal tanken.«

Das Benzin fließt in den Tank, während wir uns kurz unterhalten und ich ihm erzähle, dass ich jetzt wieder vergeben bin.

»Eine Fernbeziehung!?«, fragt Michael ungläubig. »Bist du dir da sicher, dass das funktionieren wird?«

»Ich hoffe es«, sage ich nachdenklich. »Wir werden es sehen. Prinzipiell halte ich mich ja immer für zu ungeduldig.«

»Für mich wäre das jedenfalls nichts. Wir sehen uns. Ich muss weiter!«

Er hat schon recht, es wird sicherlich schwierig werden. Geduldig bin ich nicht gerade. Ich sehe mich schon eine Woche später verzweifelt auf dem Sofa sitzen und die Wochen bis zum nächsten Treffen zählen. Aber Phebey ist etwas Besonderes. Das weiß ich. Ich glaube daran, dass wir zwei das hinbekommen.

Die Sicherung der Tankanlage springt an und gibt den Bügel wieder frei. Die Benzinpumpe verstummt und ich starre immer noch in meinen Gedanken vertieft auf das Zählwerk. Michael hat recht, es wird noch interessant zwischen Phebey und mir. Ich hoffe, dass sie nach dem Abitur nächstes Jahr zu mir zieht und hier ihr Studium beginnt. Wir wären sogar ein ganzes Jahr zusammen an der Uni. Vielleicht könnte ich auch meinen Master anhängen.

Jetzt erst begreife ich, dass sich das Zählwerk nicht mehr dreht, hänge den Stutzen wieder ein und schließe den

Tankdeckel.

Nachdem ich bezahlt habe, setze ich mich ins Auto und fahre in Richtung Wohnung. Aber meine Gedanken sind weiter bei Phebey. Kann das wirklich funktionieren? Oder war es vorher besser? Immer wieder ein neuer Flirt und ein neues Treffen. Neue Frauen und neuer Sex? Jetzt gab es auch noch das Internet, was mir schon einige kuriose Erlebnisse beschert hatte. Ich denke an Conny zurück.

Conny gab es wirklich, doch gleichzeitig war sie Teil einer fiktiven Geschichte. Sie schlug mir damals vor, eine Geschichte über eine Wette zu schreiben, in der sie die Hauptrolle spielte. Als ich zu Hause ankomme, suche ich die Geschichte auf meinem PC und beginne zu lesen:

Connys Wette

»D*as war echt verrückt«,* dachte ich. Da gab es dieses Mädchen, das ich durch Zufall im Internet kennengelernt hatte. Sie hatte mit ihrer Freundin eine verrückte Wette abgeschlossen. Sie wollte innerhalb eines Jahres mit 100 Männern richtig geilen Sex haben und diese sollten ihre unterschriebenen Slips als Beweis bei ihr lassen. Und ich hatte noch Glück! Conny sagte mir zu!

Echt verrückt, 250 km dafür zu fahren, nur um wieder einmal geilen Sex zu haben. Aber ich fand es sehr interessant. Nun stand ich vor der Tür und klingelte. Conny machte die Tür auf und lächelte:

»Hi!«

»Hi«, kam es gedruckst von mir zurück.

»Komm herein!«

Ich trat ein und setzte mich auf das Sofa. Oh Mann, ich wusste gar nicht so genau, wie das alles ablaufen sollte. Conny hatte einen schwarzen Mini an und ich würde darum wetten, sie hatte nichts weiter darunter. Wir saßen nun auf dem Sofa und unterhielten uns erst ein wenig, um diese angespannte Stimmung, die in der Luft lag, zu verdrängen. Jetzt wurde es echt lockerer und ich strich über ihr Knie, während ich in ihre himmelblauen Augen schaute. Wir küssten uns und ich fing an, sie mit meiner Zunge zu verwöhnen.

Ich zog mein T-Shirt und die Hose aus und machte mich daran, ihr das Kleid auszuziehen. Sie hatte wirklich nichts darunter! Ich leckte ihre harten Nippel, die wunderschön abstanden, und meine Hand strich ihr zwischen die Beine, um ihre Vulva zu ertasten. Sie schien sichtlich erregt und stöhnte leise auf, als ich ihre Pussy berührte. Ich strich mit meinen Fingern zwischen den Schamlippen her und fühlte, wie sie feucht wurde. Sie stieß mich sachte zurück und zog meinen weißen Slip herunter, den ich bald mit meiner Unterschrift verzieren würde, um ein weiteres Opfer ihrer Schönheit und Geilheit zu werden.

»Ich will deinen Schwanz!«, sagte sie und nahm ihn in die Hand.

»Der ist ja schön hart, aber glaub ja nicht, dass du mich jetzt schon bekommst!«

Sie begann meinen Schwanz zu wichsen, so stark sie nur konnte. Er wurde richtig schön feucht und es gab ein paar

Tropfen, die für sie herunterliefen. Sie streckte die Zunge heraus und leckte die Eichel.

»Oooh, mmmhhmm«, stöhnte ich auf, als ihre Zungenspitze einen Kreis zog.

Conny verlor keine Zeit und nahm meinen Ständer gleich ganz in den Mund, um ihn auszulutschen.

»Ohhh, Conny, ich komm gleich, wenn das so weitergeht!« Sie hielt nicht inne und als ich kam, ließ sie sich die Sahne in den Mund spritzen. Sie kam zu mir hoch und wir küssten uns.

»Mhmm, ich möchte deine Pussy lecken, Conny. Bitte!« Conny stützte sich auf meinen Schultern ab und drückte mich nach unten. Ich grub mit meiner Zunge in ihrer Vulva, wobei ihr Saft sich auf meinem Gesicht verteilte. Meine Zunge kreiste und ich steckte sie so tief ich nur konnte in ihre Lustgrotte hinein. Ihr Stöhnen wurde lauter.

»Komm schon, jaaa, mach bloß weiter, ich bin kurz davor, jaaaaaa!«

Ihr Körper erbebte und sie stöhnte laut auf. Ich schaute von unten zu ihr hoch. Conny rang nach Luft. Als wir uns beide beruhigt hatten, zog Conny mich nach oben. Ich blickte ihr in die Augen und konnte sehen, dass sie noch immer geil war. Das ließ sie mich spüren. Sie tastete nach meinem Phallus, fand ihn und wichste ihn wieder, um ihn stark zu machen.

»So, und jetzt zu meiner Wette! Da dein Schwanz schon wieder so richtig hart ist, will ich, dass du es mir von hinten besorgst! Das ist schön eng, du wirst schon sehen.« Conny kniete sich hin spreizte mit ihren Fingern den Anus, um mir mit meinem Ständer zu helfen, ihren Hintereingang zu weiten. Langsam drang ich in ihr enges Loch ein. Das war das erste Mal für mich und ein geiles Gefühl. Mein Schwanz wurde noch fester umschlossen, als sie es davor mit ihrem Mund erledigen konnte. Dann war er zum ersten Mal bis zum Anschlag in ihr.

»Und wie ist es?«, fragte sie neugierig.

»Richtig geil und schön eng!«, brachte ich nur stöhnend heraus.

Zum Glück war mein Schwanz noch richtig feucht, so dass er ohne Probleme eindringen konnte. Connys Bewegungen wurden schneller und heftiger. Sie griff sich an ihre Pussy und massierte sie, während mein Schwanz zwischen ihren Pobacken verschwand. Lange hielt ich das jedoch nicht durch. Conny reizte es bis zum Äußersten aus. Und ich kam schon wieder. Danach brauchte ich eine Pause. Ich blieb aber noch bis spät in die Abendstunden bei ihr, bevor ich mich auf den langen Heimweg machte.

Das war die Geschichte, mit der meine Aufzeichnungen über mein Sexleben anfingen. Conny war die junge Dame, die mir als erstes eine erotische Geschichte schrieb, in der sie mit einem Unbekannten im Parkhaus nach ihrer Shoppingtour Sex hatte. Conny bat mich daraufhin, selbst eine Geschichte zu schreiben. Weil mir fiktive Geschichten aber nicht authentisch genug erschienen, zog ich nach der ersten Geschichte meine Erinnerungen heran und begann damit, diese aufzuschreiben. Jedes neue Erlebnis schrieb ich in Stichpunkten nieder, um daraus nachher eine vollständige

Geschichte zu schreiben. Erst war das nur eine Art Tagebuch für mich. Einige Freundinnen aus dem Internet waren sehr neugierig und so schickte ich ihnen die Geschichten per E-Mail. Sie waren begeistert.

Da die Anfragen immer mehr wurden, entschloss ich mich dazu, sie auf einer Internetseite für die Leserinnen bereitzustellen. Die Internetseite gibt es weiterhin. Phebey weiß ebenfalls darüber Bescheid, denn sie ist auch eine meiner Leserinnen. Es war für sie kein Problem, unsere Geschichte dort einzustellen. Die meisten meiner Bekanntschaften konnten es nach einem Treffen kaum erwarten, ihre eigene Geschichte zu lesen.

Natürlich wussten nur wenige ausgewählte Personen von meiner Seite. In meinem näheren Umkreis wusste niemand, was ich nebenbei noch erlebte. Es gab allerdings auch Frauen, die würden nicht mal ihre eigene Geschichte lesen, weil sie davon nichts wussten. Stefanie war eine von ihnen.

Der Kinobesuch

Ich holte Stefanie von zu Hause mit meinem Auto ab. Sie war eine gute Bekannte aus unserem Verein und wohnte etwas außerhalb. Es hatte ein paar Monate gedauert, bis ich endlich ein Date mit ihr bekam, denn sie hatte angeblich immer keine Zeit. Aber sie meinte, sie wollte unbedingt mal mit mir ins Kino, also hatte ich nicht aufgehört zu fragen und heute war es soweit. Ich hielt vor ihrer

Wohnung, stieg aus und klingelte an ihrer Tür.

»Hi, Steffi!«

»Hi, Don!«

Sie stand vor mir mit einer weiten Stoffhose und einem bedruckten Sweatshirt. Ich bekam eine Umarmung, wie sie das immer machte. Allerdings bekam ich diese nur, wenn wir alleine waren.

Ich genoss diesen Augenblick und legte meine Hände um ihren hübschen Po.

Vorsichtig, dachte ich, *geh bloß noch nicht gleich so weit.*

Sie schaute mich an, löste sich aus der Umarmung, ging auf die Beifahrerseite und stieg ein.

Ich fuhr los, die Musik hatte ich schon leiser gemacht und konzentrierte mich auf die Fahrt.

»In welchen Film gehen wir?«, fragte Stefanie.

»Wie bitte?«

»Welcher Film?«, fragte sie erneut und schaute mir dabei tief in die Augen.

»Wir können noch wählen, das machen wir am besten vorm Kino!«

Sie schaute verträumt herüber und ich hatte echt Probleme ruhig zu bleiben. Nachdem wir in der Stadt den Weg zum Kino gefunden hatten, suchte ich in einer naheliegenden Tiefgarage einen Parkplatz. Im Kino suchten wir uns einen Film aus, besorgten uns Cola und Popcorn und gingen zu unseren Plätzen. Als wir saßen, fing Stefanie an aufzutauen und redete, wie sie noch nie geredet hatte. Stefanie war sonst immer sehr schüchtern, außer zwei Sätze kam meist nicht sehr viel von ihr. Daher war ich schon sehr überrascht, als sie anfing mich mit Popcorn zu bewerfen und mir Nettigkeiten ins Ohr flüsterte.

Der Film fing an und Stefanie wurde wieder etwas ruhiger. Ich schaute zwischendurch mal zu ihr herüber, aber sie schien mehr auf den Film zu achten. Mein Blick fiel auf ihre Brüste, die eine deutliche Erhebung des Sweatshirts bewirkten. Stefanie war in unserem Verein beim Voltigieren und ich nutzte ab und zu die Zeit und schaute ihr dabei zu. Da sie zu den älteren Voltigierern gehörte, konnte ich immer ihr Einzeltraining genießen. In den knallengen Anzügen kam ihre Figur noch stärker zu Geltung. In den letzten Wochen ritt ich mein Pflegepferd immer direkt vor ihrem Training, so dass ich länger in der Halle war. Jetzt saß sie aber direkt neben mir. Ich spürte eine Mischung aus Aufregung und Erregung, die mein Herz schneller schlagen ließ.

Irgendwann während des Films schob Stefanie ihre Hand über mein Bein. Ich schaute sie an, aber sie tat weiter so, als wolle sie den Film sehen.

Ich merkte, wie sie die Hand langsam das Bein hinaufschob. Und noch etwas bemerkte ich: meinen Schwanz, der langsam zu einem Ständer anschwoll. Sie schob ihre Hand zwischen meine Beine.

»Na, sind wir etwas erregt?«, flüsterte sie mir ins Ohr, wobei ich ihre warme Luft aus ihrem Mund spürte.

»Mhhhmmm. Du hast mich erwischt«, stammelte ich.

»Ich wusste gar nicht, dass ich so eine erregende Wirkung auf Männer habe«, flüsterte sie und ich spürte ihr Lächeln an meiner Wange.

Das soll ich dir abnehmen, dachte ich.

Sie rieb meine Hose etwas fester. Ich spürte, wie es feucht

wurde und schaute mich um, ob jemand irgendwas davon mitbekam. Stefanie hatte es auf jeden Fall mitbekommen.

Das Einzige, was sie sagte war: »Na, da ist es dir wohl gekommen, was?«

Oh, frech werden auch noch, dachte ich und wurde dabei knallrot. Ein Glück, dass es dunkel war und sie es nicht sah.

Ich umarmte und küsste sie.

»Das bekommst du später wieder!«, flüsterte ich ihr ins Ohr. Sie schaute mich an und kicherte. Als Antwort bekam ich einen weiteren Kuss, dieses Mal mit der Zunge.

Woher wusste sie bloß, dass ich so auf Zungenküsse stehe oder mochte sie sie selber nur, fragte ich mich.

Ich musterte sie von oben bis unten und dachte darüber nach, was gerade passiert war. Dafür, dass Stefanie sonst immer so schüchtern war, hatte sie mich jetzt wirklich mit einer anderen Seite von ihr überrascht. Sie kuschelte sich an mich und wir schauten den Film weiter. Nach dem Kino gingen wir noch schnell in die Pizzeria nebenan, um etwas zu essen. Sie redete mit mir nicht über den Vorfall im Kino, nur als es nachher hieß, dass wir nach Hause wollten, fragte sie, ob sie nicht mit zu mir kommen könnte. Ich stimmte zu, weil ich noch eine Rechnung mit ihr offen hatte.

Als ich die Tür zu meiner Wohnung aufschloss, fragte sie gleich nach der Toilette. Ich dachte mir nichts dabei und zeigte ihr den Weg. Derweil ging ich ins Wohnzimmer und schaltete das Licht und den Fernseher an. Ich schaute in der Programmzeitung nach, ob etwas Interessantes lief und schaltete gerade am Fernseher die Programme durch, als mich von hinten jemand umarmte.

»Nein, nein, nicht umdrehen!«, kam es aufgeregt von Stefanie. »Überraschung! Bevor du dich umdrehst, werde ich dich bis auf die Unterwäsche ausziehen müssen, sonst ist das nicht gerecht.«

Erst jetzt stellte ich fest, dass sie ihr Sweatshirt nicht mehr anhatte, weil ihre Arme nackt waren. Ich konnte nur vermuten, was sie vorhatte.

»Na gut, dann mal los«, meinte ich und grinste vergnügt.

»Schön, mach die Augen zu und ich fange an!«

»Okay.«

Sie zog mein Sweatshirt und das T-Shirt aus. Zwischendurch hatte ich schon die Schuhe ausgezogen und Stefanie fing bei der Hose an. Dann noch die Strümpfe und ich durfte mich umdrehen.

»So, du darfst die Augen wieder aufmachen!«

Das Erste, was ich sah, war, dass sie mich schräg anschaute und lächelte. Ich schaute an hier herunter und war vollkommen baff. Sie trug einen weißen Spitzen-BH mit sehr wenig Stoff und dazu passend ein weißes Höschen und Strümpfe.

Wow, dachte ich nur, *sie sieht aus wie ein richtiger Engel.*

Ich hatte schon beim Voltigieren ihre schönen Rundungen gesehen und ihre Nippel, die immer gut durch den hautengen Stoff stießen, aber das hier war umwerfend. Mein Schwanz pulsierte schon wieder und ich konnte meine Geilheit kaum noch bremsen.

»Wow! Steffi, das raubt mir glatt den Atem.«

Sie drehte sich einmal um sich selbst.

»Gefällt es dir?«

»Das ist echt heiß, das könnte ich mir öfters anschauen«, meinte ich und spürte, dass mein Schwanz jetzt vor Erregung gegen meine Shorts drückte.

Stefanie kam einen Schritt auf mich zu, beugte sich nach vorne und flüsterte mir ins Ohr:

»Habe ich vorsichtshalber untergezogen, falls der Abend interessant wird. Ich glaube, ich muss bei dir erst einmal etwas auspacken, bevor der Arme noch erstickt!«, lachte sie.

Sie zog meine Shorts herunter. Nicht nur, dass mein Schwanz noch feucht war vom Kino, er sprang ihr förmlich ins Gesicht.

»Mann Don ...«, setze sie an und es verschlug ihr die Sprache. Ihre Augen funkelten und sie begab sich gleich in die Hocke, um meinen Schwanz mit der Hand zu umschließen und ihn zu wichsen.

»Den brauch ich ja gar nicht mehr zu blasen«, sagte sie provozierend zu mir.

»Ich fände es trotzdem geil, wenn du es machst. Ich hab bestimmt nichts dagegen«, stöhnte ich, während sie schon mit ihrer Zunge über die Eichel fuhr.

»Hhmmm, lecker, ich liebe das!«

Ihre Zungenspitze setzte weiter gekonnte Schläge auf meine Eichel. Ich sah ihr dabei zu, genoss es, wie sie vor mir kniete. Ich nahm ihre braunen, gelockten Haare und drehte sie um meine Hand. Mit meinen Hüftbewegungen stieß ich mein bestes Stück in ihren Mund. Stefanie schien das zu gefallen, denn sie lutschte meinen Schwanz mit einem tiefgehenden Engagement. Sie ließ ihn aus dem Mund gleiten und mit ausgestreckter Zunge begann sie, etwas tiefer meine rasierten Hoden zu lecken.

»Mmmhhm. Einfach geil, wenn ihr Kerle rasiert seid«, stöhnte sie aufgegeilt.

Sie erhob sich, küsste meine Brustwarzen und wanderte weiter, bis sie an meinem Mund ankam, schaute mich dabei mit ihren niedlichen rehbraunen Augen an.

»Na, willst du nicht auspacken?«, fragte sie.

Ihre kleinen Brustwarzen standen vor Erregung steil ab, als ich ihr den BH abnahm. Ich liebe es, wenn Frauen schöne Dessous anziehen. Ihre Apfelbrüste waren fest, ihre Nippel klein und hart. Ich nahm beide Brüste in meine Hände, knetete sie und beugte mich nach vorne, um ihre harten Nippel zu lutschen. Stefanie stöhnte vor Erregung auf. Ihre Stimme klang total sexy und sie hätte meinetwegen hundertmal lauter stöhnen können.

»Du bist echt so süß«, sagte ich so leise, dass sie es gar nicht hören konnte. Ich konnte mich nicht mehr zurückhalten. *Nicht schon wieder,* dachte ich.

Ich spürte, wie mein Schwanz pochte und ihre Dessous bespuckte. Es kamen zwei kleine Stöße und ich versuchte den Rest zurückzuhalten. Stefanie sah das Unumgängliche schon kommen und kniete sich bereits hin.

»Na komm, ich nehm's gerne«, meinte sie und kicherte, wohl amüsiert darüber, dass ich sie wohl sehr erregend fand – und schon wieder kam.

Stefanie öffnete ihren Mund und wartete gespannt. Ich hielt meinen Lustschwengel vor ihr Gesicht, so dass sie die rote Eichel genau vor ihrem Mund hatte. Ihre Haare hielt ich mit der anderen Hand zusammen. Ich merkte, wie mein Schwanz pumpte und Steffi das Sperma sowohl ins Gesicht als auch in den Mund spritze. Weil ich meinen

Schwanz zusammendrückte, baute sich so ein Druck auf, dass der erste Stoß an ihrem linken Ohr vorbei ins Haar ging. Der zweite und dritte landeten in ihrem Mund. Der Saft lief von ihrer Wange herunter und tropfte auf ihr Knie.

»Mmhhmm«, schmatzte sie genüsslich und grinste vergnügt.

»Das ist hier keine Spaßveranstaltung«, lag es mir auf der Zunge, aber außer einem breiten Grinsen brachte ich in der Situation nichts heraus. Ich wollte mich eigentlich auf dem Sofa niederlassen, doch das ließ Steffi nicht zu. Sie fing an, meinen Schwanz zu lutschen und gab sich allergrößte Mühe, ihn wieder hart zu bekommen. Das Fräulein Nimmersatt schaute mich mit ihrem nassen Gesicht von unten an, als wollte sie sagen: Lass ihn wieder hart werden, ich will, dass du mich jetzt nimmst! Dem hatte ich nichts entgegen zu setzen. Ihr Lutschen brachte den erwünschten Erfolg. Sie kam wieder hoch und gab mir einen Kuss. Ich schob meine rechte Hand über den Wohnzimmertisch, auf dem nur die Programmzeitung und ein paar Briefe lagen. Diese landeten auf dem Fußboden. Dann hob ich Stefanie hoch und sie klammerte sich mit den Beinen um meine Hüfte. Ich wollte sie auf dem Tisch absetzen aber sie gab sich erst noch Mühe, mit ihrem Becken meinen eingeklemmten Schwanz zu massieren.

»Oh, du lässt auch nichts unversucht, Kleines, was?!«, stöhnte ich.

»Das gefällt dir doch! Der Stoff vom Höschen reibt doch gut, oder?!«, sagte sie und grinste dabei teuflisch.

»Mhm, ja, Süße. Das machst du richtig geil, aber das

schmerzt schon etwas!«

»Dann hör ich wohl lieber auf«, meinte sie und biss mir leicht auf meine Unterlippe.

»Du hast so einen geilen Schwanz, ich kann's nicht erwarten, dass er mich fickt!«

Sie ließ sich auf den Holztisch fallen. Ich grub meine Hand in ihren Slip und tastete ihre nasse Lustgrotte ab. Sie war rasiert, bis auf einen schmalen, kurz geschnittenen Streifen über ihrer Pussy. Ich zog ihr das Höschen aus und schaute auf die Strümpfe, die sie noch anhatte. Sie wusste, wie man einen Mann herumbekommt. Sie lag dort mit weit gespreizten Beinen und mein Schwanz war kurz davor, ihre Vulva zu berühren. Sie schaute sehnsüchtig an sich hinunter und wartete.

Nein, Süße, dachte ich*, du darfst noch warten!*

Ich kniete nieder und fing an, ihre Lustgrotte zu lecken, während ich mit beiden Händen zu ihren Brüste griff und sie knetete. Sie stieß einen kurzen Schrei aus, den man kaum hörte, weil sie ihn verschluckte. Das mochte sie doch!

»Schließ bitte die Augen und genieße es! Wirst es schon merken, wenn ich eindringe!«, bat ich sie.

Sie kam meiner Aufforderung nach. Stefanie schien jeden Augenblick der Berührung zu genießen und leckte mit ihrer Zunge ihre trockenen Lippen. Ich begann sie langsam zu fingern und sie stöhnte auf. Sie stoppte für einen Moment.

»Mhhhm, mach weiter, es gefällt mir, wie du stöhnst!«

Ich fingerte sie noch weiter, stellte mich aufrecht hin und schob meinen Schwanz in ihre feuchte Lustgrotte. Stefanie riss die Augen auf, als ich meinen Ständer in ihr versenkte.

»Mhmmmmm, mhhmm, Don, was machst du?«

Ich stieß zuerst nur leicht zu, hielt meinen Schwanz noch etwas zurück.

»Bitte tiefer ... bitte«, flehte sie.

Ich legte ihre Beine über meine Schultern und zog sie noch fester an mich. Meine Bewegungen wurden schneller und härter. Es würde eine Zeit dauern bis ich kommen würde, schließlich hatte ich schon zwei Mal abgespritzt. Ich ließ Stefanie keine Zeit, sich an irgendetwas zu gewöhnen. Mal stieß ich ihn schneller, mal langsamer, mal pumpte ich, mal zog ich ihn fast heraus und drang wieder ein.

Sie nahm ihre Beine wieder herunter und klammerte sie um meinen Po. Ihre festen Brüsten bewegten sich zu meinem Rhythmus auf und ab. Ich zog sie an mich und hob sie hoch. Genau im richtigen Moment fing sie wieder mit Auf- und Abbewegungen an, so dass sie laut stöhnend kam. Sie umarmte mich und legte ihren Kopf auf meine Schulter.

»Wow, war das geil! Ich bin fick und fertig«, flüsterte sie und kicherte mädchenhaft über ihren Ausspruch.

Ich setzte sie auf dem Tisch ab und gab ihr einen Kuss.

»Darf ich bei dir schlafen?«, fragte sie und zog meinen Kopf zu sich, um mir einen kurzen Kuss zu geben. »Ich muss morgen früh aber raus und du müsstest mich dann nach Hause bringen.«

»Das mache ich doch gerne«, stimmte ich zu und nahm ihre Hand, um sie ins Schlafzimmer zu entführen. Wir waren beide sehr erschöpft und schliefen glücklich nebeneinander ein.

Die Beziehung zu Stefanie entwickelte sich zu einer kleinen heimlichen Affäre. Stefanie wollte zwar ihren Spaß mit mir, aber sie hatte Angst vor dem ganzen Gerede in ihrem Freundeskreis. Eine richtige Beziehung kam für sie noch nicht in Frage, den Schlampen-Status wollte sie in ihrer Gruppe nicht erhalten. Wir trafen uns einige Wochen bei mir zu Hause und ich lernte die beiden Seiten von Stefanie kennen. In der Reithalle war sie immer die Korrekte, Zurückhaltende – ein stilles Mäuschen. Wenn sie aber bei mir war, entwickelte sich dieses Mäuschen zu einem Sexvamp. Unsere Treffen waren streng genommen nur Sextreffen. Wir tobten uns zwei Stunden aus, probierten immer neue Dinge, um danach erschöpft ins Bett zu fallen. Am nächsten Morgen musste ich Stefanie im Dunkeln nach Hause fahren. Das absolute Highlight möchte ich euch jedoch nicht vorenthalten.

Eines Abends vibrierte mein Handy und es befanden sich zwei ungelesene Nachrichten darauf. Ich hatte es mir eine Stunde zuvor vor dem Fernseher gemütlich gemacht. Als ich den SMS-Eingang öffnete, sah ich, dass Stefanie mir geschrieben hatte:

»Hey Don, hast du noch Lust auf ein Treffen? Wir könnten heute etwas ganz Besonderes machen, ich habe heute nämlich den Schlüssel für die Halle bekommen. Ich habe da noch eine ganz besondere Fantasie im Kopf. Meld dich bitte schnell.«

Was hatte sie denn jetzt in der Reithalle vor? Ich war etwas verwirrt.

»Was hast du denn vor? Und wie soll das laufen?«, schrieb ich zurück.

»Du holst mich jetzt ab und dann fahren wir zur Halle. Weitere Infos erst bei mir. Trau dich, mein Hengst.«

Ich schnaubte.

Jetzt? Um die Zeit? Ist sie jetzt völlig durch? Was hatte sie nur wieder für eine Idee im Kopf? Aber sie hatte es natürlich geschafft, mich neugierig zu machen.

»Gut, ich bin in einer Viertelstunde bei dir!«, antwortete ich.

Ich nahm meine Schlüssel, zog die Schuhe an und schaute kurz im Bad vorbei. Was das verrückte Huhn nur vorhatte ...

Eine Viertelstunde später, es war schon kurz nach elf Uhr, stand ich bei ihr vor der Tür. Stefanie huschte im Dunkeln aus dem Haus. Ihren Eltern hatte sie wohl auch nichts gesagt. Ich schüttelte mit dem Kopf. Stefanie stieg ein.

»Hey, fahr los ... los jetzt ...«, drängelte sie.

»Was ist nur mit dir los?«, fragte ich total verwirrt.

»Sex in der Halle, mein Lieber«, sagte Steffi total begeistert.

»Wo möchtest du denn da Sex haben? Im Heu?«

»Nein, du blöder Reiter. Auf dem Voltibock. Da wo ihr Reiter euch nie drauf traut«, hauchte sie mir mit warmer Luft ins Ohr und schlug mir zweimal mit Nachdruck auf die Schulter.

Ich war sprachlos.

»Es ist halb zwölf, da ist niemand mehr – außer den Pferden. Aber die schauen auch nicht zu, die sind im Stall!«, meinte sie immer noch in ihrer aufgeregten Art. Langsam hatte ich Gefallen an dem Gedanken gefunden, denn ich stellte mir Stefanie nackt auf dem Holzbock vor. Ich hatte sie früher oft genug dabei beobachtet, wie sie trainierte.

Zehn Minuten später waren wir an der Halle. Ein bisschen

kühl war es schon, aber das Abenteuer war es wert. Wir schauten uns um. Das Einzige, was Licht spendete, waren die Straßenlaternen. Sie schienen durch das durchsichtige Plexiglas in die Halle. Es war also hell genug, um etwas zu sehen. Wir verschlossen vorsichtshalber die Tür. Wenn wir überraschend Besuch bekämen, verschaffte uns das wenigstens ein paar Minuten mehr zum Anziehen. Wir standen vorm Voltibock und Stefanie ließ nur verlauten, ihr sei kalt. *Jetzt auf einmal ...* dachte ich.

Also nahm ich sie in den Arm, um sie zu drücken und zu reiben. Ich zog ihr das Sweatshirt aus, und sah gleich ihre nackten Brüsten. Sie grinste nur. Damit hatte ich nicht gerechnet. Stefanie gab mir einen Kuss. Ich entledigte mich meines Sweatshirt und erwiderte ihren Kuss. Sie hatte eine richtige Gänsehaut. War es die kühle Luft oder die Aufregung, erwischt zu werden? Ich zog meine Hose aus. Dann stieg sie in eine Fußschlaufe des Gurtes vom Voltibock und hielt sich mit einer Hand fest, um sich daran hochzuziehen. Mit Schwung holte sie das andere Bein über den Bock und hielt sich nun mit beiden Händen am Griff fest. Sie saß mit dem Rücken zum Gurt und ich bemühte mich jetzt, ebenfalls den Weg nach oben zu schaffen. Eine Minute später saß ich auch auf dem Bock.

»Soll ich dir mal was zeigen, gehört zu meiner neuen Kür,« Sie hob ein Bein und schob es hinter ihren Kopf. Ich staunte nicht schlecht.

»Na los oder möchtest du noch 'ne schriftliche Einladung?«, sagte sie leise und kicherte, wie sie es immer tat. Ich beugte mich nach vorne, hob den Rest ihres Röckchens und begann, ihre feuchte Lustgrotte zu lecken. Stefanie stöhnte leise auf. Ich schob ihre glattrasierten Schamlippen auseinander und drang mit meiner Zunge in sie ein. Ich spürte, wie sehr sie das erregte. Sie wurde immer feuchter und ich nahm ihre Vorfreude dankend auf. Ich nahm meine Finger hinzu, um in ihre Pussy einzudringen. Erst nur zwei Finger, dann nahm ich einen dritten dazu.

»Don, ich will mehr«, sagte Stefanie voller Sehnsucht. Ich nahm noch einen Finger dazu. Stefanie hatte jetzt beide Beine angehoben und weit auseinander.

»Ooh, wooow, geil, noch tiefer hinein!«, kam es von ihr. Ihr Kunststück glich fast einem Spagat. Sie war beim Voltigieren sowieso sehr gelenkig, mich wunderte es nicht, dass sie so beweglich war.

Ich holte meinen Ständer aus der Shorts und wichste ihn nebenbei. Stefanie lag mit ausgestreckten Beinen vor mir, stöhnend, soweit sie dieses unter Kontrolle hatte. Ich zog meine Finger aus ihrer Lustgrotte. Sie gab mir die Hand und meinte: »Komm, Don, und mach mir den Hengst!«

Ich saß entgegengesetzt zum Gurt und hielt mich an den Griffen fest, als Stefanie sich in die Fußschlaufen stellte und sich an meinen Schultern festhielt. Mit einer Hand nahm ich meinen erregten Schwanz und hielt ihn unter ihre Pussy. Stefanie ließ sich langsam herab und mein Luststab bohrte sich hinein. Sie schaute mir in die Augen: »Und, Don, wie nennen wir diese Kürübung jetzt? Das fickende Paar?«

Die direkte Art der zweiten Steffi schockte mich immer wieder. Wie sie das sagte, wie diese Worte über ihre Lippen kamen. Sie fing an, mich langsam zu reiten, indem sie ihren Körper auf und ab bewegte. Ich spürte ihre feuchte Pussy, die immer wieder von Neuem meinen Schwanz umschloss. Steffis Ritt wurde schneller, ich konnte erahnen, wie sehr sie mich gerade wollte. Ihr Stöhnen und die wippenden Brüste waren ein Genuss für meine Sinne. Während sie mich auf diesem Bock ritt, genoss ich jede Sekunde dieses Erlebnisses.

Dann hörte Stefanie auf und ließ meinen Schwanz entweichen. Sie drehte sich, kniete nach vorne ausgerichtet auf dem Bock. Ich rutschte weiter nach vorne, damit ich für Steffi erreichbar war. Sie ließ sich nieder und steckte meinen Ständer in ihre nasse Pussy. Ohne großes Warten, machte sie dort weiter, wo sie aufgehört hatte. Sie ließ ihr Becken kreisen, was mich halb verrückt machte. Dann fing sie an, mich auf und ab zu reiten. Ich hielt ihr entgegen und stellte mich dabei in die Schlaufen. Das führte dazu, dass sie bald über dem Gurt kniete und ich sie von hinten nahm. Mein Schwanz pulsierte und fing an, die ersten Stöße zu pumpen. Ich nahm Steffi weiter von hinten, um meinen Schwanz zum absoluten Höhepunkt zu bringen. Es kam mir. Steffi stöhnte laut auf und ich ließ mich mit ihr im Arm nach hinten auf den Bock fallen.

»Autsch«, kommentierte ich den harten Fall auf den Holzbock.

»Alles okay?«, fragte Stefanie, die sich umgedreht hatte und besorgt schaute, ob alles in Ordnung war.

»Geht schon ...«, beschwichtigte ich die Situation – trotz schmerzverzerrten Gesichtes.

Stefanie begann zu kichern.

»Hey, das war geil. Wenn das jemand wüsste, vor allem

meine Freundinnen! Die würden mir das nicht abnehmen!« Mir war gerade nicht zum Lachen zumute. Ich war total am Ende. Stefanie bekam sich hingegen nicht mehr ein. Ich schaffte es zum Glück noch von diesem Holzpferd. Steffi nahm mich in den Arm und gab mir einen Kuss.

»Danke.«

Ihre Augen leuchteten. Mir hingegen tat das Gesäß noch eine gefühlte Woche weh.

In den nächsten zwei Wochen stellte ich Stefanie vor eine Entscheidung. Entweder wir würden offiziell eine Affäre führen oder wir würden es beenden. Dieses heimliche Hin und Her wollte ich nicht mehr. Stefanie war mir in den letzten Wochen ans Herz gewachsen. Wir hatten zwar nur eine Sexaffäre, aber ich erfuhr mit jedem Tag mehr über sie. Ich wusste, wie sie den Tag verbrachte, wann sie schlechte Laune hatte und musste feststellen, dass ich auch ihre kleinen Macken mochte. Anscheinend hatte sie mir etwas den Kopf verdreht. Jetzt wollte ich Klarheit. Wir trafen uns ein paar Tage später bei mir, nachdem sie um Bedenkzeit gebeten hatte. Stefanie sagte kaum etwas auf der Fahrt zu mir. Ich versuchte, immer wieder ein Gespräch anzuzetteln, aber sie ließ sich nicht darauf ein. Irgendwie wusste ich schon, was sie mir heute zu sagen hatte. Ich wusste, wie der komplette Abend verlaufen würde. Wir würden es uns im Wohnzimmer auf der Couch gemütlich machen, noch einmal übereinander herfallen und danach würde sie mir mitteilen, dass dieses Mal das letzte Mal gewesen sei.

So geschah es auch. Nachdem wir uns unserer Lust hingegeben hatte und Stefanie in meinen Armen lag, nahm der letzte Teil seinen Lauf.

»Don, ich wollte mir ja Gedanken machen ...«, begann sie zaghaft.

»Hm, bist du also zu einer Entscheidung gelangt?«

»Ja. Ich möchte weder eine öffentliche Affäre mit dir, noch eine Beziehung. Für eine Beziehung fehlen mir die Gefühle und du weißt ganz genau, dass ich keine Affäre will. Ich habe keine Lust auf das ganze Gerede in meinem Freundeskreis.«

Ich seufzte. Genau so etwas wünscht man sich nicht, wenn man in die Offensive geht.

»Also ist es praktisch zu Ende, wenn ich nicht damit einverstanden bin, dass es heimlich weiterläuft?!«

»Es wird keine heimlichen Treffen mehr geben, Don. Jetzt wo ich weiß, dass da von deiner Seite mehr ist, ist es besser, wir treffen uns nicht mehr.«

Ich hatte also alles verloren, weil ich ehrlich war. Ihre Entscheidung konnte ich nicht verstehen. Stefanie bestand darauf, dass ich sie nach Hause brachte. Als ich alleine im Auto war, riss ich wütend den Lautstärkeregler auf und fuhr so zurück nach Hause. »Öffne dich und dir wird weh getan«, schoss es mir durch den Kopf. Wieso konnte sie nicht einfach dazu stehen? Was war für sie so schlimm daran, eine öffentliche Affäre zu haben? Ich trug das Thema zwei Wochen mit mir herum, bis ich Alena kennenlernte.

Die Sonderbehandlung

Es fing alles ganz harmlos in der Disco an. Es war das Wochenende, an dem mir am darauffolgenden Montag die Weisheitszähne gezogen werden sollten. Zwei Freunde und ich beschlossen, nach Hannover in die Diskothek zu fahren, damit ich endlich meinen Kopf wieder frei bekam. Die Stefanie-Geschichte und mein Studium beanspruchten mich so sehr, dass ich schon Monate nicht mehr unterwegs war. Wir waren bereits zwei Stunden in der Disco, da lernte ich auf der Tanzfläche eine junge Dame kennen. Sie sah total süß aus und tanzte mir gegenüber. Sie trug eine verwaschene Jeans und ein helles Top. Unsere Blicke trafen sich immer wieder, jedoch unternahm keiner von uns etwas. Manchmal lächelte sie, schaute allerdings wieder auf den Boden und fuhr sich mit einer Hand durch ihre braunen Haare. Mein Blick traf wieder ihre Augen. Sie waren strahlend blau und unterhalb ihrer Stupsnase verwandelte sich ihr Mund zu einem freundlichen Lächeln. Ich lächelte ebenfalls und so wagte sie den ersten Schritt, kam auf mich zu, umarmte mich und meinte: »Ciao, Kleiner, wir wollen jetzt fahren!«

Zuerst blieb ich total überrascht stehen. Hatte sie mich gerade Kleiner genannt? Warum war sie nicht eher auf die Idee gekommen, mich anzusprechen? Sie hatte den Raum mittlerweile verlassen. Ich lief ihr hinterher und konnte sie vor der Kasse noch ausfindig machen.

»Hey, bist du öfters hier? Nächste Woche auch?«, sprudelte es aus mir heraus.

»Nein, ich bin nur alle paar Monate mal hier«, antwortete sie und strahlte mich dabei wieder an. Ihre blauen Augen hielten mich für einen Augenblick gefangen.

»Wo, in welcher Stadt wohnst du eigentlich?«, schob ich hektisch hinterher.

Es stellte sich heraus, dass sie in meiner Nähe wohnte. Ich bot ihr an, sie beim nächsten Mal mitzunehmen. Sie holte sich an der Kasse einen Zettel und einen Stift. Wir tauschten die Handynummern aus. Ich schaute auf den Zettel, weil ich ihren Namen bei der Lautstärke der Musik nicht richtig verstanden hatte: Alena. Sie umarmte mich und ging mit ihren Leuten zum Ausgang. Wie angewachsen blieb ich stehen, starrte auf den Zettel, grunzend, weil ich die Situation immer noch nicht verstand. Ich kehrte zurück zur Tanzfläche, wo mich meine beiden Freunde erwarteten. Nachdem ich ihnen von dem Vorfall erzählt hatte, steckte den Zettel ein und feierte mit den beiden bis in den Morgen. Ich weiß noch, dass ich sehr erschöpft ins Bett fiel und den Schlaf dringend brauchte.

Am Mittag klingelte völlig überraschend das Handy. Ich war noch im Halbschlaf und schaute auf das Display: eine neue Nummer, die nach Alenas Nummer aussah. Wir redeten kurz und es dauerte keine Minute, bis sie zum Grund ihres Anrufs kam.

»Können wir uns vielleicht treffen? Hast du dieses Wochenende noch Zeit?«

Sie kam schnell zur Sache und ich überlegte einen kurzen Augenblick, ob ich noch träumte. Als ich feststellte, dass ich wirklich wach war, konnte ich mir ein Grinsen nicht verkneifen. Ich hätte liebend gerne zugesagt, dummerweise war ich das ganze Wochenende verplant und so konnten wir uns nur noch am Sonntagabend treffen.

Am Sonntag fuhr ich zu ihr und blieb über Nacht, weil ich am nächsten Tag im gleichen Ort zum Zahnarzt musste. Sie erzählte mir, dass sie 19 sei und ein Praktikum im Krankenhaus absolviere. Als es schon recht spät war und wir schlafen gehen wollten, schickte sie mich ins Wohnzimmer. Ich war verwirrt. Wollte sie jetzt etwas von mir oder nicht?

»Sie lädt mich ein und lässt mich im Wohnzimmer schlafen?«, fragte ich mich.

Ich fand das etwas komisch.

Na ja, dachte ich, *warten wir mal ab.*

Am nächsten Abend nach meiner Operation bekam ich eine E-Mail. Alena fragte mich, ob alles in Ordnung wäre und ob die Wange sehr schmerzen würde. Wir schrieben weiter und Alena ließ immer wieder Andeutungen los.

»Ich würde dich jetzt gern pflegen, komm doch vorbei ...«

»Und was soll das für eine Pflege werden?«

»Du bekommst von mir eine Behandlung der ganz besonderen Art, wenn du da nicht gesund wirst ...«, kam es als Antwort zurück.

Schwesternspiele, dachte ich und grinste.

Das wollte ich doch genauer wissen.

»Was für 'ne Behandlung, so richtig im Schwesterndress und so *g*?«, hakte ich nach.

»Ja, so ähnlich wird das, Kleiner.«

Jetzt hatte sie meine Neugierde geweckt. Wir verabredeten uns für den Freitag. Ich dachte daran, dass es gesundheitlich bestimmt besser um mich stände. Es ergab sich aber, dass wir uns schon früher trafen. Wir schrieben uns sowieso die ganze Zeit. Ich erzählte ihr, dass ich unartig war und schon wieder gearbeitet hätte, ob sie meine Behandlung streichen würde. Sie sah davon ab. Wir trafen uns bereits am Mittwoch, ich holte sie von der Arbeit ab und brachte sie nach Hause. Anschließend gingen wir in die Stadt, das Wetter war sonnig und so beschlossen wir, zur Eisdiele zu gehen. Dort redeten wir einige Zeit und als wir wieder bei ihr waren, fragte ich nach meiner Behandlung.

»Was denkst du denn, wie ich dich behandeln will?«, fragte sie mich grinsend.

»Keine Ahnung«, meinte ich gleichgültig und dachte, *ich hoffe, dass du mich ins Bett zerrst und ...*

»Du hast die Wahl zwischen A, B, oder C!«

»C!«

Sie grinste.

»Was ist C?«, fragte ich neugierig.

»Da haben wir heute schon mal drüber gesprochen!«

»Reiten?«, fragte ich, »du willst mich reiten?«

Es war uns beiden wohl schon längst klar, dass wir nur das Eine wollten!

»Und was ist A und B?«

Sie lachte und schaute mir in die Augen: »Das gleiche, Kleiner.«

Jetzt musste ich auch lachen. Ich schaute auf die Uhr

»Ist wohl ein bisschen spät dafür«, flüsterte ich.

»Richtig, ich muss gleich noch zur Fahrschule.«

»Lass uns das doch am Freitag bei mir machen, da kann uns keiner stören«, schlug ich vor.

»Okay, das ist 'ne gute Idee«, stimmte sie zu. Wir verabschiedeten uns mit einem kurzen Kuss und einer Umarmung. Dann machte ich mich auf den Weg nach Hause.

Am Freitagmittag holte ich Alena aus der Stadt ab. Als wir in meiner Wohnung waren, unterhielten wir uns erst ein bisschen, während sie an der Heizung lehnte. Ich ließ noch ein wenig Zeit vergehen, bevor ich mich vor sie stellte, um sie zu umarmen und ihr einen Kuss zu geben. Wir standen dort eine ganze Zeit eng umschlungen und küssten uns. Allmählich zog ich sie zum Sofa. Dann klingelte ihr Handy.

Toll, dachte ich, *warum immer in diesen Momenten.*

Meines war extra ausgestellt, damit wir unsere Ruhe hatten. Ich setzte mich auf die Couch. Als Alena fertig war, setzte sie sich breitbeinig auf mich.

Oh …, dachte ich, *jetzt fängt also meine Behandlung an.*

Ihre Küsse wurden langsam sehr unanständig und in meiner Hose pochte es. Ich hatte schon einen Ständer, jedoch war dieser in der engen Jeans gefangen. Das war eher schmerzhaft als anregend. Da ich nicht wusste, wohin, bat ich Alena, sich kurz zu erheben, damit ich mich richten konnte. Sie gab mir grinsend einen Kuss und schaute mich an. Ihre braunen Haare fielen ihr ins Gesicht. Ich zog sie an mich und gab ihr einen Zungenkuss. Kurz darauf spürte ich es schon. Es wurde nass in der Hose.

»Süße, ich glaube ich bin gekommen!« Sie schaute mich an.

»Das geht manchmal sehr schnell bei mir«, meinte ich zu meiner Entschuldigung und ärgerte mich selbst darüber, dass mir das bei den ersten Treffen öfters passierte.

»Macht doch nichts«, meinte sie und küsste mich wieder.

Ich musterte sie. Na ja, Schwesterndress? Sie hatte zumindest eine weiße Hose an, auch wenn das Oberteil schwarz war. Ich hoffte ja, dass sie noch was weißes darunter trug. Ich strich ihr die Haarsträhnen aus dem Gesicht.

»Bekomm ich jetzt meine Sonderbehandlung, Schwester?«

»Mal schauen«, sagte sie und rieb ihre Nasenspitze an der meinen. Ich machte mich langsam daran, ihr den Pulli auszuziehen. Dann zog ich sie wieder an mich und küsste sie.

»Deine Küsse sind so geil, das ist es ja kein Wunder, dass man schon kommt!«

Und erst recht nicht, wenn du noch auf meinem Schwanz sitzt und ihn massierst, dachte ich.

Sie schaute auf mein Ohr.

»Du hast ja gar keinen Ohrring drin! Ich spiele damit immer so gerne herum«, sagte sie und lächelte mich an.

»Schau doch mal unter dem T-Shirt nach, vielleicht findest du da ja was«, grinste ich.

»Hast du etwa das, was ich auch mal haben will? Ein Piercing?«, fragte sie ungläubig.

»Schau doch nach«, sagte ich und zog ihr das T-Shirt über den Kopf. Sie trug wirklich noch einen weißen BH darunter. Ich gab ihr einen Kuss.

»Mhhmm, Schwester, doch ganz in weiß?! Du siehst echt süß aus!«

Ich glitt mit meinen Händen über ihre Brüste und zum Verschluss des BHs. Alena kuschelte sich an mich und umarmte mich.

»Ich will dich«, flüsterte ich ihr ins Ohr, als ich den BH öffnete. Er glitt langsam herunter und blieb auf dem Armen hängen, die mich umarmten. Sie ließ mich los, um den BH abzulegen. Ihre Knospen waren groß und ich strich mit meinen Händen über ihre Brüste. Alena griff zu meinem T-Shirt und zog es mir aus. Wir waren mittlerweile schon auf dem Fußboden gelandet, aber das störte Alena nicht. Ich griff an ihre Taille und schob meine Hände zu ihren Brüsten, um sie zu streicheln und zu massieren. Als ich mit meiner Zunge an ihren Knospen spielte, klingelte wieder das Telefon.

Das darf doch wohl nicht wahr sein!

Sollte es doch klingeln. Ich zog Alena ein wenig näher zu mir und öffnete ihre weiße Hose. Dann führte ich ihre Hand zu meiner Hose und sie öffnete diese. Ich hob meinen Po hoch, damit sie die Hose herunterziehen konnte. Aber Alena hatte etwas ganz anderes im Sinn. Sie umarmte mich und küsste meinen Hals.

»Schwester, wie lang muss ich meinen Po noch oben halten?«

»Weiß nicht«, kam nur als Antwort, aber sie zog mir die Hose doch sofort aus. Ich beugte mich über sie, um ihre Hose herunterziehen und fand ein weißes Höschen vor. Alena schaute mich an und zog meine Shorts aus, während ich ihr enges Höschen ein wenig herunterzog.

Sie protestierte nicht, also zog ich es aus. Auf dem Boden war es doch etwas unbequem und so legte Alena sich wieder auf die Couch. Ich kniete vor ihr, schob ihre Beine auseinander und ließ meine Zungenspitze durch ihren Schlitz fahren. Alena war schon ziemlich nass. Sie schloss ihre Augen, genoss es wie meine Zunge sie erregte. Nach einigen Minuten holte ich mir einen Kuss von Alena. Mein Schwanz glitt dabei über ihr schwarzes Schamhaar und durch ihren Schlitz.

»Ich will dich spüren«, hauchte Alena mir ins Ohr und gab mir einen zaghaften Klaps auf den Po.

»Lässt du mich auf die Couch, und reitest mich ein bisschen, Schwester?«, flüsterte ich ihr ins Ohr.

»Weiß nicht, soll ich das?«, kam es zurück.

»Der Patient benötigt doch eine ordentliche Behandlung«, konterte ich und bekam meinen Willen. Sie setzte sich auf mich und rieb meinen Schwanz mit ihrer nassen Pussy, bis er richtig hart war.

»Hey, Schwester, komm mal hoch!«

Sie erhob sich und ich suchte mit meinen Fingern ihre Öffnung, um meinen Schwanz in sie hineingleiten zu lassen.

»Oh, das ist ja kein Wunder, dass man dich nicht so einfach fingern kann«, stöhnte ich, »so eng, wie du bist!«

»Ist das schlimm?«, haucht sie.

»Nein, Schwester, die beste Behandlung, die man kriegen kann!«

Sie ließ ihr Becken kreisen und verwöhnte meinen Schwanz mit ihren Bewegungen. Da das Sofa sehr weich war, konnte ich meinen Ständer bei ihren Bewegungen noch herausziehen und wieder hineingleiten lassen. Dadurch spürte ich noch mehr und Schwester Alenas Stöße ritten meine Geilheit zum Höhepunkt.

»Mmmmhm, Alena, bitte mach weiter, ich komm gleich, Süße!«

Ich stieß noch ein paar Mal zu, während sie meinen Schwanz in ihrer Muschi von der einen Seite in die andere drückte. Als ich spürte, dass es so weit war, zog ich sie an mich und gab ihr einen langen Kuss. Wir ließen gar nicht mehr voneinander und küssten uns zehn Minuten. Mein Schwanz glitt langsam aus ihrer Pussy und die Sahne lief meine Beine herunter.

»Ich müsste eigentlich dringend mal auf Klo!«, stammelte Alena.

»Du kannst ja gehen ...«, antwortete ich.

Aber sie ging nicht. Stattdessen küssten wir uns weiter.

»Wollen wir gleich duschen?«, fragte sie nach einiger Zeit.

»Klar, können wir machen«, sagte ich und gab ihr einen Eskimokuss. Wir saßen noch weitere zehn Minuten auf dem Sofa und kuschelten miteinander, bevor wir unter die Dusche gingen. In der Dusche konnte ich einfach meine Finger nicht von Alena lassen. Das ließ mich erneut geil werden. Dieser schlanke, gut geformte Körper und ihre Bewegungen unter der Dusche sorgten erneut für einen Ständer. Ich presste Alena an meinen Körper, damit sie es nicht sah. Sie spürte es jedoch.

»Ist da schon wieder jemand geil?«, fragte sie grinsend.

»Jaaa ...«, gab ich zögernd zu.

Ich hielt sie noch fester, Alena musste laut lachen. Das hielt nicht lang. Neben dem Wasser, welches aus der Brause rauschte, vernahm ich auf einmal etwas Warmes, das meine Beine herunterlief. Das kam eindeutig aus Alenas Richtung. Als ich heruntersah, konnte ich es sehen. Ein gelber Strahl ihres Sektes schoss aus ihrer Pussy.

Ich konnte nicht fassen, was ich sah: Sie pinkelte mich in der Dusche an.

»Du Sau ...«, fuhr ich sie an, musste dabei jedoch lachen.

Alena schämte sich in Grund und Boden. Der Geruch ihres Sektes stieg langsam mit dem heißen Dampf des Wassers nach oben.

»Boar, wie kannst du nur ...«, grinste ich. Als sehr schlimm empfand ich das nicht.

Alena hingegen wurde tomatenrot.

»Tut mir leid. Ich konnte nicht mehr halten beim Lachen ...«

Ich fuhr mit meiner Hand nach unten zwischen ihre Beine und streichelte ihr Pussy.

»Schwester, ich will dich noch einmal! Hast Du was dagegen?«, fragte ich vorsichtig.

»Nein, warum sollte ich«, sagte sie. »Und wo?«

»Lass uns ins Schlafzimmer gehen«, sagte ich kurzerhand.

Wir trockneten uns gegenseitig etwas ab und gingen ins Nachbarzimmer. Alena legte sich gleich auf das Bett und ich legte meinen Kopf zwischen ihre Schenkel, um sie noch einmal zu lecken. Dieses Mal war der Geschmack nicht so süß, es schmeckte ein bisschen salzig von ihrem Sekt. Diese Erfahrung machte mich neugierig auf mehr. Ich schaute zu ihr hoch. Sie hatte ihre Augen geschlossen und hielt sich am Bettrahmen fest. Ich küsste ihren Bauchnabel und ließ meinen Schwanz in ihre Lustgrotte eintauchen. Beim Eindringen wieder das Gefühl dieser Enge, die mich noch viel geiler machte. Man hörte deutlich, wie das Bett seine Geräusche bei den Bewegungen dazugab.

»Mhm, stört dich das Süße?«, flüsterte ich ihr ins Ohr.

»Nein, ich find's sogar geil«, stöhnte sie.

»Ich möchte dich von hinten nehmen!«

Sie setzte sich hin und drehte sich um. Ich umarmte sie von hinten und knetete ihre festen Brüste. Sie schaute mich an.

»Don, du weißt, es ist schon sehr spät. Wir müssen langsam!«

»Ich möchte noch nicht.«

»Ich möchte auch lieber hier bleiben, aber du weißt, ich muss noch zu Hause vorbei ...«

»Krieg ich denn noch mal so eine Behandlung?«

»Mal schauen ...«, meinte sie, nahm das Handtuch, stand auf und ging in Richtung Wohnzimmer. Sie drehte sich kurz um und grinste.

»Wenn du nett bist ...«, schob sie hinterher.

Ich seufzte. Hatte sie mich jetzt wirklich einfach hier liegengelassen? Kein guter Start für den gemeinsamen Start in den Discoabend. Ich stand ebenfalls auf, suchte meine Sachen zusammen und zog mich an. Danach ging es noch schnell ins Bad, die Frisur richten und etwas Parfüm. Alena stand schon in der Tür und drängelte.

»Wir müssen los. Ich brauche etwas länger. Ich bin eine Frau.«

»Ich bin ja schon fertig«, kam es von mir, während ich die letzten Dinge zusammensuchte.

Auf dem Weg zu ihr sprachen wir nicht besonders viel. Das zog sich durch den ganzen Abend. In der Disco traf ich ein paar Freunde und versackte bei ihnen. Alena fuhr mit Freundinnen nach Hause. Die Wochen danach schrieben wir uns immer mal wieder, Alena konnte es aber nie zeitlich einrichten, dass es zu einem weiteren Treffen kam. Ich gab mir keine große Mühe mehr und schaute mich am kommenden Wochenende nach einer neuen Bekanntschaft um. Ein Freund, und mich zog es wieder nach Hannover.

Das Tattoo

Es war wieder ein Freitagabend und wir waren in der Diskothek, in der ich bereits Alena kennenlernte. Wenn es schon einmal hier einen Erfolg gab, warum nicht einen zweiten? Mögliche attraktive Kandidatinnen, die jede Woche in dieser Disco waren, gab es auf jeden Fall viele.

Mein Kumpel und ich hatten die Angewohnheit, erst einmal durch den Club zu gehen, um zu schauen, wer am Abend anwesend war. Als wir die erste Runde gedreht hatten, gingen wir zu der Theke am Eingang. Dort war es nicht so laut, sodass man sich unterhalten konnte. Außerdem konnte man jederzeit sehen, wer noch eintraf. Wir blieben dort eine halbe Stunde und gingen danach in die große Disco auf die Tanzfläche, um zu tanzen. Als die Musik schlechter wurde und wir eine Pause gebrauchen konnten, verschlug es uns an die Theke neben der Tanzfläche. Ich achtete zunächst gar nicht auf die Bedienung. Dave kümmerte sich um die Bestellung. Nach dem zweiten Red Bull sah ich jedoch genauer hin. Dave grinste mich an und verwies auf die zweite Bedienung. Bei der Lautstärke der Musik dauerte es etwas länger bis wir das Missverständnis klären konnten. Mir gefiel die erste Bedienung deutlich besser. Sie war ca. 1,65 m bis 1,70 m groß, hatte blonde glatte Haare, die ihr ungefähr bis zum Kinn gingen. Außerdem zierte ein kleines Tattoo ihren Arm, was ich verzweifelt versuchte zu deuten. Das riesige Tattoo über ihrem Po war jedoch eindeutig ein Arschgeweih. Sie trug ein kurzes Top und eine Kette mit weißen Perlen. Sie musste so um die 20 sein. Ihr Lächeln war echt bezaubernd. Wir saßen in der Ecke und ich schaute immer nur hinter die Theke. Als der DJ dann wieder andere Musik spielte, meinte ich zu Dave:

»Lass uns doch hierbleiben und hier tanzen, die Tanzfläche ist so oder so voll.«

Wir bestellten noch etwas zu trinken. Die Bedienung kam auf uns zu, stellte die Getränke ab, lächelte, drehte sich um und bewegte ihren Po im Rhythmus der Musik zum nächsten Gast. Ich schaute Dave an und verdrehte die Augen:

»Wow, hast du das gesehen? Und dieses Tattoo! Das würde ich ja gerne mal direkt vor mir sehen. Was für ein süßes Ding! Aber die hat bestimmt schon einen Freund.«

»Meinst du?«, fragte Dave.

»Ja, ist doch immer so«, sagte ich.

»Versuch es doch einfach mal. Mit Alena hat es auch geklappt«, forderte Dave mich auf.

»Mal schauen ...«, grinste ich.

In diesem Moment kam sie auf uns zu und verschwand Richtung DJ-Pult.

Schade, dachte ich, *jetzt wollte ich doch gerade fragen.*

Aber sie kam wieder, drängelte sich zwischen uns durch, wobei ich ihr an ihren süßen Po griff. Sie reagierte nicht.

Neben uns bestellten zwei junge Damen etwas zu trinken und sie übernahm das. Als sie abgerechnet hatte und die beiden mit ihren Getränken verschwanden, beugte ich mich zu ihr herüber und sagte nur: »Sag, holst du mir einen Eiswürfel für meine Hose? Du raubst mir den Verstand!«

Sie grinste, drehte sich um und holte einen Eiswürfel aus

dem Behälter, den sie mir vor die Nase hielt.

Sie lächelte wieder. Es war zum Verrücktwerden!

»Ich glaube, ein Eiswürfel hilft jetzt auch nicht mehr.«

»Ich kann dir ja den ganzen Eimer über den Kopf schütten. Außerdem habe ich das vorhin wohl bemerkt, dass du mir an den Po gefasst hast. Das würde den Eimer schon rechtfertigen«, sagte sie ernst zu mir.

»Wie kann ich das wieder gutmachen?«, brachte ich etwas eingeschüchtert vor. Ich war schon fast soweit, mich umzudrehen und zu gehen.

»Bestell uns etwas zu trinken und erzähl mir mehr von dir. Bist du immer so frech?«

Dieses Mal lächelte sie und ich entschied mich, nicht zu fliehen. Wir redeten ein wenig und ich erfuhr, dass sie Single war. Sie beugte sich zu mir herüber.

»Möchtest du noch einen weiteren Eiswürfel für deine Hose?«, fragte sie frech.

»Nein, der reicht schon aus. Aber vielleicht bekomme ich nach deiner Schicht eine Sonderbehandlung?«, flüsterte ich ihr ins Ohr.

Sie grinste.

»Bei so einer schrägen Anmache muss ich mir den Kerl mal genauer anschauen.«

Mittlerweile standen ein paar Gäste an der Theke. Sie musste weiter bedienen und so ging ich zu Dave zurück.

»Und, wie war's?«, fragte er neugierig.

»Sieht ganz gut aus«, erwiderte ich knapp und schielte zu ihr.

Ich wartete bis zum Ende ihrer Schicht, wobei sie, wenn sich die Gelegenheit bot, zum Tisch herüberkam. Ich erfuhr, dass sie Isabella hieß und sie meist Bella gerufen wurde. Sie hatte erst zum Monatsanfang in der Diskothek angefangen, weil sie sich zum Studium etwas dazuverdienen musste. Sie studierte Architektur und wohnte bei ihren Eltern in Langenhagen.

Um kurz vor vier Uhr brachte ich Dave zum Bahnhof. Von Hannover fuhr ein Zug direkt nach Bielefeld, so dass er ohne Umwege nach Hause kam. Ich hätte das Gleiche für ihn getan, wenn er gefahren wäre und ein aussichtsreiches Date für die Nacht bekommen hätte. Ich holte Bella vom Eingang der Diskothek ab und wir fuhren zu ihr. Das Haus ihrer Eltern sah recht neu aus. Sie nahm meine Hand und zog mich ohne Worte die Treppe hinauf in den ersten Stock. Bella hatte ein eigenes Wohnzimmer, ein Schlafzimmer und ein Bad. Wer soviel Platz hatte, ist Einzelkind, drängte es sich mir in den Kopf. Wir machten es uns also bei ihr im Wohnzimmer auf ihrer großen Couch gemütlich. Es dauerte nicht lange, da hatte ich Bella im Arm. Wir unterhielten uns eigentlich über ganz allgemeine Themen und nach einigen Minuten gab es schon die ersten Küsse. Sie lag inzwischen auf mir und fragte mich ganz frech: »Na, einen Eiswürfel hab ich jetzt zwar nicht für deine Hose, darf ich denn trotzdem mal schauen? Ich bin immer sehr neugierig.«

»Versuchs doch«, flüsterte ich und biss ihr ganz leicht in ihr Ohrläppchen.

Sie fuhr langsam mit ihren Händen hinunter zu meinem Reißverschluss. Ohne lang zu zögern, zog sie meine Hose und mein T-Shirt aus, sodass ich fast nackt da lag. Ihr Top fiel als Nächstes zu Boden. Ich machte mich an die Stoffhose, wobei ich gespannt auf dieses große Tattoo schielte, denn ich wollte zu gerne wissen, wie weit das noch hinunter reichte. Sie lag auf dem Bauch und hatte jetzt nur noch einen dunkelblauen BH und das Höschen dazu an. Ich kniete mich über sie und öffnete den Verschluss des BHs. Dann strich ich die Träger sanft über ihre Schultern herunter und küsste ihren Hals.

»Lass das«, kicherte sie, »das kitzelt.«

»Und nun das Höschen«, kommentierte ich mein Vorhaben und grinste, weil sie nicht ahnen konnte, was ich vorhatte.

Ich ließ meine Hand über ihren Rücken gleiten und zog das Höschen noch mal richtig hoch. Der Stoff zog sich richtig schön durch ihre Schamlippen.

»Oar, Don«, rief sie erregt, aber überrascht aus.

Ich zog das Höschen aus und legte mich zu ihr auf die Couch. Sie kam gleich zu mir herüber und setzte sich auf mich.

»So, meinst du, das erregt mich?«, fragte sie.

»Ja«, kam es nur knapp von mir zurück.

»Wo wir gerade dabei sind, bist du überhaupt schon erregt?«, fragte sie.

Ihre Hüfte kreiste dabei auf meinem Schwanz und massierte ihn durch den Slip.

»Du brauchst mich gar nicht scharf zu machen, das bin ich sowieso schon«, stöhnte ich und zog sie zu mir herunter, um sie innig zu küssen.

»Ich will dich jetzt«, brachte ich nur heraus.

»Ich will auch nicht mehr warten ...«, hauchte sie und lächelte mich an.

Sie drehte sich um, um mir den Slip auszuziehen und hielt mir ihre rasierte Pussy genau vor das Gesicht. Das ließ ich mir nicht zwei Mal sagen und zog ihren Po noch ein bisschen weiter herunter, damit ich sie lecken konnte.

Ich spürte, wie sie gerade dabei war, meinen Schwanz zu wichsen, während ich mit meiner Zunge in ihre Lustgrotte eintauchte. Ihr Griff war hart und fordernd.

»Bella, pass auf, dass ich nicht gleich komme«, stöhnte ich, weil es mir schwer fiel, mich zu beherrschen.

Sie machte eine Pause und drehte sich wieder zu mir.

»Lecken kannst du aber echt gut«, stöhnte sie etwas außer Atem und drückte mir einen Kuss auf meinen Mund. Ich griff zu ihren festen apfelförmigen Brüsten und begann sie ein bisschen zu kneten. Sie dagegen schaute zwischen ihre Beine, ergriff mit einer Hand meinen harten Phallus und positionierte ihn unter ihrer Vulva.

Dann ließ sie sich nach unten fallen und mein Schwanz spießte sie dabei regelrecht auf.

»Aaaahmm«, stöhnte sie auf.

Mir blieb in dem Moment die Stimme weg, weil sie mich mit ihrer Aktion so überraschte. Ihre schnellen, rhythmischen Bewegungen ließen mich spüren, dass sie es gerne härter mochte. Ich fand es geil, wie ihr ihre blonden Haare im Gesicht hingen und ihre Lippen leicht geöffnet immer wieder ein Stöhnen hervorbrachten. Sie griff mit ihren Händen auf meine Schultern und schaute mich mit ihren großen blauen Augen an. Wieder fielen ein paar Strähnen durch die Bewegungen in ihr Gesicht, die sie vorher gerade weggestrichen hatte. Ihre Bewegung wurden noch schneller, ihr Stöhnen immer lauter.

Ich kam und konnte mir das laute Stöhnen nicht verkneifen, weil es ziemlich heftig war.

»Aaaahm, jaaa ...«, stöhnte sie auf und ließ ihre Hände über meine Schultern gleiten, bis sie ganz auf mir lag. Ich umarmte sie, spürte, wie sie meinen Hals liebkoste und nahm den Duft ihrer Haare wahr.

»Das war doch wohl nicht alles, oder?«, fragte ich ungläubig. Ich konnte mir nicht vorstellen, dass sie nicht noch mehr wollte.

»Das nächste Mal bist du dran«, sagte sie und biss mir in meine Brustwarze.

»Autsch! Was soll das denn?«, fragte ich. Sie kicherte.

»Ich möchte erst noch ein bisschen kuscheln! Halt mich bitte so«, forderte sie ganz süß auf und ich erfüllte ihr gerne den Wunsch. Ich nahm sie in beide Arme und streichelte ihren Rücken. Dabei fiel mir wieder das Tattoo auf. Irgendwie faszinierte mich dieses Arschgeweih ganz schön. Ob ich sie wohl von hinten nehmen dürfte? Ich küsste ihren Hals. Bella war immer noch außer Atem. Ich spürte, wie ihr Herz laut und schnell schlug.

»Alles okay?«, fragte ich besorgt.

Sie schmiegte sie an mich.

»Alles bestens. Hab mich wohl etwas verausgabt«, bekam ich als Antwort zurück.

Ich spürte ihr Lächeln. Ich schaute mich in ihrem Wohnzimmer um. Es war zwar schlicht, aber dennoch geschmackvoll eingerichtet. Bella hatte anscheinend Talent darin, in den richtigen Ecken Akzente zu setzen. Sie erzählte mir, dass sie mit ihren Eltern vorher direkt in der Stadt gewohnt hatte und sich ihre Eltern schon die ganze Zeit ein Eigenheim zulegen wollten. Sie war Einzelkind und hatte das Glück, das ganze obere Stockwerk für sich zu haben. Während wir redeten, bedeckte ich ihren Hals immer wieder mit Küssen. Es dauerte nicht lange und ich hatte schon wieder Lust, Bellas aufregenden Körper zu erkunden. Ich streichelte sie zwischen den Beinen an ihrem Kitzler und Bella presste meinen Kopf mit ihrer Hand noch mehr an ihren Hals. Ein paar Sekunden später trafen sich unsere Lippen. Bella drehte sich zu mir und gab mir einen Zungenkuss. Es hielt sie nichts mehr zurück. Ihre Hand wichste meinen Phallus, bis er richtig hart war. Ich hatte nur noch einen Wunsch, den ich Bella leise ins Ohr flüsterte.

»Süße, darf ich dich vielleicht von hinten ficken?«

»Mhmm, meine Lieblingsstellung. Das sagt doch alles, oder?«, kam es nur von ihr.

Ich musste lächeln. War es nicht die Lieblingsstellung von fast jeder Frau? Ich richtete mich auf, stellte mich vor die Couch, während sie auf allen Vieren kniete.

Glaubst du wirklich, dass ich ihn jetzt schon reinstecke, dachte ich und kniete noch mal nieder, um ihre Lustgrotte mit meiner Zunge zu verwöhnen.

»Don, willst du mich jetzt etwa noch warten lassen?«, stöhnte sie.

Ich gab ihr keine Antwort. Sollte sie es doch genießen.

Da steht ihr doch drauf, dachte ich.

Sie rieb sich mit einer Hand ihren Kitzler. Ich fickte sie, so tief ich konnte, mit meiner Zunge. Bellas Stöhnen wurde wieder regelmäßig. Ich brach ab, stellte mich hinter sie und ließ meinen Schwanz in ihre nasse Pussy eintauchen. Dann zog ich ihn fast bis zum Ende heraus und schob ihn mit

Schwung bis zum Anschlag hinein. Sie gab einen kurzen Schrei von sich.

Ich stieß zu wie beim ersten Mal. Ihr Stöhnen wurde lauter. Noch ein weiteres Mal. Bella rieb sich weiter ihre Perle, während ich sie hart von hinten nahm. Wir atmeten beide immer schneller, ich hielt mich mit meinem Stöhnen etwas zurück. Ich genoss die Aussicht auf ihr Tattoo und stieß immer wieder nach, während Bella im Rhythmus dazu ein Stöhnen hervorstieß. Meine Hand sauste auf ihren Po, sodass es laut klatschte. Das schien Bella noch mehr zu gefallen und sie hielt mit ihrem Becken bei jedem Stoß dagegen. Es brauchte nicht lange und wir kamen zusammen. Dieses Mal wurde Bella richtig laut. Ich zog meinen Schwanz aus ihrer Pussy. Bella ließ sich auf das Sofa fallen. Ich legte mich daneben, war selbst etwas außer Atem und blickte sie an. Keine zehn Sekunden später hörten wir Schritte auf der Holztreppe.

»Och nein ...«, rutschte es Bella heraus und sie vergrub ihr Gesicht zwischen den Kissen.

»Wenn du nicht augenblicklich leise bist, komme ich rein und schmeiße den Kerl nackt aus dem Haus, mein Fräulein. Dein Vater und ich wollen schlafen. Es ist halb sechs.«

»Ja, Mama ...«, kam es gequält aus dem Kissen. Ich nahm Bella in den Arm.

»Wir reden später noch darüber«, kam es von der anderen Seite der Tür.

»Ja, ist okay. Ich hab's verstanden.«

Die Holztreppe gab wieder Geräusche von sich. Die Mutter ging wieder Richtung Erdgeschoss.

»Na, toll. Das kann ja heute Mittag wieder eine Diskussion

geben«, flüsterte Bella und schaute mich dabei an.

»Das ist der Nachteil, wenn man noch zu Hause wohnt. Es kostet dich nichts, aber irgendeinen Nachteil gibt's immer«, tröstete ich sie.

»Bleib noch zwei bis drei Stunden, ja?!«, bat mich Bella.

Ich stimmte zu, weil es schön war, sie im Arm zu halten und ich sowieso sehr müde war. Wir schliefen nach einigen Minuten ein und wachten erst gegen Mittag wieder auf. Bella schleuste mich geschickt aus dem Haus.

»Bis bald, wir sehen uns ja bestimmt wieder«, meinte sie und gab mir einen Kuss.

An den kommenden Wochenenden war ich nicht in der Diskothek in Hannover. Als ich einige Wochen später mit Dave die Disco aufsuchte und nach Bella fragte, sagte mir eine Bedienung, dass sie gekündigt hatte.

Die Zeit bis zum nächsten Treffen mit Phebey zieht sich wie eine lange, nicht enden wollende Straße, an deren Ende man das Meer erwartet. Wir telefonieren regelmäßig, schreiben uns täglich. Mit großer Sehnsucht warten wir beide auf die Sommerferien. Phebey kommt gleich für volle zwei Wochen zu mir und ich fahre danach mit ihr zusammen zurück an die Ostsee. Darauf freue ich mich besonders. Einfach mal die Seele baumeln lassen, zusammen mit ihr am Strand liegen und das Wetter genießen. In der Zeit, in der ich nicht an sie denke, lenke ich mich mit meinen Projekten in der Uni und meinem Nebenjob ab. Die Zeit vergeht aber trotzdem nur langsam. Es ist, als würde man sich als Kind im Sommer auf Weihnachten freuen. Unerträglich!

Dann ist es endlich soweit, ich hole Phebey wieder vom Bahnhof ab. Ich stehe völlig aufgeregt am Gleis und beobachte, wie der Zug einfährt. Es ist fast wie beim ersten Treffen. Die Bremsen quietschen unerträglich laut und der Zug kommt zum Stehen. Die Türen öffnen sich und ich weiß nicht, wo ich zuerst hinschauen soll. So viele Menschen und ich warte nur auf den einen: eine 1,70 m große, schlanke Blondine mit langen Haaren und einem bezaubernden Lächeln. In der Ferne kann ich sie erkennen. Es sind mindestens zwei Waggons zwischen uns. Ihre Koffer hat sie schon aus dem Zug getragen und zur Seite gestellt. Ihren kleinen Rucksack trägt sie auf dem Rücken und schaut sich um, weil sie mich in der Menschenmenge sucht. Als sich unsere Blicke treffen, strahlt sie über beide Wangen und läuft mir entgegen. Ich muss grinsen, weil ich es einfach bezaubernd finde, wie sehr sich Phebey freuen kann. Sie rennt mich fast über den Haufen und das erste, was uns einfällt, ist ein leidenschaftlicher Zungenkuss.

»Hey, meine Maus. Endlich wieder zusammen.«

Sie strahlt über beide Wangen. Wir küssen uns erneut und lassen nicht mehr voneinander ab. Als wir uns endlich voneinander gelöst haben, hole ich ihre Koffer.

»Möchtest du jetzt schon bei mir einziehen. Das freut mich«, necke ich sie.

Sie gibt mir einen Schubs zur Seite.

»Du weißt doch, dass wir Frauen immer mehr mitnehmen.«

Nachdem ich die Koffer im Auto verstaut habe, gibt Phebey mir noch einmal einen ausführlichen Begrüßungskuss. *So sollte es doch immer sein, wenn wir uns wiedersehen*, denke ich bei mir. Aber vielleicht würden sich die Zeiten noch ändern. Vielleicht würde bald alles zur Gewohnheit werden. Oder es würde ganz anders kommen. Wir fahren erst einmal zu mir und genießen den Nachmittag zusammen auf dem Sofa.

Am Abend gehen wir zum Italiener. Ich habe uns dort einen Tisch bestellt. Das Restaurant ist direkt bei mir um die Ecke. Wie bestellt, erhalten wir einen Tisch, der etwas abgelegen ist. Wir erzählen uns die Neuigkeiten aus den letzten Wochen und genießen unser Essen bei Kerzenschein. Es ist richtig gemütlich und ich merke, wie sehr es Phebey gefällt.

Am zweiten Tag liegen wir auf meiner großen Couch. Wir küssen uns und kuscheln miteinander. Ich lege langsam mein Bein zwischen ihre Schenkel und reibe damit ihre Vulva, während ich ihr unter das enge T-Shirt fasse und ihren BH ein wenig zur Seite ziehe, um ihre Brüste zu massieren. Wir haben die letzte Nacht schon ausgiebig genossen aber wir können nicht die Finger voneinander lassen. Die Zeit alleine war einfach zu lang. Wir küssen uns mit der Zunge, was mich richtig geil macht, und ich schiebe Phebeys Hand in Richtung meiner Hose. Sie öffnet den Reißverschluss und massiert meinen Schwanz durch den Slip.

Ich werde durch das Massieren sehr schnell geil und mein Schwanz ist hart. Ich bemerke, dass das Phebey ziemlich erregt. Ich ziehe ihr das T-Shirt und den BH aus, während sie sich um meine Unterwäsche kümmert. Phebey trägt noch einen String, während ich ganz nackt da liege.

»Und jetzt?«, fragt sie erwartungsvoll.

Ich knie mich vor ihren Kopf, so dass mein Schwanz genau vor ihrem Gesicht steht.

»Du wolltest doch so gerne, Maus.«

Sie nimmt den Schwanz in die Hand und beginnt, ihn vor ihren Augen richtig schön hart zu wichsen. Ich stütze mich an der Lehne vom Sofa ab und genieße es, wie sie ihn massiert. Vor einigen Monaten war Phebey noch so schüchtern, da wollte sie ihn weder anfassen, noch lecken. Ich durfte ihre Pussy nicht lecken, weil sie meinte, es würde nicht schmecken und sie wolle mir das nicht antun. Mittlerweile hat sich das aber verändert und sie ist richtig neugierig auf neue Dinge.

Nach ein paar Minuten, als mein Phallus richtig hart ist, leckt sie langsam über meine Eichel und lutscht ihn. Ihre Zunge spielt die ganze Zeit an meiner Eichel. Zwischendurch ziehe ich ihn aus ihrem Mund und Phebey wichst ihn. Ich zeige ihr, wie es ist, ihren Mund zu ficken, indem ich immer wieder meinen harten Schwanz zwischen ihre Lippen schiebe. Sie leckt weiter an ihm, verwöhnt mich, dass ich laut stöhne. Es wird von Minute zu Minute geiler und dauert nicht lange und ich stehe vor einem Orgasmus.

»... Ich komme!«, bringe ich gerade noch heraus.

Ich spüre, wie Phebey die ganze Sahne schluckt und kein bisschen davon aus ihrem Mund läuft. Ich ziehe meinen Schwanz aus ihrem Mund und blicke sie fragend. Sie lächelt. Wenn sie wüsste, was ich in den nächsten Tag mit ihr vorhabe, würde sie vielleicht nicht mehr so lächeln.

Am nächsten Tag muss ich noch einmal arbeiten. Tagesweise helfe ich in einem kleinen Unternehmen in der Buchhaltung aus. Meistens sortiere und kopiere ich Bestellungen und Rechnungen, aber nur zu Stoßzeiten, wenn viel anfällt. Für die regelmäßigen Einkünfte habe ich meinen Job als Pizza-Taxifahrer. Ich komme nachmittags nach Hause und Phebey liegt noch im Bett und schaut Fernsehen. Wie niedlich sie mich wieder anblickt, als ich völlig überrascht feststelle, dass sie es noch nicht aus dem Bett geschafft hat. Was habe ich bloß mit ihr gemacht? Nein, nicht das ich es bereue. Im Gegenteil. Ich konnte gar nicht aufhören, ihr alles zu zeigen, was wir zu zweit noch ausprobieren könnten. Ich kann mir ein schweinisches Grinsen nicht verkneifen. Für ein Begrüßungskuss lege ich mich zu ihr ins Bett.
»Na meine Maus, was hast du heute gemacht?«, frage ich provokant. Phebey lächelt.
»Nichts besonderes, mein Hase. Gechattet, Musik gehört und Fernsehen.«
Phebey zieht mich an sich und gibt mir einen langen Zungenkuss. Sie steckt mir ihre Zunge ganz weit in den Mund und ich ergreife die Chance und sauge daran. Nach ein paar Minuten stehe ich auf und bereite uns etwas zu Essen vor. Nach dem Essen verbringen wir den Rest des Tages zu zweit auf unserer geliebten Couch. Wir kuscheln uns aneinander und es kommt eines zum anderen. Phebeys Küsse werden immer fordernder und ich kann mich nicht mehr beherrschen. Ihre Hand findet den Weg in meine Hose, während ich ihre süßen Brüste unter dem BH massiere. Ihr

Nippel werden richtig hart und ich spiele damit, indem ich mit meinem Zeigefinger darüber fahre. Phebey öffnet meine Hose und tastet sich unter meinen Slip zu meinem Schwanz vor. Sie wichst ihn langsam und zärtlich.

»Hmm, Phebey ... das ist geil, mein Schatz«, stöhne ich erregt.

»Magst du es? Soll ich noch heftiger?«

Ich nicke. Ohne zu zögern zieht sie meinen Slip aus. Ich löse die Haken ihres schwarzen, durchsichtigen BHs.

Ich hätte jetzt am liebsten, dass du mir einen bläst, so wie gestern, denke ich. *Das war richtig geil ... wie du auf mir lagst und mir meine Eichel geleckt hast!*

Ich rolle mit den Augen. Phebey liegt inzwischen auf dem Rücken und ich setze mich auf ihren Bauch. Sie schaut nach unten.

»O Gott, was hast du vor?«, fragt sie überrascht.

»Nichts schlimmes«, sage ich, um sie zu besänftigen.

Ich beuge mich nach vorne, während es aus meinem harten Schwanz schon tropft. Phebey schaut jetzt genau auf den Phallus, der vor ihrem Gesicht tanzt. Sie nimmt ihn in die Hand, um ihn weiter zu wichsen. Ich komme ihrem Mund immer näher und sie leckt mit ihrer Zungenspitze bereits über die feuchte Eichel. Dann bekommt sie ihn mit dem Mund ganz zu fassen, leckt und lutscht, dass ich mich kaum noch beherrschen kann.

»Hmm ... Phebey, Maus, mein süßes Luder, du«, stöhne ich.

Sie liebkost weiter meinen Schwanz mit ihrer Zunge, während ich mich am Sofa abstütze. Ich massiere unterdessen ihre kleinen hübschen Brüste und denke daran, wie sich mein Schwanz dazwischen machen würde. Um meine Gedanken zu verwirklichen, ziehe ihn kurzerhand aus ihrem Mund, und lege ihn in ihren Busen.

»Was wird das denn jetzt?«, fragt Phebey überrascht.

»Warte ab, Süße, wirst du gleich sehen!«

Mein Schwanz ist schön feucht und ich presse ihre beiden Brüste zusammen, um ihn durch die Spalte bis zu ihrem Kinn zu stoßen. Phebey schaut mir fasziniert dabei zu.

»Oh, mhm ...«, stöhne ich voller Erregung.

Ich bin kurz davor zu kommen, weil es nicht mehr so feucht ist, wie am Anfang. Ich spüre ihre Brüste noch viel intensiver und genieße es.

»Süße, ich komme«, bringe ich nur noch heraus. Ich bin etwas überrascht, dass Phebey nicht den Mund öffnet und so schießt mein ganzer Liebessaft direkt in ihr Gesicht. Er verteilt sich über Mund, Augen und Nase. Phebey schaut etwas verwundert aus. Ich kann mir mein schweinisches Grinsen nicht verkneifen.

»Ääääähmm, ja ...«, stottert Phebey nur.

Ich bin fasziniert von dem Anblick und finde es einfach nur erotisch und geil. Phebeys Begeisterung hält sich allerdings stark in Grenzen.

»Ich glaube, wir gehen lieber duschen ...«, sage ich leise.

»Mhmm, das ist wohl besser! Hat es denn Spaß gemacht?«, fragt sie neugierig.

»Oh ja, auf jeden Fall Maus, es war absolut geil!«

Am nächsten Tag gehen wir zusammen in die Stadt und planen am Nachmittag das Schwimmbad zu besuchen. Weil Phebey trotz ihrer beiden vollgepackten Koffer vergessen hat, ihren Badeanzug einzupacken, shoppen wir. Wir suchen einen Bikini aus, auch wenn Phebey das nicht ganz so mag.

»Ich hab Angst, dass bei dem Triangel Ding oben immer was herausrutscht«, kommentiert sie, als sie aus der Kabine kommt. Ich bin jedoch begeistert.

»Das sieht doch toll aus, Maus«, bestätige ich meine Auswahl und gebe ihr einen Kuss.

»Wenn du meinst ... Dann nehme ich ihn«, meint Phebey und geht zurück in die Kabine, um sich umzuziehen. Ich warte so lange und halte ihre Sachen fest.

Nachdem ich den Einkauf bezahlt habe, gehen wir weiter durch die Stadt und schauen uns noch in ein paar anderen Geschäften um. Die Zeit vergeht ziemlich schnell. Es ist schon drei Uhr, als ich das nächste Mal auf die Uhr schaue. Wir machen uns direkt auf den Weg zum Schwimmbad. Draußen ist es schön warm und wir suchen unser Bad auf, in welchem man sowohl drinnen als auch draußen schwimmen kann. Wir entscheiden uns für eine gemeinsame Umkleide und verriegeln die Türen.

»Jetzt sperrst du mich ein und ich muss mich wohl auch noch ausziehen, was?!«, neckt Phebey mich.

»Nein, das mit dem Ausziehen werde ich übernehmen«, sage ich, ziehe sie an mich und gebe ihr einen Kuss.

»Das kann ich mir vorstellen, dass du das gerne übernehmen willst, Hase. Aber dann kommen wir vermutlich gar nicht zum Schwimmen«, meint sie und zieht sich währenddessen schon aus.

Ich folge ihrem Beispiel, kann es aber nicht lassen, ihren zarten Körper an mich zu ziehen, um ihn zu liebkosen.

»Jetzt nicht. Du bist wirklich schlimm, Schatz«, entgegnet sie mir und entzieht sich.

Ich muss grinsen und ziehe mich lieber selbst um. Phebey zieht sich ihren neuen Bikini an und ich nehme sie mit zu den Duschen. Wir treffen uns danach im Becken. Ich bin bereits im Wasser, als Phebey dazukommt. Wir schwimmen direkt nach draußen und genießen dort die Sonne.

»Du schaust mir immer ins Dekolleté, Hase«, kommt es völlig überraschend von Phebey.

Ich bin mir jedoch keiner Schuld bewusst und plädiere auf unschuldig.

»Das meinst du nur. Ich bin mir nicht bewusst, dass ich darauf starre.«

Phebey stürzt sich auf mich und versucht mich unterzutauchen. Da hat sie sich verrechnet und muss eine Niederlage einstecken. Dieses Mal erwischt es sie. Wir necken uns immer wieder, bis uns nach ein paar Stunden zu kalt wird und wir das Schwimmbad verlassen.

Danach genießen wir den Abend zu zweit in meiner Wohnung.

Ein paar Tage später liegen wir abends zusammen auf der Couch und schauen Fernsehen. Phebey kuschelt sich ganz dicht an mich. Die Couch ist wie jeden Abend ausgeklappt und wir kriechen unter die Decke, um uns weiter zu küssen.

»Ich lieb dich Maus ...«, flüstere ich ihr ins Ohr.

»Ich dich auch Hase!«

Meine Hand wandert unter ihr dünnes Oberteil und ich erkunde ihre Unterwäsche. Phebey saugt beim Küssen in diesem Moment an meiner Zunge. Ich nutze den Augenblick und ziehe Phebey auf mich, schiebe ihr das Oberteil immer weiter nach oben, um es ihr über den Kopf zu ziehen. Sie trägt den schönen weißen BH, zu dem ich ihr die Strapse gekauft habe. Wir küssen uns weiter und ich öffne den BH und lasse ihn von Sofa rutschen. Phebey zieht mir das T-Shirt aus und gibt mir einen langen Zungenkuss, während sie mit ihrer Hand über meinen Bauch fährt und den Knopf der Jeans öffnet, um darin zu verschwinden.

Meine Hand streichelt ihre Brust und knetet sie fordernd. Ich bin von Phebeys Küssen sehr erregt. Sie dreht sich auf den Rücken und ich lehne mich über sie, um ihre harten Knospen zu saugen.

»Du Schwein ...«, flüstert sie leise. »Du kannst es einfach nicht lassen oder?!«

»Nein«, grinse ich und lecke über ihre Brustwarzen.

Phebey stöhnt ganz leise auf und drückt meinen Kopf noch fester an ihre Brüste. Meine Hand erkundet ihren Körper, zeichnet ihren Bauchnabel nach und landet schließlich bei ihrer Jeans.

Ich öffne den Knopf und ziehe den Reißverschluss nach unten. Phebeys Verlangen ist groß, sie zieht mich für einen weiteren Kuss zu sich. Unsere Zungen spielen wieder miteinander und kaum begehe ich den Fehler und dringe mit meiner Zunge zu weit in ihrem Mund vor, hält sie diese mit ihren Zähnen fest und saugt daran. Inzwischen tragen wir beide keine Hosen mehr und ich drücke mein Bein zwischen ihre Schenkel, um damit ihre Muschi zu reiben. Phebeys Hand verschwindet daraufhin unter meinem Slip und wichst meinen harten Schwanz.

»Ich würde dich so gern lecken, Maus ...«, flüstere ich in ihr Ohr und ziehe mein Bein weg, um mit meiner Hand in ihren String zu gleiten. Ich spüre Phebeys Feuchtigkeit, dringe ganz leicht mit zwei Fingern in ihre Pussy ein und beginne sie zu fingern. Phebey entweicht ein Seufzer. Ihre Hand wichst meinen Schwanz jetzt umso heftiger. Ich genieße das Gefühl, immer wieder, in ihre Pussy einzutauchen zu dürfen.

»Ich liebe dich, Hase ...«, stöhnt Phebey mir leise ins Ohr.

»Ich dich auch, Maus«, stimme ich erregt ein.

Ich ziehe Phebey den String aus und rutsche noch ein wenig tiefer, wobei mir Phebey grinsend die Beine spreizt. Meine Zungenspitze berührt ihre feuchte Lustgrotte und ich nehme ihren süß-bitteren Saft auf. Gierig lecke ich sie immer weiter. Ich dringe mit meiner Zunge in ihre Pussy ein und ficke sie damit. Phebey stöhnt und drückt meinen Kopf zwischen ihre Schenkel. Sie will noch mehr davon. Ich sauge ein wenig an ihren Lippen und lecke sie weiter. Doch Phebey verlangt nach mehr, greift mir in die Haare und zieht daran.

»Schatz, bitte hör nicht auf ... ich komme gleich«, fleht sie.

Ich stoppe und schaue zu ihr.

»Mach weiter ...«, bettelt sie.

Aber ich möchte etwas anderes. Ich will sie spüren.

»Dreh dich um Maus«, befehle ich ihr. Sie gehorcht und streckt mir ihren süßen Po entgegen. Ich hole ein Kondom und ziehe es über meinen Schwanz. Dann knie ich hinter Phebey und lasse ihn langsam in ihre feuchte Pussy gleiten. Ich ziehe Phebey zu mir und stoße mit meinem Schwanz in ihre Lustgrotte. Phebey stöhnt laut auf. Ich lasse meinen

Phallus mal langsam, mal etwas schneller in ihre nasse Pussy gleiten.

»Fick mich härter ...«, fordert sie mich stöhnend auf.

Ich gebe ihr, wonach sie verlangt. Die schmatzenden Geräusche werden von Phebeys Stöhnen übertönt. So laut hat sie bislang noch nie gestöhnt. Phebey ist in voller Ekstase und will zum Höhepunkt kommen. Ich werde langsamer.

»Möchtest du es weiter so, meine süße geile Maus?«

»Jaaa ... bitte ...«, fleht sie.

»Darf ich dich in deinen süßen Po ficken?«, frage ich leise.

»Don, du Schwein ...«, stöhnt sie mit etwas Empörung in ihrer Stimme. »Na gut, aber nimm mich vorher noch mal wie vorhin!«

Ich erfülle ihr den Wunsch, stoße ein paar Mal bis zum Anschlag und umfasse dabei ihre festen Brüste. Phebey wirft ihre blonde Mähne umher und krallt sich mit ihren Nägeln im Kissen fest.

Ich greife indes zu einer Tube Gleitgel, die in der Nähe liegt, und verteile etwas von dem Gel auf meinen Fingern. Vorsichtig lasse ich einen Finger in ihren Po gleiten und nehme einen zweiten dazu, um ihr Loch ein wenig zu weiten. Meinen harten Phallus ziehe ich aus ihrer Pussy und lasse etwas Gleitgel darauf tropfen. Phebey streckt mir noch immer ihren Po entgegen und ich lege meinen Schwanz auf ihr zweites Loch und gleite vorsichtig hinein. Die Enge ist ein herrliches Gefühl, welches mich noch mehr anheizt. Ich greife mit meinen Händen an ihre Pobacken und ziehe Phebey zu mir. Ein paar Mal stoße ich nur zu und Phebey stöhnt dabei laut auf. Es dauerte nicht lange und die Enge bereitet meiner Geilheit ein schnelles

Ende.

»Maus, ich komme schon …«, stöhne ich. Das erste Mal spritzt mein Schwanz in ihrem geilen, engen Anus ab.

»Na, mein geiler Hase? Wie war es denn?«, fragt Phebey neugierig, während ich mich neben ihr auf der Couch niederlasse.

»Ziemlich eng, Maus, deswegen bin ich auch so schnell gekommen.«

Ich grinse zufrieden, denn Phebey findet es nicht so schlimm. Wir müssen beide darüber lachen, weil sie das Ganze mit »Jetzt bin ich ja eine verdorbene 3-Loch-Stute« kommentiert.

Einige Tage später wollte ich mit Phebey ein weiterer Bereich für unser Sexleben entdecken. Ich hatte damals geplant, dieses mit Alena auszuprobieren, weil wir uns noch einmal treffen wollten. Dazu war es jedoch nicht gekommen. Alena und ich hatten uns damals über Fesseln und Bondage unterhalten. Ich hatte mir ein Buch über das Internet bestellt und die passenden Seile gekauft. Das Seil hatte in einem bestimmten Abstand Ösen, die aber, wenn man es strammzog, verschwanden. Ich musste zugeben, so leicht wie es aussah, schien es der Beschreibung nach aber nicht zu sein. Gut, ich würde es ausprobieren. Alena und ich waren uns einig, dass es sehr interessant werden würde. Meine Wohnung war ein Altbau und es gab dort einige Holzbalken. Im Wohnzimmer gab es sogar zwei eiserne Haken in der Decke. Darunter war ein stabiles Regal. Es war alles vorhanden für eine kleine Session. Ich überlegte, wie ich Alena dort fesseln und fixieren konnte. Ich würde ihre Hände mit Ketten an den Haken festmachen und ihre Füße an den Regalwänden verschnallen. Die Ketten und Karabiner hatte ich aus dem Baumarkt. Mit Alena war es aber nie zu diesem Treffen gekommen. So verstaubten die Sachen in der hintersten Ecke meines Schranks. Ich hatte vor einigen Wochen längst beschlossen, mit Phebey dieses außergewöhnliche Erlebnis zu teilen.

An diesem Abend ist es soweit. Mir brennt es praktisch unter den Nägeln, sie heute Abend damit zu konfrontieren. Vor ein paar Minuten haben wir uns darüber unterhalten, was wir nächste Woche unternehmen wollen. Ich bin gerade mit dem Abwasch fertig, trockne die letzten Teller ab, da läuft Phebey an mir vorbei und verschwindet im Badezimmer.

»Ich zieh mich mal gerade um«, höre ich von ihr nur im Vorbeigehen.

Ich ahne, dass sie etwas vorhat und entscheide mich, den letzten Teller auf der Spüle liegen zu lassen. Ich hole schnell die Seile und ein paar weitere Utensilien, die ich für die Session benötige. Diese verstaue ich an einem unauffälligen Ort, damit Phebey sie nicht gleich sieht, wenn sie ins Wohnzimmer kommt. Dann lege ich mich auf das ausgeklappte Sofa.

Phebey kommt zurück und schaut mich verdutzt an.

»Schon fertig?«, fragt sie und zieht dabei eine Augenbraue hoch. Das ist einfach wieder nur süß, stelle ich fest.

»Hatte keine Lust mehr«, sage ich und grinse.

Wir küssen uns und ich taste ihre Hüfte entlang. Das Einzige, was sie anhat, ist ein Pulli. Das ist sehr verdächtig. Ich küsse ihren Hals, fahre mit meinen Fingern durch ihre blonde Mähne und verschwinde mit meiner Hand unter ihrem Pulli.

Nichts außer einem Pulli, denke ich, *damit hast du schon entschieden, was wir heute Abend machen!*

Ich liebkose ihren Hals und rolle langsam den Pulli nach oben. Ich bemerke, wie Phebey diesen Augenblick genießt und dabei ihre Augen geschlossen hält. Ich wandere mit meinem Mund zu ihren Nippeln und lutsche daran.

»Oh Don, macht das so einen Spaß?«, fragt sie ungläubig, weil sie es immer wieder miterlebt, dass ich nicht genug davon bekomme.

»Ja, allerdings ... ganz sicher«, flüstere ich, während ich den Pulli über ihren Kopf ziehen.

Du würdest den Pulli ganz schnell wieder anziehen, wenn du wüsstest, was ich vor hab, denke ich.

Ich lasse meine Hand über die harten Nippel fahren und schiebe mein Bein zwischen die ihren, um damit ihre Vulva zu reiben. Langsam hole ich das erste Seil hervor, um es ihr zu zeigen.

»Ich möchte dich fesseln«, flüstere ich in ihr Ohr.

Sie schaut mich mit weit aufgerissenen Augen an.

»O Gott, o Gott, o Gott ...«, stottert sie und das ist so süß, dass ich mir das Grinsen nicht verkneifen kann. Ich liebe diesen Ausruf von ihr. Sie wirkt immer total faszinierend auf mich.

Ich nehme ihre zarten Hände zusammen und fessele sie. Dann ziehe ich sie in Richtung der Haken, die in der Decke befestigt sind. Dort sind bereits die Karabiner eingehakt.

»Oh nein, Hilfe, was hast du vor?!«, fragt sie entsetzt.

»Vertrau mir, steh auf und komm mit«, flüstere ich zu ihr und versuche sie zu beruhigen.

Sie schaut mich verdutzt mit ihren grün-braunen Augen an. Ich hake den Karabiner in den Ring und in die Schlaufe des Seiles ein.

Dann hole ich die Spreizstange, die um die Ecke lag.

»Nein! Nicht das Ding!«

Sie hat es zwischendurch schon einmal gesehen, weil sich so etwas nicht leicht verstecken lässt. Ihr Blick ist böse, aber trotzdem sexy.

»Oh doch ... komm Maus, mach die Beine breit. Du weißt doch, dass ich das mag.«

»Hmmm ...«, grummelt sie und ziert sich.

»Vertrau mir, das ist nicht schlimm.«

Ich schiebe ihre Beine vorsichtig etwas auseinander. Dann lege ich ihr die Fußfesseln an, die an der Stange befestigt sind. Phebey steht breitbeinig und völlig nackt vor mir.

»Hilfe, was machst du mit mir?! Du wirst mich doch jetzt wohl nicht ... ?!«

Ich knie nieder, um ihre Vorahnung zu bestätigen.

»Das gibt es nicht! O Gott, Hilfe, nein«, jammert sie, aber das hilft ihr nicht.

Sie ist mir völlig ausgeliefert. Langsam streiche ich mit meiner Zungenspitze über die Lippen ihrer Vulva. Der Spalt, den man sonst kaum sieht, hat sich geöffnet und meine Zungenspitze erkundet ihre Rundungen.

Wie gut, dass sie sich heute morgen rasiert hat, denke ich und koste weiter von ihrem süßen Saft. Phebey stöhnt, weil es ihr gefällt, dass ich sie lecke. Mit der Hand greife ich zu dem acht Meter langem Seil unter dem Sofa.

Phebey sieht mich wieder erschreckt an.

»Was kommt jetzt?«

»Lass dich überraschen«, entgegne ich frech und grinse.

Ich lege das Seil zur Hälfte zusammen und knote eine Schlaufe, die ich ihr über den Kopf ziehe, dann einen Knoten unterhalb des Brustbeines, einen über dem Bauchnabel und einen auf ihrem Venushügel. Danach ziehe ich das doppelte Seil zwischen ihren Beinen auf den Rücken hoch und versehe es dort auch noch einmal mit drei Knoten.

»Das Seil hängt in meiner ... Muschi ... was machst du bloß?«, protestiert Phebey.

»Das soll auch so sein«, gebe ich zurück.

Am Hals ziehe ich das Seil wieder durch die Schlaufe und lasse es zu jeder Seite nach vorne laufen um es dort durch die Schlaufen zu ziehen. Danach führe ich es wieder zum Rücken. Nachdem ich sie ein paar Minuten so verschnürt habe, löse ich das große Seil. Ich öffne den Karabiner und helfe ihr aufs Sofa, denn ihre Arme sind noch gefesselt.

Aus dem Kühlschrank hole ich die Sprühsahne, um Phebeys aufregendsten Stellen damit einzusprühen. Zuerst ihre Nippel, die ich danach wieder ablecke, dann den Bauchnabel und ihre nasse Pussy. Dort rutscht die Sahne durch die Feuchtigkeit gleich nach unten. Ich lecke die Sahne schnell ab und muss feststellen, dass Phebeys Geschmack noch viel süßer ist als die Sahne. Meine Zungenspitze verwöhnt ausgiebig Phebeys Pussy und ihre Klit. Phebey kann sich immer noch nicht bewegen, weil die Stange zwischen ihren Beinen das nicht zulässt. Ich hätte sie gerne so gefickt, aber ich beschloss sie zu belohnen, weil sie so artig war und nehme die Stange ab. Phebey blickt mich mit ihren zusammengebundenen Händen an.

»Soll ich die Fessel auch losmachen?«, frage ich.

»Nein, brauchst du nicht! Ist okay«, flüstert sie.

Phebey legt die Arme um mich und zieht meinen Kopf nach unten, weil ihre Handgelenke immer noch gefesselt sind. Mein harter Schwanz spießt sie auf, als sie auf dem Boden liegt. Er dringt bis zum Anschlag ein und ich beginne Phebey ganz langsam und zärtlich zu ficken.

»Mhmmmm ...«, stöhnt Phebey und genießt es. »Was machst du bloß für Sachen mit mir?«

»Gefällt es dir nicht?«

»Doch ... mein süßer geiler Hengst«, haucht sie mir ins Ohr und zieht mich mit ihren Armen ganz dicht an sich.

»Oh, meine süße geile Maus, du«, stöhne ich und werde etwas schneller.

Nach einigen Stößen lässt mich Phebey mit ihren gefesselten Händen in die Freiheit und ich lasse sie meinen Phallus noch stärker spüren.

»Ich komme, Maus«, bringe ich nur noch heraus.

»Ich auch, Süßer!«

Unsere Bewegungen verebben beide und wir küssen uns.

»Du und deine verrückten Ideen. Nimmst du mir die anderen Fesseln auch ab?«

Ich komme ihrem Wunsch nach und muss grinsen. Sie ist immer noch so schüchtern und manchmal gar ängstlich. Irgendwie erinnert sie mich an Jana, die ich damals in einer Diskothek kennenlernte.

Notarzt

Zur damaliger Zeit war es in Mode, in T-Shirts, die den Aufdruck einer wichtigen Behörde trugen, herumzulaufen. Beispiele aus der Zeit waren "Polizei", "Einsatzleitung", "Drogenfahnder". Ich hatte mir im Internet ein rotes T-Shirt mit dem Aufdruck "Notarzt" bestellt. Bisher hatte ich das T-Shirt in noch keiner Disco gesehen.

Und was noch nicht gesehen wurde, wird gekauft, dachte ich mir.

Bei meiner Anziehungskraft auf Krankenschwestern passte das sehr gut. Am Samstag war ich mit Stefan, einem Freund, in einer Disco in meiner Umgebung. Das knallrote T-Shirt verfehlte seine Wirkung nicht. Die Besucher schauten mich an und fragten sich bei der weißen Hose und dem roten Shirt, ob das vielleicht nicht wirklich ein Notarzt sei. An genau diesem Tag war das Deutsche Rote Kreuz anwesend, denn es wurde von 21 bis 23 Uhr ein Kinotrailer gedreht. Danach stieg eine ordentliche Party mit einem sehr bekannten DJ. Wir waren gerade an der Theke. Dort lief sie mir das erste Mal mit ihren beiden Freundinnen über den Weg. Zuerst sah ich in ihr niedliches Gesicht und die blauen Augen. Ihre glatten blonden schulterlangen Haare trug sie offen und ein paar Strähnen hingen ihr im Gesicht. Sie schaute mir kurz in die Augen und dann auf das T-Shirt. Als nächstes schauten ihre Freundinnen, die kurz lächelten und weitergingen. Sie zögerte kurz und folgte ihnen. Ich musterte sie, sie trug eine enge blaue Stretchjeans, aus der ein richtig süßer Po ragte und ein weißes Top. Ich schaute ihr zwar nach, verlor sie aber irgendwann aus den Augen.

Stefan und ich gingen nach unserem Drink auf die Bühne und tanzten dort einige Zeit. Danach zog es uns wieder an die gleiche Theke. Als wir einen kleinen Rundgang starteten, war es schon 3 Uhr. Auf einer Tanzfläche sah ich sie wieder. Sie waren immer noch zu dritt und es gab anscheinend keine Männer, die dazugehörten. Wir näherten uns beim Tanzen langsam den Dreien und ich bewegte mich in Richtung des blondes Mädchens. Wir standen uns beim Tanzen genau gegenüber und ich lächelte sie an, als sie mich bemerkte. Sie erwiderte das Lächeln ziemlich vorsichtig und schaute zur ihren Freundinnen herüber, welche beide nur mit breitem Grinsen in ihre Richtung schauten. Um zu testen, ob wirklich Interesse hatte, bewegte ich mich in eine andere Richtung. Meine Augen waren aber immer auf sie gerichtet und so fiel mir erst gar nicht auf, dass sich ein anderes Mädchen von hinten an mich heranpirschte. Ich bemerkte das erst, als sie ihren Körper im Rhythmus der Musik an meinen schmiegte. Überrascht von der Situation, drehte ich mich um und musste zugeben, es gefiel mir nicht, was ich sah. Ich war sowieso schon nicht begeistert, von hinten angetanzt zu werden. So trat ich die Flucht nach vorne an und bewegte mich sofort auf die Blonde zu, um sie anzutanzen. Sie lächelte, schien etwas überrascht, dass es jetzt so schnell ging, aber sie hatte nichts dagegen. Ich zog sie sanft an mich und wir tanzten zusammen. Dabei sah ich ihr tief in die Augen und sah, wie sie etwas rot anlief.

»Hi, ich bin Don«, sagte ich etwas lauter, um die Musik zu übertönen.

»Hi, ich heiße Jana«, schrie sie zurück.

»Danke, für deine Rettung«, sagte ich und deutete mit meinen Augen auf das andere Mädel, das jetzt etwas enttäuscht da stand und wenig später von der Tanzfläche verschwand.

»Rettung? Ich dachte, dafür bist du hier zuständig ... so als Notarzt«, grinste sie.

Ich musste lachen.

»Ja, das sollte man meinen. Aber was ist der Notarzt ohne fähiges Personal?«

Ich zog Jana noch näher an mich und griff ihr dabei an ihren Po. Jana legte ihre Arme auf meine Schultern und wir zogen uns mit kreisenden Bewegungen nach unten, um aus dem Knien wieder hoch zukommen. Ich kam ihr langsam mit meinen Lippen näher und forderte sie zu einem Kuss heraus. Jana konnte der Versuchung nicht widerstehen und unsere Lippen berührten sich das erste Mal. Nachdem wir uns zaghaft geküsst hatten, fielen unsere Blicke gleichzeitig auf ihre beiden Freundinnen, die nur breit grinsend da standen. Wir tanzten weiter und küssten uns weiter. Im Augenwinkel bemerkte ich, wie Stefan die dunkelhaarige der beiden ansprach. Um uns bildete sich ein kleiner Kreis und ich stellte fest, dass uns einige der Leute anstarrten. Jana war das gar nicht recht. Sie schien doch eher etwas schüchtern zu sein.

»Die schauen alle zu uns rüber«, meinte Jana etwas nervös.

»Na und? Lass sie doch schauen«, antwortete ich gleichgültig. Nach einer Zeit entspannte sich die Situation, aber wir machten trotzdem weiter.

»Das macht mich ziemlich geil«, flüsterte sie, während ich

sie mit meinem Bein massierte.

»Muss sich der Notarzt gleich um dich kümmern?«, brachte ich nur heraus und blickte in ihren blauen Augen. Von einer Seite kam eine ihrer Freundinnen.

»Jana, ihr habt es wohl echt nötig, was?«, fragte sie.

»Schlimm?«, erwiderte Jana und schaute sie von unten an.

»Wir fahren jetzt, ich schätze ja mal, so wie das bei euch aussieht, habt ihr so oder so noch was vor!«

»Mal schauen«, sagte Jana und küsste mich. Die beiden Mädels verschwanden. Wir gingen zur Theke, um etwas zu trinken und unterhielten uns. Sie wohnte zwar etwas weiter weg, wie sie erzählte, aber das war mir egal. Dann tauchte Stefan wieder auf.

Oh man, den musste ich ja auch noch nach Hause bringen, dachte ich. Und dann wieder in die andere Richtung? Na gut, es ließ sich nicht anders machen.

»Wollen wir gleich fahren?«, fragte er mich. Ich schaute Jana an.

»Wollen wir gleich?«

»Ja, hab nichts dagegen«, sagte sie und zog mich an sich, um mir einen Zungenkuss zu geben. Wir gingen zum Ausgang und ich brachte Stefan zuerst weg. Dann fuhr ich zu Jana.

Während der Autofahrt unterhielten wir uns über den Abend und mussten über ihre Freundin lachen, die uns doch mit sehr scharfen Blicken attackiert hatten. Mittlerweile war ich schon wieder auf der Autobahn Richtung Dortmund. Von dort aus dauerte es nicht mehr lange und wir waren bei ihr. Wir schlichen uns langsam nach oben in ihr Zimmer. Sie wohnte noch zu Hause, weil sie studierte und noch kein Geld verdiente.

»Du musst vor Mittag wieder weg sein«, sagte sie, »denn dann kommt meine Ma von der Arbeit wieder!«

Sie hatte sich auf das Bett gesetzt und zog ihre Schuhe aus.

»Mir tun meine Füße vom Tanzen weh! Dir etwa nicht? So wie du getanzt hast, muss das bei dir dreimal so schlimm sein«, sagte sie.

»Der Notarzt ist ja schon hier für eine Behandlung. Aber ehrlich, mir tut nichts weh«, meinte ich.

Ich kniete mich vor sie und gab ihr eine Fußmassage.

»Das tut wirklich gut«, schwärmte Jana.

Ich verwöhnte ihre Füße noch ein paar Minuten, bevor ich zu ihr auf das Bett stieg, nachdem ich mich meiner Schuhe entledigt hatte. Zärtlich küssend schob ich meine Hand unter ihr Top. Jana zog mir aber schon das T-Shirt über den Kopf und so musste ich wohl erst mit meiner Hand wieder zurück.

»Du hast ja ein Piercing«, sagte sie und starrte wie gebannt auf meinen Oberkörper.

»Mmmhhmm ...«

Ich schob meine Hand wieder unter ihr Top und sah, dass ihre Nippel sich schon vor Erregung durch den Stoff drückten. Jana zog mich nach oben und gab mir einen langen Zungenkuss. In der Zwischenzeit rollte ich ihr enges Top hoch und knöpfte ihr Jeans auf. Sie ließ mich aber nicht weitermachen und zog meine Hand beiseite, um mit ihrer anderen meine weiße Jeans zu öffnen.

»Na, Lust auf Doktorspiele?«, fragte sie, kicherte und sah mich eindringlich mit ihren blauen Augen an. »Den konnte ich mir einfach nicht verkneifen, Herr Notarzt.«

Ich kam nicht zum Antworten, denn ihre vollen Lippen machten sich schon wieder an meine heran. Dann ließ sie sich langsam zwischen meinen Beine nach unten gleiten. Mein harter Schwanz würde gleich aus meiner Hose springen. Sie zog mir die Hose herunter und griff mir zwischen die Beine an meinen Schwanz. Mit so einer frechen Aktion hatte ich nicht gerechnet. Jana mochte es anscheinend sehr direkt. Ich ließ sie gewähren und genoss es einfach. Als nächstes spürte ich ihre Zungenspitze auf meiner Eichel, die mit einigen Schlägen den nächsten Schritt ankündigte. Jana nahm meinen Phallus in den Mund und saugte daran. Sie hielt ihn fest im Mund und ließ mich spüren, welche Kraft sie mit ihren Lippen ausüben konnte. Ich konnte es kaum aushalten, so geil machte sie mich. Jana kam wieder zu mir nach oben und war inzwischen schon splitternackt. Sie hatte sich wohl nebenbei ausgezogen und ich lag jetzt unter ihr. Ich konnte direkt auf ihre rasierte Lustgrotte blicken. Nur ein schmaler Streifen Richtung Bauchnabel zeugte davon, dass dort normalerweise Haare wachsen. Ich konnte meine Geilheit nicht mehr bremsen. Ohne Widerworte drückte ich ihre Schenkel auseinander und begann mit meiner Zunge ihre Vulva zu lecken. Mein Blick fiel zwischendurch nach oben und ich sah, wie Jana die Augen geschlossen hatte und es genoss, wie meine Zungenspitze ihre Klit massierte. Ihre Hände strichen durch meine Haare und sie drückte meinen Kopf noch tiefer in ihr Allerheiligstes. Nach einigen Minuten hörte ich auf und sie legte sich auf die Seite. Ich lag hinter ihr und schob ihr meinen Schwanz vorsichtig in ihre feuchte Pussy. Jana stöhnte auf, als ich in sie eindrang. Ich umarmte sie und zog sie so fest ich nur konnte an mich, um sie mit meinen Stößen zu verwöhnen.

»Mmhhhmm, das gefällt mir. Das ist echt geil! Ich will dich tiefer in mir!«

Ich schob ihre festen Brüste nach oben und knetete sie, während ich sie stieß. Es dauerte nicht lange, da stieg meine Geilheit ins Unermessliche und sollte ich es nicht etwas ruhiger angehen, würde ich schnell abspritzen. Ich hörte nicht auf, ich konnte es einfach nicht. Laut stöhnend kam ich in ihr. Mein Schwanz erschlaffte und meine Bewegungen wurden schwächer. Ich umarmte Jana und kuschelte mich von hinten an sie.

»Das war geil ...«, brachte ich nur noch heraus, denn ich war noch völlig außer Atem.

»Ja, ziemlich sogar«, sagte sie und gab mir einen Kuss auf die Wange. Sie zog die Bettdecke über uns und drehte sich zu mir.

Ich wollte schon fragen, ob das alles war, schließlich gab sie mir nur die eine Nacht! Aber ich brauchte nicht zu fragen ...

»Ich brauche erst einmal eine kleine Pause ...«, sagte sie und küsste meine Nasenspitze. Ich nahm sie in den Arm und eh ich mich versah, schlief sie auch schon.

Es war ja auch schon sechs Uhr am Morgen. Wir waren bis 5 Uhr in der Disco und danach noch Sex ... Das ist schon ein bisschen anstrengend, dachte ich.

Ich ließ sie schlafen, trotz der Enttäuschung, dass es wohl bei dem einen Mal bleiben würde und sie mich später bitten würde, zu gehen. Ein paar Minuten nickte ich selbst ein.

Um 10 Uhr morgens weckte mich Jana ganz sanft und lächelte mich an.

»Du musst gleich gehen! Aber vorher ...«

Ihre Hand wanderte in Richtung Bauchnabel und danach weiter zu meinem Schwanz.

»... möchte ich dich noch einmal spüren!«

Ich war noch gar nicht ganz wach, mir war aber klar, dass mich Jana wohl doch nicht ohne ein zweites Mal aus der Wohnung schmeißen würde. Jana zog die Bettdecke zurück, setzte sich auf mich und massierte meinen Schwanz mit ihrem Venushügel. Bei diesem Anblick brauchte ich nicht lange, um geil zu werden. So will man gerne geweckt werden.

»Das ging ja schnell!«

Ich streichelte mit meinen Fingern ihre Klitoris und fingerte sie, bevor ich meinen Schwanz in ihrem feuchten Schlitz verschwinden ließ. Jana kreiste mit ihrem Becken und das erregte mich so sehr, dass mein Schwanz noch härter wurde. Ich beobachte sie dabei und schaute in ihre weit aufgerissenen Augen. Die Nippel ihrer schönen Brüste standen wieder ab und ich zog Jana zu mir herunter, damit ich daran saugen konnte. In meinem Schwanz pulsierte es und die schnellen Bewegungen ließen meinen Schwanz wieder zum Orgasmus kommen. Als Jana das merkte, ließ sie sich auf mich fallen. Ihr heißer, verschwitzter Körper schmiegte sich an mich und sie drückte mir einen großen Schmatzer auf die Wange.

»Lange schon nicht mehr so etwas geiles erlebt«, keuchte sie völlig außer Atem.

Aber das Vergnügen währte nicht mehr lange. Eine halbe

Stunde später gab sie mir einen langen Abschiedskuss.

»Jetzt musst du aber gehen, Süßer«, sagte sie.

Ich zog mich an und sah sie an, als sie dort unter ihrer Bettdecke im Bett lag. Sie lächelte.

»Schlaf noch schön. Bye!«

»Komm gut zurück und sei bitte leise auf der Treppe, du weißt ja, die Tür brauchst du nur zuziehen ...«

Ich ging die Treppe herunter und verließ das Haus. Wenigstens hatte sie mir ihre Nummer gegeben. Bevor ich den Weg auf die Autobahn suchte, hielt ich bei der nächsten Tankstelle an und holte mir einen Energydrink. Mit dem Sprit würde es noch bis nach Hause reichen. Während der Autofahrt kam ich doch etwas ins Grübeln. Ich hatte in den letzten Monaten so viele Dates in den Diskotheken gehabt und mit diesen größtenteils auch noch eine Nacht verbracht. Aus keinem dieser Dates hatte sich aber etwas ernstes entwickelt. Während ich die fast leere Autobahn mit annähernd 200 km/h meinem Zuhause entgegenfuhr, dämmerte mir, dass diese Erlebnisse nicht zu meiner inneren Zufriedenheit führen konnten.

War das Erlebnis mit Jana so schlecht, dass ich mir diese Frage stellte?

Nein.

Oder war es einfach langweilig geworden, an jedem Wochenende eine Frau mit nach Hause zu begleiten? Hatte ich mir früher nicht geschworen, ich würde das Leben genießen. Genau das war es doch. Du hast zwar Spaß, aber bist trotzdem alleine, hörte ich eine andere Stimme in meinem Kopf. Ich drehte die Musik lauter und zwang mich dazu, die Fragen ein anderes Mal beantworten zu wollen. Ich roch noch Janas Duft an mir, hatte ihren süßen Geschmack im Mund und ließ den Abend noch einmal im meinem Kopf ablaufen.

Es hatte mir gefallen und ich war gespannt, wer mir als nächstes über den Weg lief.

Jenny Bi

Es war wieder Samstagabend, drei Wochen nach dem Abenteuer mit Jana. Ich war alleine auf dem Weg in die Disco. Mein Freund hatte während den Ferien einen Nebenjob angenommen und war somit abends immer unterwegs. Eine Woche vorher war ich schon in der selben Disco gewesen. Ich hatte dort vor Monaten schon einige Leute kennengelernt, die ich an diesem Abend dort traf.

Diesen Abend hatte ich mein enges, blaues Shirt und eine schwarze Levis an. In der letzten Woche hatte ich hier jemand Neues ausgemacht: Jenny.

Sie war wirklich sehr hübsch und ich wollte sie heute Abend unbedingt erobern. Nachdem wir letzte Woche schon miteinander geredet hatten, bemerkte ich gewisse Andeutungen, die in eine Richtung gingen. Sie schien ein sehr offener Mensch zu sein und redete davon, dass sie ein großes Bett hätte und abends wieder alleine schlafen gehen müsste. Ich hätte sie am liebsten schon an dem Abend begleitet, aber irgendetwas hielt mich davon ab. Anstatt dass ich mich ihr gleich näherte, blieb ich auf Abstand. Wir tanzten zusammen auf der Tanzfläche und als ich uns später einen Cocktail bestellte, erzählte sie mir ein wenig aus ihrem Leben. Zu meiner Überraschung war sie bi, hatte schon einige Erfahrungen mit Frauen gesammelt. Ich erzählte ihr von meiner Internetseite und meinen Geschichten. Aber keiner von uns wagte den Schritt, den anderen zu fragen. Wir hatten nicht einmal unsere Nummern getauscht.

An jenem Tag lief ich mit ihr und einer langjährigen Freundin durch die Disco. Jenny stand schon eine Zeit lang vor mir, als ich mit meiner rechten Hand ihren Po berührte. Sie drehte sich um und schaute mit einem aufreizenden Blick zu mir hinauf. Ich nahm ihre Hand und zog sie auf die Tanzfläche. Wir tanzten eng zusammen, tauschten kaum ein Wort miteinander. Ihr Blick und ihr Tanzstil verrieten jedoch, was sie wollte. Sie sah mich mit einem solchen eindringlichen, erotischen Blick an, dass man davon gefesselt wurde und nicht mehr los kam.

»Ich weiß, was du willst ...«, schrie sie mir bei der lauten Musik ins Ohr.

Klar wusste sie, dass es in meiner Hose pulsierte. Wenn sie das nicht bemerkte ...

»Das Gleiche, was du wohl auch willst«, gab ich selbstsicher zurück.

Jenny gab mir als Antwort einen langen Zungenkuss.

»Böses Mädchen«, huschte es durch meinen Kopf.

»Komm mit ...«, drängelte sie und zog mich von der Tanzfläche.

»Wo willst du denn hin?«, fragte ich verwirrt und sah nur, dass sie mich durch die Menschenmassen zog.

»Toilette«, antwortete sie kurz.

»Das ist aber eher uncool, können wir das nicht auf später ...«, warf ich ein und stoppte sofort, als mich Jennys Blick traf.

»Entweder jetzt und später oder gar nicht.«

Ich fragte mich, was passieren würde, wenn ich "gar nicht" gesagt hätte. Sie ließ mich jedoch nicht los. Jenny schleppte mich zu den Damentoiletten. Sie schaute hinein. Zwei Toiletten waren frei und wir nahmen eine und schlossen uns ein. Zum Glück war es ein richtiger Raum. Niemand konnte über oder unter irgendwelche Trennwände schauen. Jenny trug ein schwarzes Minikleid. Wir schlossen dort an, wo wir aufgehört hatten. Jenny küsste mich so fordernd mit der Zunge, dass mir fast der Atem wegblieb. Meine Hand erkundete unterdessen ihr Kleid und ich schob es langsam über ihren Po. Jenny trug einen schwarzen G-String, ein Hauch von nichts. Meine Finger brauchten nicht lange und fanden ihre feuchte Vulva.

Oh, ich muss mich beherrschen, dass ich nicht gleich komme, dachte ich.

»Du hast ja fast nichts darunter«, flüsterte ich.

»Ja, weil ich beim letztes Mal schon deine geilen Blicke gesehen habe«, gab sie mir flüsternd preis.

Sie stellte sich breitbeinig über die Toilette und stützte sich mit den Händen nach hinten auf dem Wasserkasten ab.

»Leck mich bitte«, forderte sie mich auf.

Ich schob ihr Kleid noch weiter nach oben und zog den String beiseite. Ich sah ihre feucht glänzenden Lippen. Meine Hände schoben das Kleid noch weiter nach oben, um ihre kleinen Brüste zu erkundeten. Während ich mit meiner Zunge in ihre Liebesgrotte eingrub, knetete ich ihre

Brüste auf und ab.

»Ahhhhh, mmmmmhh, mach weiter«, stöhnte sie.

Ich schob mit meinen Fingern ihre Schamlippen auseinander und versuchte noch tiefer in sie einzudringen. Dann ließ ich meine Zungenspitze ihren Kitzler massieren. Sie versuchte nicht zu laut zu stöhnen, schließlich sollte ja nicht jeder vor der Tür stehen und lauschen. Aber damit hatte sie jetzt große Probleme.

»Ja, ja, ja, jaaaa«, rief sie stoßweise aus.

Ich öffnete den Reißverschluss meiner Hose. Mein Schwanz war schon so hart, dass er neben den Slip rutschte. Ich hob Jenny hoch, während sie ihr Kleid festhielt, damit es keine Flecken abbekam. Mein Phallus stieß langsam in ihre feuchte Lustgrotte. Ich spürte jeden Millimeter, weil sie so eng war. Jenny umklammerte mich mit ihren Beinen und stützte sich mit den Händen an den Seitenwänden der Toilette fest. Es dauerte nur ein paar Stöße und ich kam.

»Mmhhmm, joaaaar«, stöhnte ich laut auf.

Jenny hatte mich so schnell hochgepusht, dass es für mich nur ein enttäuschender Toiletten-Quickie wurde. Anscheinend sah man mir das an.

»Alles okay mit dir?«, fragte Jenny, während sie ihr Kleid zurecht zupfte.

»Klar, war nur ein bisschen kurz ...«, sagte ich enttäuscht. Mir war bewusst, dass das eigentlich nur meine Schuld war, deswegen wollte ich das Thema nicht weiter vertiefen.

»Sieh es als Vorspiel«, antwortete Jenny provozierend. »Oder magst du nicht mit mir nach Hause kommen? Ich habe da nämlich noch ein paar Sachen vor. Ich glaube, eine Überraschung könnte auch für dich dabei sein.«

»Das klingt sehr verlockend. Aber was erwartet mich dann?«, fragte ich neugierig.

Jenny legte mir den Finger auf die Lippen.

»Wird noch nicht verraten. Ich werde dir aber nicht den Arsch versohlen. Das wäre eher deine Aufgabe«, sagte sie und rollte dabei mit den Augen.

Ich zog mich wieder an und schaute noch einmal auf Jennys Kleid, ob dort irgendwelche Flecken zu sehen waren. Wir gingen wieder in die Disco und trafen wieder auf Anja. Sie fragte, wo wir gewesen seien. Wir gaben als Ausrede vor, wir wären herumgegangen. Jenny sah ein paar Meter weiter eine Bekannte und entschuldigte sich bei uns, um mit ihr zu reden. Anja, die dort fast alle kannte, erklärte mir, dass das Maria sei. Kaum war das geklärt, fing Anja an mich auszuquetschen.

»Wo seid ihr denn gewesen?«

»In der kleinen Disco und an der Cocktailbar«, log ich.

»An der Cocktailbar war ich auch. Ich hab euch da gar nicht gesehen.«

»Dann haben wir uns wohl gerade verpasst«, antwortete ich genervt.

Maria kam zu uns herüber, während Jenny weiterging. Ich war verwirrt. Wenigstens würde Anja jetzt ruhig sein.

»Hi, ich bin Maria. Du bist der Don oder?!«

»Hi, richtig das bin ich.«

Maria war gut drauf, denn sie tanzte um uns herum und passte sich meinen Bewegungen an, während sie ihre blonden Haare von einer Seite auf die andere warf. Sie schaute mich mit ihren blauen Augen von unten an und musterte mich. Das war der typische Nimm-mich-Blick, der jedem

Jungen den Kopf verdreht.

»Wo ist Jenny denn?«, fragte ich.

»Holt sich was zu trinken«, bekam ich als kurze Antwort.

Maria zog weiter ihre Show ab. Ich schaute Anja an, die die Augen verdrehte. Mir gefiel die Show. Maria kam zu mir und schrie mir etwas ins Ohr. Ich konnte es bei der lauten Musik nicht verstehen.

»Bitte, was?!«

»Wir verbringen also die Nacht zusammen?«, schrie sie erneut und lächelte.

»Das ist schön, dass du bei uns bleibst. Wird bestimmt noch gut, so ne Laune, wie du hast.«

Maria bekam ein Lachanfall. Ich stand gerade auf dem Schlauch und verstand nichts.

»Ich komme gleich mit zu Jenny ...«, schrie sie, zwinkerte und drehte sich tanzend einmal um sich selbst.

»Wir können auch zu mir gehen! Ich wohne nur 200 Meter entfernt, direkt in der Stadt«, sagte sie, während sie sich vor mich stellte und mich antanzte.

Ich war immer noch baff. Das sollte jetzt ein Dreier werden? Ich konnte mein Glück nicht fassen.

Jenny kam zurück und hatte einen Cocktail in der Hand.

»Ich glaub dein Don mag mich ...«, kommentierte Maria das Geschehene.

»Klar mag ich dich«, korrigierte ich sie. »Ich wusste nur nicht, dass wir heute Nacht zu dritt sind.«

»Meine Überraschung für dich.« Jenny gab mir einen Kuss.

»Eine aufregende ...«, fügte ich grinsend hinzu, nachdem ich mich endlich gefangen habe.

Maria, die alles mithörte, meinte nur noch: »Dann lass uns

jetzt endlich gehen. Ich bin schon total geil! Am besten gehen wir gleich zu mir. Das ist nicht weit weg!«

Ich hatte nichts dagegen einzuwenden. Eine Viertelstunde später verabschiedeten wir uns von Anja, die uns etwas komisch anschaute und gingen zur Kasse. Als wir die Diskothek verlassen hatten, begannen Jenny und Maria sich zu küssen.

»Wir kennen uns schon etwas und hatten zwei oder drei Mal etwas zusammen. Aber ein Kerl war noch nicht dabei.«

Jenny gab mir einen Kuss, bevor sie sich Maria widmete.

Ein wirklich heißer Anblick, dachte ich und konnte mein Glück noch nicht fassen.

Als wir bei ihr waren, gingen wir hoch in ihr Schlafzimmer. Maria und Jenny begannen damit, mein Shirt auszuziehen und meine Jeans. Danach erkundete Maria mit ihrer Hand das Innenleben von Jennys Kleid. Mit der anderen Hand holte sie meinen Schwanz aus dem Slip und wichste ihn. Jennys Nippel standen hervor und zeichneten sich durch ihr hautenges Kleid ab. Ich umarmte Marias Hüfte und bewegte mich mit meinen Händen nach oben, um ihr Top auszuziehen. Unter dem Top trug sie einen weißen Spitzen-BH. Während ich die Haken des BHs öffnete, küssten wir uns leidenschaftlich. Jenny legte sich nackt aufs Bett und streichelte ihren Kitzler. Maria hockte sich dagegen hin und begann meinen Schwanz zu lecken.

»Ja, das ist geil, mach weiter!«, stöhnte ich.

Ich setzte mich auf das Bett neben Jenny und genoss es, wie Maria mit ihrer Zunge meine Eichel verwöhnte. Maria zog Jenny an der Hand, um ihr zu zeigen, dass sie vor dem Bett erwünscht war. Jenny rutschte das Bett herunter und rieb Marias Pussy, während sie weiter meinen Schwanz lutschte. Sie schaute fasziniert dabei zu, aber irgendwann verließ sie die Geduld.

»Komm Maria, ich will auch seinen Schwanz«, drängte Jenny.

Ich nahm Marias Kopf in meine Hände und bewegte ihn mit auf und ab.

»Maria, ich komm gleich«, brachte ich nur noch hervor.

Ich griff ihr in die blonden Haare und zog sie weg. Sofort war Jenny zur Stelle und wichste ihn, bis ich kam. Als ich abspritzte, nahm sie alles mit dem Mund auf. Maria lag schon auf dem Bett, als Jenny sich auf mich legte. Sie fing an zu grinsen.

»Ich will auch probieren«, protestierte Maria.

Jenny ließ Maria das Sperma in ihren Mund tropfen und gab ihr einen schmatzenden Kuss.

»So etwas wollte ich schon immer mal machen«, kommentierte Maria die Situation und grinste zufrieden.

Maria ließ mich gar nicht zu Ruhe kommen. Sie ergriff meinen Schwanz und wichste ihn so lange, bis er wieder hart war.

»Wenn sie dich nimmt, leckst du mir wieder meine Pussy, wie vorhin?«, fragte Jenny und blickte mich mit diesen großen Augen an.

Das konnte ich nicht ausschlagen.

»Ja, klar mache ich das. Ist echt geil mit euch beiden. Das wollte ich schon immer mal!«

Jenny kniete breitbeinig über meinem Gesicht. Ich schaute zu Maria, die ihren String noch anhatte und zur Seite zog, um meinen Schwanz in ihrer Lustgrotte zu versenken. Als sie die Eichel in sich hatte, ließ sie sich mit einem Ruck fallen. Bei diesem intensiven Gefühl stöhnte ich laut auf. Maria bewegte sie sich auf und ab, während meine Zunge in Jennys Pussy verharrte.

»Maria, mhm, du machst mich wahnsinnig ...«

Ich nahm bei Jenny die Finger dazu. Ihre Pussy wurde immer feuchter und ich hatte das Gefühl, Jenny stand kurz vorm Orgasmus. Mit meinen Händen knetete ich ihre süßen Brüste.

Jenny nahm ihre Hände dazu und stöhnte immer lauter.

»Ah, jaa, mmmh, mach weiter, jaaa, jaaa!«

Marias Stöhnen war nicht so laut, aber es war geil, ihr zu zusehen, wie sie sich die Finger leckte und mit ihrer anderen Hand über meine Brust rieb.

Sie kam auf mir, laut keuchend, ließ aber nicht von mir ab. Im Gegenteil, sie wurde noch schneller und heftiger. Sie warf ihren Kopf mit den blonden Haaren nach vorne und stöhnte laut auf.

Maria nahm ihre Haare aus dem Gesicht, während ich noch dabei war, Jenny zu lecken, die mittlerweile ihre Hüfte zu meiner Zunge bewegte. Mit meinen Händen zog ich die beiden Schamlippen auseinander und fing an, ihre Pussy mir meiner Zunge tief zu ficken. Maria kam von unten dazu und half mir. Jenny war bereits völlig außer Atem.

»Wartet, ich will mich umdrehen«, stoppte sie unser Vorhaben.

Sie drehte sich und lag mit dem Rücken auf mir. Dann sagte sie: »Was war das in der Disco mit deinen perversen Fantasien? Du darfst mich jetzt fingern!«

Maria lag neben Jenny und liebkoste ihre Brüste.

»Gerne«, erwiderte ich.

Ich steckte meine Finger in ihren feuchten Schlitz und fing an, sie zu fingern. Ich rutschte immer tiefer hinein, weil sie es zuließ.

»Mmmmh, noch tiefer, ich will noch mehr spüren«, forderte sie.

Nun hatte ich drei Finger in ihr und ich spürte, wie ihr Körper erzitterte und sie laut aufschrie. Ich drehte sie um, um ihr einen langen Zungenkuss zu geben.

»Danke, das war echt gut!«

Das war sicher eine der aufregendsten Nächte, die ich bis dato erlebt hatte. Ein paar Wochen vorher hatte ich schon fast daran gezweifelt, noch weiterhin Spaß haben zu können. In dieser Nacht mit Jenny und Maria hatte ich es auf jeden Fall. Diese Erinnerungen werden für immer in meinem Kopf bleiben. Richtig glücklich bin ich aber erst wieder, seitdem Phebey mit mir zusammen ist. Ich habe endlich eine Person gefunden, der ich vertrauen kann und mit der ich trotzdem sehr viel Spaß am Sex habe. Zum Glück ist sie sehr neugierig und lässt sich von verrückten Dingen nicht abhalten.

Es ist der letzte Abend vor der Abreise zur Ostsee, wo Phebey und ich gemeinsam die restlichen Tage unseres Urlaubs verbringen werden. Meine süße Maus und ich waren schon bei unserem letzten Treffen einmal am Abend auf dem Land spazieren. Leider hatten wir da nicht mit den

Schwärmen von Mücken gerechnet, die sich auf uns stürzten. Unser Vorhaben, ein Plätzchen abseits des Weges zu suchen, verwarfen wir.

Für dieses Treffen habe ich jedoch auch kleidungstechnisch vorgesorgt. Ich hatte ihr vor einigen Wochen bereits ein Minikleid gekauft. Heute soll sie es nun anprobieren. Wir sitzen im Wohnzimmer und sprechen darüber, dass das Wetter so schön ist.

»Dann könnten wir doch eigentlich auch einen Spaziergang machen. Wir setzen uns kurz ins Auto und fahren vor die Stadt und genießen die Sonne.«

Mein Vorschlag stößt auf Zustimmung.

»Dann musst du dich nur noch umziehen, Maus.«

Phebey sieht mich ganz verdutzt an. Ich gehe kurz aus dem Zimmer und hole das Objekt der Begierde.

»Nein. Neeeeeein, das kannst du schön vergessen. Ich weiß, was du vorhast. So blond bin ich nicht, mein Hase.«

»Komm zieh dir dein neues Kleid an! Wir gehen schön spazieren. Und deinen String kannst du gleich hier lassen.«

»Habe ich mir doch gedacht. Und dann noch ohne Unterwäsche. Da sind überall Mücken. Willst du deine Freundin wegen Blutverlust verlieren? Willst du das?«, fragt sie und zwickt mich in die Seite.

Ich gehe nicht auf ihre Gegenwehr ein.

»Und außerdem hasse ich Kleider! Das hab ich dir gesagt.«

Wir stehen uns eine Minute gegenüber und ich versuche ernst zu bleiben, denn Phebey ist einfach immer nur süß wie Zucker, wenn sie sich aufregt.

»Ach gib her ...«

Sie reißt mir das Kleid aus der Hand und geht ins Badezimmer, um sich umzuziehen. Nach ein paar Minuten kommt sie wieder. Ganz verschämt blickt sie mich an.

»Nein, das willst du doch nicht wirklich«, sagt sie und versucht mir damit ein schlechtes Gewissen zu machen. Ich nehme ihre Hand und ziehe sie mit nach draußen.

»Hüülfe. Ich werde entführt«, kommentiert sie und muss selbst darüber kichern.

Manchmal kann sie einfach noch viel süßer sein, als sie eh schon ist, denke ich. *Ein großer blonder Engel.*

Wir sitzen mittlerweile im Auto und fahren stadtauswärts.

»Oh nee, wenn das einer mitbekommt. Wenn uns einer sieht!«

Ich verziehe keine Miene und blicke sie an.

Wir sind noch nicht mal zu Fuß unterwegs und sie hat die totale Panik. Das kann gleich was geben.

Ich gebe ihr einen Kuss auf ihren Mund.

Schade, dass sie die schwarzen Stiefel nicht mit dabei hat. Das hätte bestimmt gut ausgesehen, denke ich. Wir kommen auf dem Parkplatz an. Hier stehen nur zwei Autos.

»Hey, so viele Leute sind jetzt nicht mehr unterwegs, wie du siehst! Außerdem gehen wir ins Moor. Da ist um diese Zeit keiner mehr.«

Ich nehme ihre Hand und wir gehen los. Nachdem wir eine kleine Siedlung hinter uns gelassen haben und an einer Koppel Richtung Moor einbiegen, ist keine Menschenseele mehr zu sehen. Es hat heute Morgen geregnet und wir suchen uns eine Stelle hinter einem kleinen Holzstapel. Hier ist das Gras zwar kurz, aber man kann uns von der Siedlung aus nicht sehen. Mücken gibt es heute auch nicht.

»Hier?«, fragt Phebey aufgeregt.

»Mhm! Es sieht uns doch keiner!«

Ich umarme sie. Während wir uns küssen, fahre ich mit meiner Hand über ihren süßen Po.

»Mhm Don! Du bist verrückt!«

Ich ziehe sie langsam nach unten. Am liebsten würde ich sie jetzt im Stehen unter ihrem Kleid mit der Zunge verwöhnen. Ich möchte Phebey aber nicht noch mehr Aufregung zumuten. In solchen Situationen merke ich immer, wie wenig Erfahrung und wie viel Angst noch in ihr ist. Wir liegen im Gras und ich streichele ihre Brüste und die Nippel durch das Kleid. Phebey trägt keinen BH und so fühle ich sofort, wie sie hart werden und gegen den Stoff drücken.

Phebey öffnet meine Hose. Ich ziehe ihr Kleid ein bisschen nach oben und Phebey spreizt die Beine und ihr Schlitz öffnet sich. Meine Finger gleiten in ihre Muschi, die schon vor Nässe glänzt. Sie gibt beim Fingern diese schmatzenden Geräusche ab, die ich über alles liebe.

»Du bist ganz schön feucht Süße ...«

»Oh man!«

»Ist doch gut ...«, meine ich nur und gebe ihr einen Kuss.

»Ich würd dich jetzt gern lecken ...«

Ich lege meinen Kopf zwischen ihre Beine und schlecke ihren süßen Saft. In meiner Erinnerng hat noch nie jemals eine Frau so gut geschmeckt! Meine Fingern dringen in ihre Muschi ein, um sie nebenher zu fingern. Phebey stöhnte leise auf, zieht mich zu sich hoch, um mir mit ihrer Hand in die Hose zu greifen und mir meinen Schwanz zu wichsen.

»Mhmmm ... ich möchte dich jetzt, Schatz!«

Ich ziehe ihr Kleid noch ein wenig hoch. Phebey spreizt die Beine, als ich mit meinem harten Schwanz in sie eindringe. Ihre Pussy ist richtig nass. Die Grashalme kitzeln mir an den Handgelenken, wenn ich meinen Schwanz in ihre nasse Muschi schiebe.

»Ooh, du bist so schön feucht, Maus«, stöhne ich.

»Ich weiß«, sagt sie und lächelt schüchtern. Sie umarmt mich und mit jedem Stoß werden ihre Umarmungen fester. Ihr Atmen wird immer lauter und ich kann mich nicht mehr zurückhalten.

»Mhm, Maus, ich komme gleich«, stöhne ich.

»Ja, ich gleich auch ... mach weiter ... bitte.«

Ich stoße noch einmal zu, um tief in ihr abzuspritzen.

»Jaaa, mhmmmmm, ooooooooaar!«, stöhne ich laut auf.

Phebey löst langsam ihre Umarmung und gibt mir einen langen Zungenkuss.

»Du bist so ein Schwein! Ich hab noch nicht mal ein Taschentuch dabei! Du etwa?«

»Nein«, sage ich und merke erst jetzt, dass ich so weit nicht gedacht habe.

»Und diese ganzen Spaannnar hier!«

Sie wedelt mit der Hand herum, um die Mücken zu verscheuchen, die sich alle eingefunden haben.

»Alles Spannaaar hier ... und du hast gesagt, es sieht uns keiner«, grinst sie frech.

Ich liebe die Art, wie sie mir Vorwürfe macht. Ich kann ihr nicht mal böse sein. Mittlerweile ist es schon fast dunkel und wir machen uns wieder auf den Weg nach Hause. Der lange Feldweg erinnert mich daran, wie ich hier früher immer zum Inlinerfahren unterwegs war. In der Woche war

ich mindestens drei Mal unterwegs. Aber an einen Tag
kann ich mich noch bestens erinnern.

Das Spiel

Es war einer dieser super sonnigen Nachmittage im
Frühling. Ich genoss es mal wieder, mit den Inlinern
durch die Gegend zu fahren. Es war so warm, dass man
sich mit einem engen T-Shirt und einer Levis nach draußen
trauen konnte. Da es sonnig war, nahm ich natürlich meine Sonnenbrille mit. Ich hatte sie mir erst neulich gekauft.
Sie hatte blaue Gläser, zu der Zeit »der letzte Schrei«. Aber
ich fand sie angenehmer als meine alte Sonnenbrille mit
den dunklen, braunen Gläser. Ich fuhr mit meinen Inlinern wie immer durchs Feld, denn das war dort echt angenehm. Viele Straßen wurden in den letzten Jahren neu ge-
teert, sie waren relativ gerade und es fuhren wenig Autos.
Weil ich es liebte, mit Musik zu fahren, hatte ich natürlich
meinen Discman dabei.
Ich war schon eine halbe Stunde unterwegs, und auf dem
Rückweg, plötzlich tauchte vor mir ein blondes Mädchen
auf. Sie war dabei einen Hund auszuführen und als ich sie
überholte, schaute ich sie an.
Bekleidet war sie mit einem weißen Top und einem
schwarzen Minirock. Ich erntete ein kurzes Lächeln von ihr
und war ein paar Sekunden später schon an ihr vorbei.
Die junge Dame sah sehr süß aus und ging mir während
des Weiterfahrens nicht aus dem Kopf. Das musste ich mir

noch einmal anschauen. Die Straßen im Feld waren gut angelegt. Das hatte ich schon früher gemerkt. Wahrscheinlich hatte die Planung der Straßen damals damit begonnen, dass jemand ein Blatt Papier genommen und ein paar senkrechte und waagerechte Linien gezogen hatte.

Ich fing also an, ein Spiel mit ihr zu spielen. Während meiner Weiterfahrt beobachtete ich, wo sie lang ging und wartete an jeder Kreuzung, wie sie abbiegen würde. Entweder stand ich eine Straße weiter südlich, nördlich, östlich oder westlich. Die Entscheidung überließ ich immer ihr, und wenn ich merkte, dass ich es schaffen könnte, fuhr ich einen kleinen Umweg und kam ihr von vorne entgegen. Das machte ich zwei Mal und lächelte sie dabei frech an. Sie ging anscheinend immer im Kreis und beobachtete genau, was ich vorhatte. Sie war zwar blond und sah hinreißend aus mit ihrem Pferdeschwanz, aber blöd war sie nicht. Als ich ihr das erste Mal von vorne entgegen kam, schaute sie mich ganz verdutzt mit ihren großen, blauen Augen an. Ich lächelte, aber sie schien so geschockt zu sein, dass man ihr keine Reaktion anmerkte.

Beim zweiten Mal grüßte ich sie mit einem »Hi«, aber sie schaute mich nur an und reagierte gar nicht weiter. Am liebsten wäre ich voll in die Bremsen getreten und hätte mich mit ihr ins Gras fallen lassen. Da ich aber gar keine Reaktion von ihrer Seite vernahm, gab ich auf. Ich war von dem ganzen »Jagen« so erschöpft, dass ich mich erst einmal an der übernächsten Kreuzung ins Gras legte und eindöste. Mit geschlossenen Augen träumte ich davon, wie sie mich zu Hause besuchte.

Dort wäre ich bestimmt küssend mit ihr auf dem Sofa gelandet und hätte ihren Körper erkundet. Der Gedanke daran machte mich so geil, dass ich merkte wie mein Schwanz zuckte und richtig hart wurde.

Wie geil es wohl wäre, wenn sie jetzt meinen Ständer lutschen würde, dachte ich und spürte, wie es schon im meiner Hose richtig feucht wurde.

Scheiße, ich hätte sie ansprechen müssen.

Vielleicht würde sie noch öfters hier lang gehen, dann könnte ich sie ja noch immer fragen.

Dann spürte ich auf einmal eine Hand an meiner Hüfte. Ich schreckte auf. Das Mädchen von vorhin kniete neben mir und lächelte mich an. Ich erkannte sie nicht sofort, da ich mich an die Sonne gewöhnen musste.

»Hi. Tut mir leid, ich wollte dich nicht erschrecken. Du hast wohl aufgegeben oder warum liegst du hier?«

»Jaaa«, sagte ich und blicke sie fragend an. »Bist du deswegen hier?«

»Ja oder glaubst du etwa, ich habe deinen Blick vorhin nicht bemerkt?«

»Das man mir das auch immer ansehen muss«, grummelte ich leise.

»Das kann man wohl sagen. Man sieht sehr eindeutig, wenn du dich für eine Frau interessierst.«

»Wie heißt du denn?«, fragte ich, weil ich neugierig war.

Sie hielt sich den Zeigefinger vor ihre zarten Lippen.

»Das verrate ich dir nicht. Und ich will deinen Namen auch nicht wissen. Ist doch viel interessanter. Ein kleiner Flirt und vielleicht etwas mehr – und das mit einem Unbekannten, das wollte ich schon immer mal probieren. Hattest du so etwas schon mal?«

»Nein, bislang noch nicht.«

»Dann ist es ja für dich genauso aufregend wie für mich!«

»Wo hast du denn deinen Hund gelassen?!«

»An dem Baum da hinten«, meinte sie und grinste.

Sie legte sich auf mich und fing an mich zu küssen. Ihre Zungenküsse gingen unter die Haut. Ich fing an, ihr Top nach oben zu schieben, so dass ihre Brüste mit den harten Nippeln hervorkamen. Ich massierte ihre Brüste und leckte ihre Nippel. Ihr Körper bebte vor Erregung.

»Mmmh, du kommst ja schnell zur Sache«, stöhnte sie, als meine Hand unter ihren Rock fuhr und auf eine völlig unbedeckte Pussy stieß.

»Unterwäsche bei dem Wetter ist vollkommen überflüssig, stimmt's?«

Ich konnte nicht mal antworten, sie setzte sich auf mich und küsste mich erneut. Ihre weichen Schenkel schmiegten sich an mich und ihr Becken kreiste auf meiner Jeans. Ich nahm ihre Arme und stellte fest, wie unglaublich weich ihre Haut war.

»Ich will dich spüren. Jetzt.«

Ich öffnete den Reißverschluss meiner Jeans auf und zog sie etwas runter. Die junge Frau beobachtete mich dabei. Dann zog ich den Slip beiseite und sie nahm meinen harten Schwanz in die Hand und fing an ihn zu wichsen.

»Mhmm, da brauche ich ja gar nicht mehr viel machen, so etwas hätte ich gerne öfters.«

Sie hob ihren Po an und ließ meinen Schwanz unter ihrem Rock in die nasse Lustgrotte gleiten. Man konnte überhaupt nicht sehen, dass ich in ihr war, aber ich konnte ihr Enge spüren. Der Rock verdeckte alles. Sie lehnte sich zurück und ließ ihr Becken kreisen, während mein Schwanz ihre Pussy verwöhnte.

»Mhmm, jaaaa, aaahhh ...«, stöhnte sie.

Dann begann der richtige Ritt. Sie bewegte ihre Hüfte immer wieder auf und ab. Ich spürte erst jetzt, wie eng sie wirklich war. Mein Schwanz war kurz davor, aus ihrer Lustgrotte zu rutschten, aber sie ließ ihn wieder bis zum Anschlag hinein.

»Wooow, geil, mach weiter, mmmh, ohhhh, das mag ich, jaaaa, komm schon Süße ...«, stöhnte ich, betört von ihrer wilden Art.

Dann kam es mir und ihr Stöhnen wurde so laut, dass wir unser Ziel anscheinend gemeinsam erreichten. Sie bückte sich zu mir herunter und gab mir einen Kuss.

»Ein nettes Erlebnis Mr. X. Ich werde mich aber mal auf den Weg machen. Und du solltest nicht vergessen, dich anzuziehen, bevor du aufstehst.«

Sie zog sich ihr Top wieder über ihre runden Titten. Ihre Nippel waren noch so erregt, dass sie sich durch den weißen Baumwollstoff drückten. Sie rückte ihren Rock zurecht und ich zog mich ebenfalls an.

»Tschau«, sagte sie und gab mir einen Abschiedskuss.

Ich konnte es kaum begreifen, was dort geschehen war. Durch Zufall schien ich auf eine kleine Nymphomanin gestoßen zu sein – und die hatte ihre Chance gleich ausgenutzt.

Bis heute weiß ich nicht ihren Namen. Ich spreche immer nur von Josephine, damit ich sie überhaupt zuordnen kann. So oft, wie ich auf dieser Strecke laufen ging, fand ich es in der ersten Zeit merkwürdig, dass ich sie kein zweites Mal traf. Als ich jedoch darauf achtete, welche Personen ich öfter traf, stellte ich fest: Nur ganz selten, traf ich Personen, die mir bereits bekannt waren. Ein Jahr später war ich der Annahme, sie mit ihrem Hund wieder in der Ferne gesehen zu haben. Es war halt ein einmaliger Flirt. Ein Zufallstreffer, genau zu jener Zeit, an jenem Ort. So etwas passierte mir ab und zu neben den normalen Treffen.

Auf der Landstraße

An jenem Tag erlebte ich etwas ähnliches. Ich war auf dem Weg ins Ruhrgebiet. Da ich in einer weiteren Stadt etwas abliefern musste, fuhr ich frühzeitig von der Autobahn ab und nutzte eine Landstraße, die mich durch verschiedene Orte führte. In einer Kurve hatte ich fast einen Unfall. Ein roter Golf nahm mir die Vorfahrt und ich konnte den Unfall nur durch eine Vollbremsung verhindern. Die Reifen quietschten, alle Leute drehten sich um und mein Herz raste. Ich brauchte einem Moment um mich zu beruhigen, legte den ersten Gang ein und fuhr weiter. Dann folgte eine rote Ampel. Zeit für eine Erholung.

Ich schaute nach vorne und entdeckte auf der Linksabbiegerspur einen roten Fiesta. Im Auto saß eine junge Dame. Sie schaute zu mir herüber. Schmales, niedliches Gesicht, braune Haare, zu einem Pferdeschwanz zusammengebunden. Sie war genau mein Typ und sie schien wohl zur Musik zu singen, wie es aussah. Es wurde grün. Ich fuhr los. Ihr freundliches Gesicht verwandelte sich in ein super-nettes Lächeln, dass gezielt an mich gerichtet wurde. Mein Beinahe-Crash von vorhin war vergessen. Ich war wie ver-zaubert. Während ich weiterfuhr, und fragte ich mich, warum sie mir so ein süßes Lächeln entgegen brachte. Rechts sah ich eine Straße, riss das Lenkrad herum und wendete. Ich schaffte es noch bei gelb über die Ampel und folgte der Unbekannten. Die Straße verlief gerade und ich konnte den Wagen sehen. Es waren nur ein paar Autos da-zwischen. Ein paar bogen ab, andere schaffte ich zu über-holen, bis ich endlich hinter ihr war. Mit der Lichthupe lenkte ich ein bisschen Aufmerksamkeit auf mich. Ich hatte schon die Befürchtung, sie würde es nie merken, bis sie nach ein paar weiteren Kilometern doch blinkte und auf ei-nem Grasstreifen anhielt. Sie stieg aus dem Wagen und kam auf mich zu. Ich stieg auch aus.

»Hi, ist irgendetwas?«, fragte sie freundlich.

Ja, sie war wirklich umwerfend.

»Ich glaube nicht, dass ich Sie so weiterfahren lassen kann«, sagte ich.

»Wieso, was ist denn nicht in Ordnung?«

»Ich glaube, dein Lächeln ist ziemlich verkehrsgefährdend!«
Sie ließ ein paar ulkige Laute ab und musste lachen.

»Ja, genau darin liegt das Problem! Wie heißt du eigent-lich?«

»Carina.«

»Und du wohnst hier in der Nähe?«

Sie lächelte immer noch.

»Ja und du?«

»Hannover. Ich bin gerade auf dem Weg ins Ruhrgebiet.

Aber jetzt sag mal, was findest du denn so zum Lachen?«

»Gar nichts. Find dich bloß süß und deswegen hab ich dich angelächelt.«

Sie schaute verlegen auf den Boden. Ich ging auf sie zu und nahm ihre Hände.

»Vielen Dank, das kann ich nur zurückgeben.«

»Peinlich, ich bin voll aufgefallen. Aber ich hätte nicht gedacht, dass du mir hinterher fährst!«

»Find ich cool, mal so jemanden kennenzulernen. Ist doch witzig.«

»Und wie heißt du?«

»Don.«

»Aha, ein schöner Name.«

Sie schaute mich an.

»Hast du ein bisschen Zeit?«, fragte ich dreist.

»Ja, sicher doch ... aber lass uns mal da hinten hinfahren, da stehen wir nicht im Weg.«

Sie deutete auf einen Wald, vor dem ein Schild zu einem Parkplatz wies.

»Ich fahre mal vor«, meinte Carina.

Sie stieg ein und fuhr los. Ich folgte ihr. Etwa einen Kilometer später standen wir alleine im Wald auf einem verlassenen Parkplatz. Wir stiegen aus. Sie war echt bezaubernd. Sie trug ein schwarzes Minikleid und hielt in der einen Hand den Schlüsselbund mit dem Autoschlüssel. Ich erkannte im Augenwinkel einen flauschigen Schlüsselanhänger.

Sehr süß, dachte ich, passt zu ihr.

Sie ging auf den Kofferraum zu und öffnete ihn.

»So jetzt können wir uns ja unterhalten und brauchen

nicht die ganze Zeit stehen!«

Eine komische Idee, die sie da hatte ... oder hatte sie mitgedacht. Schließlich saß ich schon ein paar Stunden im Auto und war froh an der frischen Luft zu sein. Sie setzte sich. Ich zog es vor zu stehen. Wir unterhielten uns ein wenig über dies und das. Aber eigentlich dachte ich nur an eines, als sie sich dort im Kofferraum räkelte. War das Absicht? Ich näherte mich ihr und mein Adrenalin schoss in die Höhe. Sie schaute mir in die Augen, als ich mich nach vorne beugte und stoppte mit ihrer Aussage, die sie gerade erst begonnen hatte.

Wenn sie jetzt nichts macht, legt sie es sowieso darauf an, dachte ich mir.

Ich berührte sanft ihre Lippen. Sie zog mich an sich, spreizte die Beine und stellte ihre Schuhe auf die Stoßstange.

»Na, glaubst du, du willst das auch, was hier gerade passiert?« Ich nickte.

»Tja, das ist schon ziemlich verrückt,« meinte sie, »da kenn ich dich nicht und werde gleich etwas Geiles mit dir anstellen, so etwas ist mir auch noch nicht untergekommen ...«

Carina öffnete schon den Knopf meiner Jeans und konnte es wohl gar nicht abwarten. In meiner Hose war schon der Teufel los.

Bist du süß ... dachte ich nur, so siehst du nicht aus, dass du so etwas machst.

Ich massierte ihre Brüste durch den dünnen Stoff, während Carina meinen Schwanz auspackte, der schon senkrecht nach oben stand. Carina wichste ihn mit ihrer Hand, beugte sich nach vorne und spielte mit ihrer Zunge an meiner Eichel. Da stand ich nun, mitten im Wald im Nirgendwo und wurde von einer jungen Frau befriedigt. Ich vergaß alles um mich herum, schloss die Augen und genoss es, wie sie mich in unendliche Höhen trug. Aber dann musste ich daran denken, dass ich kommen würde, wenn sie nicht aufhörte. Ich griff ihr in den Pferdeschwanz und zog sie langsam zurück. Sie schaute hoch.

»Nicht zu viel, sonst komm ich gleich, Süße ...«

Ich fuhr ihr mit meinen Händen an den Beinen entlang, Richtung Po. Sie wusste genau, was ich vorhatte und hob ihren Po, damit ich das Kleid hochziehen konnte. Sie trug einen weißen Stringtanga darunter. Ich zog das Kleid über ihre kleinen Apfelbrüste. Dann kniete ich mich nieder. Carinas Blicke folgten mir gespannt. Ich zog den Tanga zur Seite und strich mit meiner Zunge über ihre feuchte rasierte Vulva. Nur ein kleiner Strich ihrer Intimbehaarung war der Rasur entgangen und wies die Richtung. Langsam drang ich mit der Zunge ein. Carina ließ sich in den Kofferraum fallen und stöhnte leise. Ich suchte mit der Zunge ihren Kitzler und begann daran sanft zu saugen. Carina fuhr sich mit den Händen über die Brüste, deren kleine Nippel steil nach oben standen.

»Oh Don ... nimm mich jetzt, ich hab keine Lust hier erwischt zu werden ...«

Ich drang langsam mit zwei Fingern in sie ein und spreizte ihre Lippen. Sie stöhnte auf. Ich schaute auf und sah, wie sie es mit geschlossenen Augen genoss. Sie war einfach zu süß. Ich zog ihren Tanga noch weiter zur Seite und ließ meinen Schwanz hineingleiten, während sie mich mit dem Beinen fest umschloss und mich an sie presste. Ich drang immer wieder in sie ein. Carina lag im Kofferraum und stöhnte immer lauter.

Langsam zog ich sie hoch, hielt sie fest, während sie sich immer noch mit dem Beinen um mich klammerte. Sie legte ihren Kopf auf meine Schultern und ließ sich bei jedem meiner Stöße absacken, damit sie meinen Schwanz bis zum Anschlag spüren konnte.

Sie legte ihre Kopf auf meinen Schultern.

»Komm Süßer ... mhmmm, jaaa. Das macht mich ganz wahnsinnig. Das ist total geil im Stehen ...«

»Mhmmm, Carina ... ich komme gleich!«

Ich spürte, wie mein Schwanz noch im gleichen Moment abspritzte. Carina presste sich ganz fest an mich und kratzte mit ihren Fingernägeln über meinen Rücken. Ich verdrehte die Augen. Du kleines Biest, dachte ich nur. Ich ließ sie los und sie sank zu Boden.

Carina schaute mich an, während sie ihren Tanga zurecht rückte, der durch der Aktion etwas gelitten hatte. Sie küsste mich kurz auf den Mund, nachdem sie das Kleid angezogen hatte.

»War doch mal ne nette Erfahrung«, grinste sie.

Sie lief nach vorne zum Auto und holte einen Zettel und einen Stift.

»Hier, du kannst mich ja mal anrufen, ja?!«

»Sicher«, sagte ich und nahm den Zettel dankend entgegen.

Am gleichen Tag schrieb ich ihr noch eine SMS. Wir blieben relativ regelmäßig in Kontakt, sahen uns aber nicht noch einmal wieder. Erst seitdem ich mit Phebey zusammen bin, ist der Kontakt abgerissen.

Am nächsten Tag fahren Phebey und ich zum Bahnhof und von dort aus fahren wir mit dem Zug zu ihr an die Ostsee. Das ist um einiges schneller und unkomplizierter als mit dem Auto zu fahren. Phebey wohnt mit ihren Eltern in einer kleinen Stadt direkt am Meer. Von der Wohnung bis zum Meer sind es keine 500 Meter. In der Woche, in der wir zusammen an der See sind, zeigt sie mir alles. Wir gehen oft durch die kleine Stadt und am Strand entlang, wenn das Wetter nicht so gut ist. Die meiste Zeit scheint jedoch die Sonne und wir liegen zusammen auf einer großen Decke am Strand. Wir haben immer eine kleine Tasche dabei, in der ihre Mutter uns Getränke, Obst und Milchbrötchen eingepackt hat. Bei dem Geschmack von süßen Hörnchen und Limo werde ich ab sofort nur noch an diesen Strand denken können.

Ihre Mutter scheint mich ganz besonders zu mögen, und da ich so schlank bin, meint sie, sie könnte das durch doppelt so viel Essen wieder richten. Nach dem Urlaub wird sie sehen, dass ich genauso viel wiege wie am Anfang. Der Vater ist in der Stadt durch seinen Job sehr bekannt, daher möchte ich hier auch nicht viel mehr dazu schreiben. Phebeys Eltern gehen sich gekonnt aus dem Weg. Ich habe zwar nur Augen für Phebey, bemerke aber trotzdem, dass in der Familie etwas nicht stimmt.

Die Aussicht am Strand ist wirklich wundervoll. Ich genieße die Momente am meisten, wenn Phebey auf der Decke in meinem Arm liegt und mich durch ihre Sonnenbrille anblinzelt. Im Wasser sind wir nicht oft, weil es in diesem

Sommer sehr viele Feuerquallen gibt.

An einem Tag fährt Phebey mit mir nach Rostock, um mir die Stadt zu zeigen und wir besuchen danach noch das naheliegende Einkaufscenter Ostsee Park. Den Abend verbringen wir wieder bei ihr.

Am Abend vor meiner Abreise gehen wir noch in einem großen Restaurant mit der Familie essen. Wir zwei geben ein so glückliches Pärchen ab, dass es sich die Eltern irgendwann nicht mehr mit anschauen können und das Restaurant verlassen. Phebey und ich bleiben zurück und starren uns an. Es wird uns beiden schlagartig klar, dass wir ab morgen wieder alleine sein werden. Die gute Stimmung von vorher ist wie weggeblasen. Phebey kuschelt sich in meine Arme.

»Ich möchte nicht, dass du gehst. Die drei Wochen können nicht schon um sein«, beginnt sie zu schluchzen und die Tränen stehen ihr in den Augen.

Ich nehme das ganze etwas gefasster auf, jedoch bin ich innerlich genauso traurig. Wir beschließen ebenfalls nach Hause zu gehen und kuscheln uns zusammen in ihr Bett. Ich halte sie ganz besonders fest und wir erleben die letzte Nacht intensiver als jene zuvor.

Am nächsten Tag ist es soweit. Phebey bringt mich zum Bahnhof. Dieses Mal bin ich derjenige, der in den Zug steigt und fährt. Und ich merke, wie schwer Phebey das immer fallen muss. Mein Zug hat zum Glück Verspätung und so bleiben uns ein paar Minuten mehr. Irgendwann erscheint der Zug dann doch in der Ferne. Ich halte Phebey noch fester und ihr stehen die Tränen in den großen Augen.

»Maus, nicht weinen. Wir sehen uns wieder. Es sind doch nur einige Wochen.«

Ich gebe ihr einen Kuss auf die trockenen Lippen. Eine Träne kullert ihre Wange herunter.

»Ich mag's nicht, wenn du weinst. Das Lächeln steht dir viel besser.« Sie muss kichern.

»Du bist blöd. Mich jetzt zum Lachen zu bringen ist nicht fair.«

Wir küssen uns noch einmal etwas länger, während der Zug neben uns hält.

»Lieb dich, meine Maus«, verabschiede ich mich, weil ich weiß, dass der Zug wegen der Verspätung nicht lange halten wird.

»Ich dich auch. Ruf mich an, wenn du angekommen bist«, ruft sie hinterher und schaut mir nach.

Ich suche mir im Zug einen Sitzplatz am Fenster und wir verabschieden uns noch einmal durch die Scheibe. Dann setzt sich der Zug langsam in Bewegung. Auf der Fahrt nach Hamburg hält der Zug mitten auf dem Land und wir müssen einen ICE passieren lassen, weil wir zu spät sind. Das dauert eine halbe Stunde. Dadurch verpasse ich meinen Anschlusszug in Hamburg und muss dort eine weitere Stunde warten. Ich beschließe, etwas zu essen und entscheide mich für eine Pizza. Die Bedienung, die mich nach meinem Wunsch fragt, erinnert mich an Franzi. Ich muss lächeln, weil die Geschichte einfach verrückt war. Früher hatte ich gerne mal solche verrückten Dinge getan. Ich überlege noch einmal, ob sie wirklich Franzi hieß. Ich hatte sie nie danach gefragt. Es war wohl wahrscheinlicher, dass sie Franziska hieß.

Trinkgeld

Es war 20 Uhr am Sonntagabend und das Wochenende hatte mich geschafft. Das ganze Wochenende über musste ich auf einem Event arbeiten. Freitagnacht war ich noch in der Disco und hatte kein Auge zugemacht. Am nächsten Tag würde der normale Alltagswahnsinn mich wieder einholen. Ich beschloss, mir an diesem Abend noch eine Pizza und einen Salat zu bestellen, da es auf dem Event nur Bratwurst und Pommes gab. Das gehörte allerdings nicht zu meinem Lieblingsessen. Ich rief meinen Pizza-Service an. Man sagte mir, meine Bestellung würde ungefähr in einer halben Stunde ankommen. Ich schaltete den Fernseher ein und wartete.

Nach 40 Minuten klingelte das Telefon.

»Hallo, ja ich steh hier vor einem Haus mit der Hausnummer 137, aber es ist keiner da!«

Ich seufzte. Wieder eine Neue beim Pizza-Bringdienst! Jedem musste ich erklären, dass es noch einen zweiten Eingang gab und der auf der anderen Seite des Hauses lag. Warum erzählte ich dem Typen am Telefon das eigentlich, wenn der sowieso nur in seinen Computer schaute und meinte, damit wäre es getan, fragte ich mich.

»Hallo?«, fragte sie zaghaft.

»Du musst noch eine Straße höher und dort abbiegen, dann kommst du zum zweiten Eingang!«

»Danke!«

Eine süße Stimme hatte sie ja. Aber ich kannte das. Ich fuhr selbst Bringdienst bei der Pizzeria. Am Telefon nahm man eine Bestellung entgegen, die man noch selber auslieferte. Man riss sich förmlich darum, weil die Anruferin eine so tolle Stimme hatte. Und wenn man vor ihrer Tür stand und sie diese öffnete, fiel man aus allen Wolken, weil sie das totale Gegenteil von hübsch war!

Ich ging ihr entgegen, um meine Neugierde zu befriedigen. Sie stand mit ihrem Golf schon auf dem Hof und war bereits ausgestiegen. Sie ging zum Kofferraum, um die Pizza und den Salat zu holen.

Donnerwetter, dachte ich nur. Sie war sehr hübsch.

Sie versuchte mir die Sachen zu geben, während ich noch etwas davon redete, dass die Adresse hier sowieso niemand findet und dass dieses nicht so schlimm sei. Sie schaute mich mit ihren grünen Augen ganz eindringlich an. Der Wind spielte mit ihren blonden Locken. Sie trug eine verwaschene Jeans und Sportschuhe, die ich als Nikes identifizierte.

»Ähm, das macht 15 Euro«, sagte sie kurz.

»Ja, ich muss nur noch einmal schnell ...«, sagte ich und deutete dabei auf das Haus. »... nach oben!« stotterte ich.

»Aber das sind doch 15 Euro«, sagte sie und deutete auf das Geld in meiner Hand.

»Ja, aber du sollst ja noch ein bisschen Trinkgeld bekommen!«

»Na, wenn du meinst, dass ich das verdient habe«, grinste sie und freute sich.

Sie schlenderte mir hinterher. »Hübsches Haus.«

»Ja, so ein altes Haus ist ganz gemütlich und die Miete ist auch nicht so teuer.«

Sie lächelte, als ich mich umdrehte. Wir gingen die Treppe

hoch und blieben bei mir im Flur stehen.

»Schön hast du es hier.«

Wir standen uns genau gegenüber und sie schaute mir direkt in die Augen. Ich gab ihr den Euro, den ich zuvor aus dem Wohnzimmer geholt hatte. Sie schaute mich überrascht an.

»Danke«, sagte sie und gab mir einen Bussi auf die Wange. Sie hatte natürlich mit mehr gerechnet.

»Darf ich dir neben dem Geld als Dankeschön noch etwas anderes geben?«, flüsterte ich ihr ins Ohr.

»Kommt darauf an!«, sagte sie und ihre Augen blitzten auf. Mittlerweile stand sie mit dem Rücken zur Wand. Unsere Lippen näherten sich, berührten sich, während ich sie fest an mich zog.

»Das ist ja eine ganz neue Form von Trinkgeld ...«, kicherte sie.

»Und gefällt es dir?«, fragte ich, mit der Absicht, das ganze noch auszuweiten.

»Könntest du noch einmal ... nur damit ich mir sicher bin.«

Ich gab ihr einen weiteren Kuss, dieses Mal öffnete sich ihr Mund und unsere Zungen fanden sich. Mit diesem Kuss fesselte ich sie ein paar Minuten. Meine Hand umfasste zuerst ihren Po und ich schob sie nach vorne, um den Knopf ihrer Hose zu öffnen.

»Was wird das?«, fragte sie.

»Das wirst du gleich schon sehen!«, antwortete ich frech.

Ich zog die Hose ganz herunter, kniete mich nieder und machte mich daran, das Höschen zur Seite zu ziehen. Sie war rasiert. Und ich sah noch etwas. Ein Piercing! Ich schaute zu ihr hoch. Sie lächelte. Nun begann ich mit meiner Zunge an ihrem Piercing zu spielen. Ich leckte ihren süßen Saft, der anscheinend schon in Strömen floss. Ihre Pussy war glatt und tief. Ich bohrte meine Zunge in sie hinein. Sie stöhnte auf.

Geil, dachte ich, so ein Trinkgeld hast du bestimmt noch nicht bekommen.

Meine Zungenspitze spielte weiter mit ihrem Piercing. Ich nahm es in den Mund und zog etwas daran. Sie stöhnte heftig auf. Es war ein Genuss, nach oben zu schauen und sie zu beobachten, wie es sie erregte.

»Mmmhmm«, stöhnte sie und biss sich dabei auf die Lippen.

Sie sank langsam dem Boden entgegen, spreizte ihre Beine noch mehr und drückte mir ihre Vulva ins Gesicht. Ich massierte ihren Kitzler und fing an sie zu fingern. Und dann kam sie. Sie kniete mittlerweile und ich lag unter ihr. Dann schaute sie auf ihre Uhr.

»Scheiße, ich muss sofort weg. Das dauert schon viel zu lange!«

Ich grinste.

»Na, bringst du mir denn öfter mal was?«, fragte ich.

»Mal sehen. Aber vielleicht sollten wir uns eher mal so treffen, wenn ich auch Zeit habe! Dann können wir das Thema noch mal ausführlich behandeln«, sagte sie und rollte mit ihren Augen.

Wir tauschten die Handynummern aus und es dauerte keine zwei Tage, da bekam ich eine SMS von ihr: »*Hast du am Freitagabend Zeit? Dann muss ich nicht arbeiten. Kann zu dir kommen und wir machen da weiter, wo wir aufgehört ha-*

ben ;)«

Ich lächelte. Das versprach ein sehr interessanter Freitagabend zu werden.

»Ich habe am Freitag Zeit. Kommst du um 20 Uhr zu mir?«, schrieb ich zurück.

»Dann bringe ich uns zwei Pizzen mit. Ich weiß ja, was du nimmst. ;)«

Ich musste grinsen. Wirklich keck, die Dame.

»Ich freu mich. Bis Freitagabend :)«

Am Freitagabend klingelte es, dieses Mal pünktlich, um 20 Uhr an meiner Tür. Ich öffnete und war ein wenig überrascht. Franzi hatte ein rotes kurzes Kleid angezogen, die Haare hochgesteckt und hielt zwei Pizzaschachteln in den Händen. Mir blieb die Begrüßung im Hals stecken, so baff war ich. Letztes Mal trug sie nur Jeans, Oberteil und Sportschuhe. Dort fand ich sie schon toll. Jetzt sah sie einfach nur umwerfend aus.

»Ihre beiden Pizzen für heute Abend. Das Trinkgeld nehme ich später«, sagte sie, weil ich immer noch kein Wort herausbrachte.

»Willst du mich nicht herein bitten?«

»Entschuldigung, ich bin einfach nur sprachlos. Du hast dich so schick gemacht. Damit hab ich mal gar nicht gerechnet. Komm rein«, sagte ich, weil ich mir mit meiner Jeans etwas underdressed vorkam.

»Danke, ist aber nicht schlimm. Das sollte ja eine Überraschung für dich sein. Sie ist wohl gelungen«, freute sich Franzi.

Wir nahmen im Wohnzimmer Platz und ich holte Besteck für uns. Nachdem wir gegessen hatten, kam Franzi zu mir auf die Couch und wir schauten uns zusammen einen Film an. Ich spürte ihre weiche Haut, als sie mich umarmte und zog sie noch weiter zu mir. Franzi roch nach einer Mischung aus Haarspray und süßlichem Parfüm, welches ich verzweifelt versuchte zu deuten. Ich gab ihr einen kurzen Kuss und Franzi schaute mich mit ihren grünen Augen an.

»Willst du mir nicht mal langsam mein Trinkgeld geben? Ich hab's dir doch heute schon sehr einfach gemacht.«

Im nächsten Moment hörte ich, wie ihre beiden Schuhe zu Boden fielen. Meine Hand lag auf ihrem Po und ich zog den dünnen, weichen Stoff des roten Kleids etwas hoch. Ihr Po lag nun frei und ich griff hinein, während ich mit der anderen Hand ihren Kopf hielt und ihr einen langen Kuss gab. Franzi beendete diesen mit einem lasziven Seufzer.

»Hatte ich nicht geschrieben, wir machen da weiter, wo wir aufgehört haben?«, hauchte sie mir mit warme Luft ins Ohr.

Ich schluckte. Ja, das hatte sie geschrieben. Ich brauchte nicht darauf zu antworten, denn Franzi zog sich das Kleid direkt aus. Sie war völlig nackt, bis auf einen roten T-String, den ich noch nicht sah, weil sie mir ihre blanken Brüste vors Gesicht hielt. Ich fuhr instinktiv mit meinen Händen über ihren Rücken und drückte mir ihre Brüste ins Gesicht, um sie zu liebkosen. Franzi ließ einen Seufzer fahren und genoss es, als ich an ihren Nippeln knabberte.

»Lass uns mal tauschen«, hauchte sie mir ins Ohr.

Sie legte sich aufs Sofa und hob ihren Po an, damit ich ihren String ausziehen konnte. Franzi nahm das gleich zum Anlass, um mein Oberteil auszuziehen und sofort mit meiner Hose weiterzumachen. In nicht mal einer Minute lagen wir beide komplett nackt auf dem Sofa. Ich hatte mich schon auf der weichen Haut ihrer Bauchdecke eingefunden und küsste sie, bis ich ihren Venushügel erreichte. Meine Finger drangen ohne Probleme in sie ein und ich ließ sie immer wieder zwischen ihren Schamlippen vor und zurück gleiten. Franzi hatte die Augen geschlossen und lag mit leicht geöffnetem Mund auf dem Sofa. Meine Lippen spielten wieder mit ihrem Piercing, zogen daran, lutschten daran und ich vernahm, wie es Franzi gefiel. Ihr Stöhnen wurde immer lauter, was sicherlich auch daran lag, dass ich sie immer schneller mit den Fingern fickte.

Nach einigen Minuten zog es mich wieder zu ihren Knospen und Franzi ergriff die Chance, um meinen Schwanz zu wichsen. Ihr Griff war sehr fest und verfehlte seine Wirkung nicht. Mein Phallus wuchs schnell zu einer harten Stange heran und Franzi schob ihn gleich zu ihrer Pussy, um ihn mit der Selbigen aufzunehmen.

»Komm fick mich, Don. Gib mir endlich mein Trinkgeld«, stöhnte sie.

Ich spürte die Enge ihrer Pussy, als ich meinen Schwanz immer weiter hineinschob. Dann begann ich, sie langsam zu ficken. Franzi krallte sich mit jedem festeren Stoß in meinen Rücken. Die so zarte Frau wurde langsam zu einer Katze.

»Härter Don, mhmm noch härter ...«, flehte sie.

Ich stieß noch härter zu, hielt dabei ihre Hände fest, damit sie nicht mehr kratzen konnte. Ihre kleinen Brüste wippten mit jedem Stoß auf und ab. Da Franzi mich nicht mehr mit ihren Händen umklammern konnte, nahm sie jetzt ihre Beine. Das ließ mich noch tiefer in ihre Lustgrotte eintauchen und es dauerte keine Minute, dass ich laut kam.

Ich ließ Franzi los und legte mich völlig außer Atem neben sie.

»Puuuuh ...«, schnaubte sie. »Das Trinkgeld reicht erst einmal.«

Wir mussten beide lachen, kuschelten uns mit unseren verschwitzten Körpern aneinander und schauten den Film weiter. Natürlich blieben wir nicht lange artig und fielen immer wieder übereinander her. Nachts um vier Uhr wechselten wir ins Schlafzimmer. Während Franzi schon in meinen Armen schlief, dachte ich an einen Vorfall, der erst wenige Wochen zurück lag.

Damals war es eine Bedienung in einer Pizzeria, die mir ins Auge fiel.

In der Pizzeria

Es waren gerade ein paar Wochen vergangen, da lief mir die nächste Dame über den Weg.

Es war an einem Mittwoch, als meine Mutter und ich uns mal wieder trafen. Seitdem ich mit 18 ausgezogen war, hatte meine Mutter wieder Kontakt zu mir gesucht. Meine Eltern hatten sich in meiner Jugend getrennt und ich lebte in dieser Zeit bei meinem Vater. Wir überlegten, an diesem Abend noch etwas zu Essen und einigten uns darauf, die neue Pizzeria ein paar Kilometer weiter auszuprobieren.

Wir traten ein und es war nicht sonderlich voll. Das Erste,

was ich bemerkte, war eine junge Bedienung mit schwarzen langen Haaren und einem hübschen Gesicht, die uns freundlich entgegenlächelte. Wir setzen uns in eine Ecke, wobei ich mich so hinsetzte, dass ich die Bedienung immer sehen konnte. Sie kam hinter dem Tresen hervor und steuerte direkt auf uns zu. Sie trug ein weißes Oberteil, einen dunkelgrauen Minirock und schwarze Stiefel. Ich konnte meinen Blick nicht von ihr lassen. Als wir bestellen wollten, fiel mein Blick in ihr Dekolleté und ich gab mir Mühe, meinen Blick in eine andere Richtung zu lenken. Sie hatte sicherlich schon gemerkt, dass ich sie mit meinen Blicken auszog. Sie bewegte sich elegant von unserem Tisch weg, so dass man wirklich nur auf ihren Po schauen konnte. Ich gab mir besonders Mühe, dass meiner Mutter nicht auffiel, wen ich die ganze Zeit im Auge behielt. Hinter der Theke warf sie mir immer ein paar Blicke zu und mein Kopfkino lief auf Hochtouren.

Was wäre, wenn keiner außer uns Beiden hier wäre, dachte ich und verlor mich in meinen Gedanken.

Die Bedienung brachte die Getränke. Sie hieß Larissa und war Italienerin. Nicht nur, dass man es ihr ansah, sie brachte auch genügend Temperament mit.

»Was darf ich dir denn bringen?«

»Was möchtest du denn bestellen?«

»Ich hätte gerne eine Delikatesse aus dem Land, wenn möglich etwas Süßes. Direkt hier vor mir. Auf dem Tisch.«

»Und welche Nummer sollte das sein?«

»Einer 69 bin ich nie abgeneigt ...«, hauchte ich in ihr Ohr und stand auf.

Larissa stand mir jetzt gegenüber und ich zog sie an mich, schaute ihr tief in die Augen und schob meine Hand zu ihrem Po.

»Ich verstehe immer noch nicht, was du meinst«, entgegnete sie völlig unschuldig.

Ich drehte sie mit ihrem Po zum Tisch und berührte mit meinem Zeigefinger ihre Lippen.

»Das musst du auch nicht verstehen«, gab ich in einem ruhigen, hypnotisierenden Ton von mir.

Dann berührten sich unsere Lippen das erste Mal, meine Hand fuhr durch ihre schwarzen Haare und hielt dabei ihren Kopf. Unsere Zungenspitzen fanden zueinander und mein Puls fing an zu rasen. Ihre Küsse waren zart aber fordernd und ließen mich gleich den nächsten Schritt gehen. Ich schob ihr weißes Oberteil hoch, tastete zu ihren runden Brüsten und begann diese zu kneten.

»Das steht aber nicht auf der Karte«, hauchte sie in einer Kusspause.

»Das ist auch gut so ...«, lächelte ich, kniete mich nieder und küsste ihren Bauchnabel.

Meine Hand hatte sich schon unter ihrem Rock verloren.

Während ich daran dachte, musste ich grinsen und in meiner Hose ging es drunter und drüber.

»Was grinst du so?«, fragte meine Mutter.

»Nichts, nichts«, antwortete ich schnell.

»Was ist denn?«

»Nichts«, winkte ich ab.

Ich zog ihren Tanga zur Seite, schob den Rock etwas höher und ließ meine Finger in ihre feuchte Lustgrotte gleiten. Larissa stöhnte leise auf und schob ihre Beine etwas auseinander. So konnte ich mit meiner Zungenspitze in ihre Lustgrotte eintauchen. Larissa lehnte am Tisch und stützte sich mit den Händen hab. Ihre kleine Perle war hart und mit der Zungenspitze sehr gut zu spüren. Mit kreisenden Bewegungen ließ ich ihre Lust den Berg der Sehnsucht erklimmen. Immer wieder nahm ich meine Finger dazu, um in ihre Pussy zu stoßen. Ich öffnete unterdessen mit der anderen Hand meine Hose, holte meinen harten Schwanz hervor und wichste ihn, bis er richtig hart war. Larissas Stöhnen wurde immer lauter und irgendwann musste sie sich auf den Tisch setzen. Ich kam hoch, konnte die Geilheit in ihren grünen Augen sehen. Ihre Schenkel hatte sie weit gespreizt, so dass ich auf ihre Vulva blicken konnte. Ich ließ meinen Schwanz langsam eintauchen und begann sie zu ficken. Ihre Stiefel umklammerten mich dabei und trieben mich an ...

Ja, das wäre echt geil, dachte ich und schaute wieder zu ihr herüber. Mein Phallus in der Hose würde jetzt wirklich gern unter ihrem Mini in ihre Pussy stoßen. Ich sah ihre kleinen Titten an und ihre Warzen, die durch ihre Bluse stießen. Die Bluse hätte ich zu gern auseinander gerissen, um ihre Nippel zu lecken.

Ich wurde rot. Das Essen kam. Leider beflügelte das nicht meine Geschmacksknospen. Der Salat schien nicht gut, die Paprika schmeckte nach Farbresten und die Pizza war labbrig.

Meine Mutter wollte zahlen. Die hübsche Bedienung kam wieder an den Tisch.

»29 Euro sind es bitte«, sagte sie mit ihrer süßen Stimme.

»Ob sie wohl so auch stöhnen und aufschreien würde, wenn sie hier auf dem Tisch säße.« Ich war wieder in meinen Gedanken versunken und musste grinsen.

Meine Mutter gab 40 Euro in Scheinen und ein 2 Euro Stück.

»Geben Sie mir 10 Euro zurück!«

»Ich habe aber nur Kleingeld«, kam es gedruckst zurück.

Das macht nichts, dachte ich, komm heute Abend vorbei und du kannst von mir ein paar Scheine haben, so süß wie du bist! Außerdem brauchte ich nach der schlechten Pizza einen guten Geschmack im Mund. Wir verließen die Pizzeria. Wegen des Essens würden wir nicht wiederkommen.

Ich habe es geschafft und bin nach der nervenaufreibenden Bahnfahrt zu Hause angekommen. Es ist allerdings schon so spät, dass es sich nicht mehr lohnt bei Phebey anzurufen. Sie hat mir schon per SMS geschrieben, dass sie schlafen geht.

Die nächsten Tagen sind schwer. Ich vermisse Phebey sehr, da wir drei Wochen am Stück zusammen waren und ich jedes Mal, wenn ich aufwache, einen blonden Engel an meiner Seite erwarte. Ich habe mein Praktikum in einer Firma begonnen und schon nach ein paar Tagen festgestellt, dass die Firma das Letzte ist. Es gibt zwischen den Mitarbeitern nur Stress und der Chef hat andauernd Streit mit seiner Frau. Diesen tragen sie auch noch öffentlich aus. Ich habe eine Idee, wie ich Phebey überraschen kann. Jedoch muss ich dazu einen Tag Urlaub bekommen. Bei diesem Chef keine leichte Übung.

Es gelingt mir, ihn davon zu überzeugen, dass ich den Tag wirklich brauche.

»Vielen Dank noch einmal«, sage ich, während ich das Büro verlasse und gerade die Tür schließen will. Fast alle Mitarbeiter stehen im Büro der Sekretärin und blicken mich mit versteinerter Miene an. Ich fühle mich, als hätte ich jemanden verraten und mir läuft ein eiskalter Schauer über den Rücken.

»Was ist denn los?« frage ich zaghaft.

Im Hintergrund höre ich das Radio.

»In New York ist vor einigen Minuten ein Flugzeug in das World Trade Center geflogen«, flüstert Carmen, die Sekretärin.

Ich schlucke und der gerade errungene Erfolg rückt in den Hintergrund. Die Mitarbeiter aus den Büros kleben gebannt am Radio, weil es das einzige Radio im Komplex ist.

»Erst meinten sie, es wäre ein Sportflugzeug. Jetzt haben sie aber gesagt, dass es eine Passagiermaschine sein soll. Mein Gott, wie schrecklich.«

Jetzt kommt auch der Chef aus dem Büro, weil er etwas mitbekommen hat.

»Was ist das denn für eine Versammlung hier? Habt ihr nichts zu tun?«

Er schaut böse in die Menge und scheint kurz vorm explodieren.

»Hans, da ist ein Passagierflugzeug ins World Trade Center geflogen!«, ruft seine Frau völlig aufgebracht.

»Nie im Leben.«

»Doch!«, protestiert sie und fängt an zu fluchen, warum er ihr nie glauben würde.

»Das ist bestimmt nur ein Scherz vom Radiosender. Wie damals, diese Invasion von den Aliens. Als das nur ein Hörspiel war.«

»Dann mach doch mal den Fernseher bei dir an. Die sagen, das läuft auf allen Sendern.«

Ohne zu fragen, folgen ihm die meisten Mitarbeiter ins Büro und sehen im Fernsehen, dass es kein schlechter Scherz ist. Es kommt noch schlimmer. Wenige Minuten später schlägt ein weiteres Flugzeug im Südturm ein. Die meisten der Mitarbeiter sehen dieses im Büro vom Chef. An diesem Tag gibt es kein anderes Thema mehr. Die Arbeit ruht die meiste Zeit und so zieht der Chef die einzig logische Konsequenz: Er entlässt die Mitarbeiter eher in den Feierabend und bittet darum, dass am nächsten Tag wieder ordentlich gearbeitet wird.

Ich sitze an diesem Abend die ganze Zeit vorm Fernseher und kann es nicht begreifen. Es ist mittlerweile bekannt, dass es ein Terroranschlag ist. Das ganze erinnert mich an einen Action-Film aus Hollywood, völlig irreal und an der Realität vorbei. Aber es ist Realität.

In den nächsten Tagen beruhigen sich die erhitzten Gemüter. In wenigen Tagen geht es schon zu Phebey und ich freue mich wahsinnig darauf, sie endlich wiederzusehen.

Mein Plan sieht vor, dass ich Phebey am Sonntag zum Geburtstag besuche und daher schon am Samstagmorgen mit dem Zug zu ihr fahre und mich von ihrer Mutter abholen lasse. So kann ich am Sonntag den Tag mit ihr verbringen und am Montag fahre ich zurück.

Eine Woche später ist es soweit. Ich stehe schon um 5 Uhr

morgens auf und nehme die erste Zugverbindung. Phebey schläft sicherlich noch. Dieses Mal läuft alles glatt. Ich bin um kurz vor 10 Uhr in Rostock.

»Hallo Don. Schön, dass du wieder hier bist«, begrüßt mich ihre Mutter, »Phebey ahnt nichts. Sie ist vorhin gerade aufgestanden und ich habe ihr gesagt, dass ich für das Frühstück noch kurz etwas holen muss.«

Wir müssen beide lachen.

»Den besonderen Geburtstag mit der 0 möchte ich mir ja nicht entgehen lassen. Ich bin mir sicher, sie wird sich sehr darüber freuen.«

Eine Stunde später sind wir im Ort angekommen und die Mutter parkt das Auto vor der Wohnung. Wir geben uns Mühe, dass Phebey mich nicht sehen kann, falls sie durch Zufall aus dem Fenster schaut. Dann geht es die Treppe hoch und die Mutter schließt die Tür auf. Ich bleibe hinter hier. Sie geht ins Wohnzimmer.

»Wo warst du so lange Mama?«, höre ich Phebey sagen und muss schon grinsen.

»Hat etwas länger gedauert.«

»Du wolltest doch nur etwas holen, wieso bist du dann über eine Stunde weg?«

Ich komme grinsend ins Wohnzimmer und schaue Phebey an. Es dauert einen Moment, bis sie registriert, dass eine weitere Person im Raum ist. Sie trägt eine Jogginghose und ein T-Shirt.

»Was machst du hier? Wie kommst du denn hier her?«, fragt Phebey völlig überrascht.

Dann bemerkt sie, dass ihre Mutter wohl daran Schuld ist.

»Mamaaaaa«, ruft sie völlig empört, springt im nächsten

Moment auf und rennt mich fast um.

»Überraschung«, bringe ich vorher noch heraus.

»Du Spinner. Oar Don, du verrückter Kerl!«

Sie grinst über das ganze Gesicht und drückt mir einen langen Kuss auf die Lippen.

»Ich kümmere mich mal um das Frühstück«, kommentiert ihre Mutter die Situation und verschwindet in der Küche.

Den Rest des Tages bekommt uns niemand auseinander. Wir sind die meiste Zeit zusammen auf dem Sofa und kuscheln. Am Abend kocht uns die Mutter etwas. Phebeys Vater ist wieder auf Dienstreise und ist am Wochenende gar nicht zu Hause.

Am nächsten Tag feiern wir Phebeys Geburtstag. Ich schenke ihr Parfüm und eine silberne Kette mit einem gebrochenen Herz. Die andere Hälfte besitze ich. Wir gehen an diesem Tag für ein paar Stunden am Strand spazieren und kehren wieder auf das Sofa zurück. Wir genießen die Stunden zu zweit, denn am nächsten Tag heißt es schon wieder Abschied nehmen. Dieses Mal nur für ein paar Wochen, weil Phebey in den Herbstferien zu mir kommt.

Einen Monat später ist Phebey bei mir zu Besuch. Die Wochen vergingen natürlich sehr langsam, weil die Sehnsucht viel zu groß war. Zum Glück gibt es das Telefon. Den Praktikumsbetrieb habe ich gewechselt, weil es zu viel Stress gab. Im neuen Unternehmen ist es deutlich angenehmer. Mir liegt bereits ein Angebot vor, hier meine Diplomarbeit zu schreiben. Phebey kommt dieses Mal wieder mit dem Zug. Die ersten Tage sind wir die meiste Zeit zusammen auf der Couch. Ich liebe einfach ihre Nähe, den Geruch ihrer Haare und ihre Wärme. In den Tagen darauf gehen wir öfter aus, Phebey lernt meine Eltern kennen, die nach dem Treffen total begeistert von ihr sind. Nachdem Phebey wieder abgereist ist, schickt sie eine Geschichte, die sie über uns geschrieben hat.

Hi Don,

Wir sind nun schon ein bisschen mehr als ein halbes Jahr zusammen, und du wolltest doch immer mal so gerne wissen, wie ich so eine Geschichte schreiben würde – Okay, hier hast du eine über uns.
* ^_ ^ *...Phebey...* ^_~*

Don saß an seinem PC und ich auf der Couch. Ich beobachtete ihn erst ein bisschen, bis mein Blick wieder auf die Unterwäsche fiel, die er mir erst vor ein paar Tagen geschenkt hatte: Eine Korsage, ein süßer Slip und Strapse dazu. Ich überlegte kurz und entschied mich dann, es heimlich anzuziehen, da er ja nun gerade am PC beschäftigt war und grübelte. Ich nahm die Sachen in die Hand und tat so, als wenn ich etwas in meiner Reisetasche suchen würde. Don drehte sich um und starrte mich an.
»Upps ...«, dachte ich.
Na ja, ich hoffte, dass er es nicht mitbekommen hatte und legte die Sachen beiseite. Als er wieder auf den Bildschirm blickte, ergriff ich die Sachen und verschwand für einige Zeit

im Bad und zog mich dort um. Dann fiel mir ein, dass ich ja noch schnell meine Jeans und meinen Pullover drüberziehen könnte, damit er es nicht sofort mitbekam. Am Morgen hatte ich mich beim Duschen schön glatt rasiert. So, wie es ihm gefiel.

Als ich wieder in das Wohnzimmer kam, schaute er zu mir und grinste mich an. Dieser Blick! Er machte mich jedes Mal wahnsinnig damit.

Er murmelte irgendwas davon, dass er jemanden holen wollte.

Ich bekam Panik. Nein, oder?! Nicht wirklich?

Er ging ins Bad oder ins Schlafzimmer? Ich konnte es nicht genau erkennen.

In der Zeit setzte ich mich auf das Sofa und wartete. Als er wieder kam, erinnerte ich mich nur kurz daran, was darauf schon einmal passiert war. Er hatte mich so wahnsinnig gemacht, dass ich ihm sogar mein Hintertürchen anbot. Er umarmte mich und grinste wieder so, als wenn er etwas plante.

»O Gott ...«, dachte ich. »... was hatte er nur vor?!«

»Don? Was grinst du denn nur so?! Ich hasse diesen Blick (na ja, mehr oder weniger)!«

Er zog mich ins Arbeitszimmer und langsam bekam ich es mit der Panik zu tun und wehrte mich etwas. Ganz so leicht sollte er es ja nicht haben. Ich wäre beinahe gefallen, aber das störte mich in dem Moment auch nicht weiter. Don hielt mich fest. Ich schaute mich misstrauisch um. Irgendwer hier versteckt oder das Telefon! Ich schaute nach dem Telefon,

vielleicht wollte er unsere gemeinsame Freundin Julia anru-
fen? Es war kein Telefon zu sehen. Dann hob er mich auf
einmal hoch. Ich strampelte, denn das kann ich überhaupt
nicht ab – dann saß ich auf der erhöhten Plattform. Sie war
aufgeräumt! Kein Werkzeug oder Sonstiges lag darauf.
»O Gott«, brachte ich nur wieder heraus. Fragt mich nicht,
warum ich das immer wieder sage, es rutscht mir einfach so
heraus.
»Das ist nicht dein Ernst, oder?«, fragte ich ihn. Keine
Antwort, nur ein Grinsen. Na ja, das reichte schon als Ant-
wort.
Langsam gab ich es auf, mich zu wehren und wir küssten
uns. Ich begann, ihm heiße Zungenküsse zu geben, um ihn
richtig geil zu machen. Es gelang mir - ihm allerdings auch.
Er zog mich langsam aus, erst öffnete er den Reißverschluss
meines Pullovers und streifte ihn mir von den Armen herun-
ter, dann die Korsage von den Strümpfen – immer mit hei-
ßen, scharfen Küssen verbunden. Dann hüpfte ich kurz von
der Erhöhung herunter, ließ die Jeans zu Boden gleiten und
danach versuchte er mir an den Slip zu gehen. Ich strich sei-
ne Hand weg und blickte ihn an.
»Na Monsieur! Ich soll hier wohl ganz nackt sitzen bleiben
und du darfst alles anbehalten?«
»Wenn du noch nicht angefangen hast, mich
auszuziehen ...«, grinste er.
»Hm, wo er Recht hat, hat er Recht«
»Dann mach ich das«, fügte er hinzu.
Ich aber nahm seine Arme wieder beiseite und zog ihm

selbst sein Shirt und den Rest aus.

Ich strich mit meiner Hand an seinem Slip entlang und glitt hinein, um ihn leicht zu massieren. Nun zog er mir auch den Slip aus und ich setzte mich wieder auf die Plattform. Als ich ihn anschaute, hatte er seinen Slip bereits ausgezogen. Er streifte sich das Kondom über und ich rutschte noch etwas weiter nach vorne, damit er in mich eindringen konnte. Einen kleinen Seufzer konnte ich mir nicht verkneifen. Wir küssten uns und er stieß immer wieder langsam zu.

»Mmhhhm ...«

Sein Stöhnen machte mich sehr geil und er machte weiter so. Er wurde dabei etwas schneller, etwas heftiger ...

Ich legte meine Beine, die immer noch die Strapse zierten, um seinen Rücken und klammerte mich so fest an ihn. Nach hinten stützte ich mich mit den Armen ab, damit ich mich nicht an der Wand stoßen würde. Ich fing an zu stöhnen und drückte mich fest an ihn und er umarmte mich noch fester, drang noch tiefer in mich ein. Nach einiger Zeit waren wir beide kurz vor dem Höhepunkt. Er seufzte noch einmal laut auf und ich bekam mit, dass er gekommen sein musste. Ein paar Sekunden später kam ich auch. Ich ließ mich wieder nach hinten fallen und stieß mir leicht den Kopf an der Wand. »Autsch«, kommentierte ich mein Missgeschick und musste kichern.

Er schaute mich immer noch so süß und geil an.

»Schwein ...«, sagte ich. »Was machst du nur mit mir?«

»Ich weiß ... das war alles geplant!«

»Hm? Und seit wann?«, ich blickte ihn fragend an.

»Schon bevor du hier angekommen bist«, antwortete er grinsend.

»Das kann ja wohl nicht wahr sein!«, dachte ich. »Das ist mein süßer Hase eben.«

»Doch so spät!«, ließ ich in einem ironischen Ton verlauten.

Don ging kurz ins Wohnzimmer und kam kurze Zeit später wieder.

»Im Fernsehen haben die auch gerade Sex! Nicht nur wir!«

»Hm ... wie bitte?«

»Es ist doch Mittwoch«, erklärte er.

»Ach der Mist immer, der im Fernsehen lief«, dachte ich.

Danach zog ich schnell meinen Slip wieder an. Meinen Pullover und die restlichen Sachen nahm ich in die Hand. Ich ging ins Wohnzimmer, legte die Sachen weg und wir packten uns wieder auf unsere Lieblingscouch. Wir schauten fern.

»Sollte ich ... ?«

Ich grübelte eine Zeit lang und war mir nicht ganz so sicher, ob ich das ausführen sollte, was mir in meinem Kopf herumschwirrte. Ich blickte hoch zu Don, der mich im Arm hielt. Einige Zeit später legte ich eine Hand an seine Wange, drehte ihn zu mir und gab ihm einen Kuss. Es folgten weitere. Ich spielte mit seiner Zunge, um ihn wieder richtig geil zu machen. Meine Hand strich über seinen Bauch, während ich mich fest an ihn kuschelte. Dann nahm er meine Hand und legte ihn auf seinen erregten Schwanz. Er wollte mich damit ärgern, weil ich sonst meine Hand sofort wegzog. Dieses Mal *aber nicht..*

»Dein Fehler..«, dachte ich.

*Ich drückte meine Hand darauf und fing an, ihn zu strei-
cheln, nahm seinen Schwanz in die Hand und wichste ihn.
Er fing an zu stöhnen und hatte da garantiert bemerkt, was
ich vorhatte.*

»Mhm ja ...«, stöhnte er.

*Ich liebe es, wenn er das "ja ..." so haucht und es machte
mich umso geiler. Ich machte eine kleine Weile weiter so und
massierte seinen Schwanz. Mal schneller, mal etwas langsamer.*

»Du bist ja ziemlich erregt«, grinste ich.

»Hmhm«, hauchte er und nickte.

*»Da bist du aber nicht der Einzige«, fügte ich grinsend
hinzu.*

*Er schien vielleicht etwas überrascht, glitt mit der Hand
über meinen Bauchnabel in Richtung meiner Pussy und
strich über meinen Schlitz.*

»Du bist sehr feucht«, fiel ihm auf.

*Normalerweise hätte ich jetzt »och man« gesagt, aber
stattdessen:*

»Ich weiß ...«

*Ich zwinkerte ihm dabei sogar zu. Was hatte er nur mit mir
angestellt? Seitdem er mich entjungfert hatte, verlor ich alle
Hemmungen. Er rieb an meinem Kitzler.*

»Don ... ?«

»Hmhm?«

»Leckst du mich ... ?«

Hatte ich das wirklich gerade gefragt?

»Mmhmm. Willst du das?«, fragte er, weil er mir vermutlich nicht glauben konnte, dass ich es wollte. Früher hatte ich mich sogar dagegen gewehrt.

»Jaaaaa ...«, brachte ich nur hervor.

Er drückte mich fester an sich.

»Wie willst du es?«, fragte ich ihn.

»Setz dich auf mein Gesicht!«, forderte er mich auf.

Ich tat, was er sagte und er strich mit seiner Zunge durch meinen Schlitz, was mich erschauern und aufseufzen ließ.

»Mhmm ...«

Er machte sehr lange so weiter, steckte seine Zunge tief in mein Innerstes, streichelte, glitt wieder heraus, lutschte und saugte an meinem Kitzler. Ich verlor dabei fast den Verstand. Dann nahm er noch zwei Finger dazu, fingerte mich und bewegte sie im Rhythmus. Es war ziemlich geil und ich genoss es sehr. Ich war kurz davor, einen Orgasmus zu bekommen aber als hätte er es geahnt, zog seine Hand weg. Er kam hoch, kniete sich hin, während ich immer noch da hockte. Er zog sich ein Kondom über, was ich erst gar nicht bemerkte. Dann kam er wieder näher, legte seinen Kopf auf meine Schulterblätter und drang vorsichtig in mich hinein.

Ein klitzekleiner Schmerz, aber das Wolllustverlangen war größer und ich wollte ihn spüren.

Ich seufzte abermals auf.

»Oar ... hm ...ja ...«, hauchte ich vor Erregung.

Auch Don gefiel es sehr, mich von hinten zu nehmen, es war sehr intensiv und er war ziemlich tief in mir. Seine Hände glitten zu meinen Brüsten hoch und er massierte und knetete jene, dann ging er mit der einen freien Hand zu meinem Kitzler und massierte ihn nebenbei, was mich noch mehr als "nur" geil machte. Beinahe wäre ich gekommen, aber ich wollte noch nicht, wollte ihn lieber noch etwas in mir spüren, ihn genießen.

»Nimm deine Finger endlich da weg ...«, sagte ich, griff an seine Hand und nahm sie von dort weg. »Sonst komm ich gleich!«

Er knetete wieder meine Brüste, zog mich dann etwas weiter nach oben, da ich mein Gesicht in einem Kissen vergrub. Dadurch, dass er mich nur ein kleines Stück nach oben zog, war es noch tiefer als vorher. Ich kam noch ein Stückchen hoch und genoss es. Don wurde schneller, stöhnte vor Geilheit, ich auch. Es war so geil, dass ich mich kaum noch zurückhalten konnte.

»Warte auf mich«, flehte ich, obwohl es eigentlich nicht nötig war, denn wir wären sowieso mit großer Wahrscheinlichkeit zusammen zum Orgasmus gekommen.

Er wurde wieder etwas langsamer und ich konnte ihn intensiv spüren. Wir stöhnten beide wieder lauter und atmeten heftiger. Somit signalisierte ich ihm, dass er etwas schneller und wieder tiefer zustoßen sollte. Das ließ er sich nicht zweimal sagen.

»Jetzt unterbrichst du nicht noch mal«, dachte ich mir und nach nur kurzer Zeit lief es eiskalt meinen Rücken herunter, aber gleichzeitig auch ein heißer Schauer. Und nun kam das, was das Ende und den Anfang der Welt bedeuten könnte

und jedes Mal doch wieder anders ist und immer wieder neu
zu scheinen meint! Wir kamen beide zusammen zum Orgas-
mus.

Es verging etwas Zeit, dann lösten wir uns voneinander und
kuschelten uns zusammen unter die Decke. Ich schmunzelte.
Wir unterhielten uns noch kurz, schalteten das Licht und
den Fernseher aus und schliefen ein.

»Nicht nur du planst Dinge ... !«

*

Okay, das war die Geschichte, Don, kannst dich sicher noch
erinnern, stimmt's?
Na ja, eines sage ich dir hier jetzt noch:
Ich liebe Dich

*

»-Ð뀃ё-\$û߄ё-6ëïLё-Måµ\$->

Es ist mittlerweile kurz vor Weihnachten und Phebey hat
mit mir abgesprochen, dass ich zu ihr komme und bis
Neujahr an der Ostsee bleibe. Die letzten Tage Studium
vor Weihnachten fallen mir ganz besonders schwer. Die
Professoren haben zudem keine große Lust mehr, so bin
ich mit meinen Gedanken immer bei Phebey. Ich warte
sehnsüchtig darauf, wieder ihre Lippen zu berühren und
ihre weiche Haut zu spüren. Zwei Tage später sitze ich im
Zug und bin auf dem Weg zu ihr. Da Weihnachten ist,
habe ich mir vorher noch gründlich überlegt, was ich Phebey schenke.

Draußen ist es kalt und passend zu Weihnachten gibt es dieses Mal sogar Schnee. In Hamburg steige ich um und habe etwas Wartezeit. Der Bahnsteig ist sehr voll und ich steige die Treppen hoch, um mir etwas zu Essen zu kaufen. 40 Minuten später sitze ich im Zug nach Rostock. Phebey holt mich direkt vom Bahnsteig ab. Wir umarmen uns 10 Minuten und genießen die Anwesenheit des anderen.

Bei Phebey angekommen, packe ich erst einmal meine Sachen aus und wir essen zu Mittag. Danach schmücken wir zusammen den Weihnachtsbaum. Das läuft etwas chaotisch ab, weil Phebey mich die ganze Zeit neckt und ich sie ebenfalls ärgere. Da Phebey ja der blonde Engel ist, schlage ich vor, sie neben dem Weihnachtsbaum zu platzieren. Phebey bewirft mich daraufhin mit Lametta und meint, den Platz könnte ich ebenso gut einnehmen. Nach drei Stunden haben wir es geschafft und legen unsere Geschenke unter den Baum. Am Abend gibt es Würstchen und Salat, denn das große Essen beginnt erst am nächsten Tag. Danach ist Bescherung und Phebey bekommt von mir eine DVD und eine Bodylotion als Geschenk. Wir bleiben noch eine Stunde im Wohnzimmer.

Nachdem der offizielle Teil gelaufen ist, gehen Phebey und ich in ihr Zimmer und setzen uns auf ihr Bett. Ich gebe ihr noch ein weiteres Geschenk. Phebey schaut mich etwas irritiert an.

»Was ist das?«

»Mach's auf«, fordere ich sie auf und muss grinsen.

Phebey öffnet das Papier und hält ein schwarzes Lederhalsband in ihren Händen. Sie muss kichern.

»Danke mein Hase. Aber wo soll ich das bitte tragen?«

Sie legt es auf den Schreibtisch und setzt sich wieder zu mir auf das Bett.

»Wenn wir alleine sind. Jetzt wäre so ein Zeitpunkt.«

Ich grinse.

»Meinst du das ernst?«

»Ich würde das Halsband jetzt gerne an dir sehen«, sage ich und gebe ihr einen Kuss.

»Jetzt liegt es aber da drüben«, neckt sie mich.

»Holst du es bitte?«, bitte ich sie und schaue ihr dabei tief in die Augen. Das wird sie nicht ablehnen können.

»Soll ich mir dazu auch noch etwas anderes anziehen?«

»Warum nicht«, antworte ich frech.

»Und was?«

»Wie wäre es mit was schwarzem?«

»Wenn du meinst«, grinst Phebey und geht zum Kleiderschrank, um sich die passenden Sachen zusammen zu suchen. Danach verschwindet sie im Badezimmer.

Ich schalte den Fernseher ein. Da es Heiligabend ist, kommt natürlich nichts Vernünftiges und ich schalte auf einen Musiksender um.

Phebey öffnet die Tür und kommt herein. Ich drehe mich um und schaue sie an. Sie hat ihre blonden langen Haare hochgesteckt, so dass das Halsband richtig schön zur Geltung kommt. Unter dem roten Satinmantel trägt sie ein schwarzes durchsichtiges Hemd mit Strapsen und einen geschnürten String. Sie sieht damit so wahnsinnig gut aus, dass mir der Atem stockt. Phebey schließt die Tür und dreht den Schlüssel um.

»Gefällt es dir?«

»Jaaahhaa«, bringe ich nur noch leise heraus und ziehe sie zu mir auf das Bett.

»Du siehst wahnsinnig sexy aus! Darf ich ein paar Fotos machen?«

Sie blickt mich mit großen Augen an.

»Jetzt?«, fragt sie völlig baff.

»Ja«, grinse ich frech und gebe ihr einen Kuss.

»Dann hol schon deine Kamera«, meint sie zustimmend, aber nicht sehr begeistert. Ich gehe zur Reisetasche und hole meine Kamera, während sie sich auf das Bett legt. Ich fotografiere sie liegend, sitzend und stehend. Ihr Anblick erregt mich. Es dauert nicht lange und wir küssen uns. Phebey sitzt derweil schon auf meinem Schwanz, der schon ganz hart ist und massiert ihn mit ihrem Becken. Ich schieße davon noch ein Foto, bevor ich die Kamera zur Seite lege. Dann ziehe ich Phebey fest an mich und streichele über ihre Brüste, die unter dem schwarzen durchsichtigen Stoff hindurch schimmern. Es dauert nicht lange, bis ich zu ihrem String wandere und die beiden Bänder, die ihn zusammenhalten, löse, um ihn durch Phebeys feuchten Schlitz zu ziehen. Phebey blickt mich erschrocken an.

»Du Schwein«, flüstert sie.

Meine Finger spielen an ihren feuchten Schamlippen, um sich langsam in ihre Muschi zu bohren.

»Mhmmm«, stöhnt Phebey auf, als ich schneller fingere.

»Ich möchte dich jetzt, Süsse«, stöhne ich verlangend.

Phebey küsst mich.

»Okay!«

Sie zieht meinen Slip aus und ich hole ein Kondom, um es

über meinen harten Schwanz zu rollen.

»Ich möchte, dass du mich reitest ...«, sage ich und schaue sie dabei bettelnd an. Phebey sieht so geil aus mit den Strümpfen und der Lingerie. Sie kniet über meinem Schwanz und lässt ihn langsam in sich hineingleiten.

»O Don, ooh ist das wieder tief«, stöhnt sie auf und bleibt kurz sitzen, um sich daran zu gewöhnen. Ich ziehe sie zu mir herunter und küsse sie, während mein Schwanz weiter in ihre enge Pussy stößt. Ich ziehe ihr das Oberteil aus und knete ihre Brüste. Phebey richtet sich auf und reitet mich, indem sie meinen Schwanz ganz tief in sich lässt und er beim Erheben fast aus ihrer Pussy rutscht. Phebey hebt ihren Kopf ab und zu, lächelt mich an und ich genieße den Anblick und das Gefühl, endlich wieder in ihr zu sein.

»Mmhmmm ... jaaa!«, stöhne ich. »Ich möchte mit dir kommen ...«

»Ja, ich auch mit dir Schatz!«

Lange kann ich meine Geilheit nicht mehr bremsen. Das Gefühl ist so intensiv und Phebey sieht mit ihren Strümpfen und dem Halsband richtig geil aus.

»Dreh dich bitte um, ich möchte dich von hinten«, flüstere ich ihr ins Ohr.

Phebey lässt meinen Schwanz herausgleiten und kommt meiner Aufforderung nach. Auf allen Vieren kniet sie jetzt vor mir und ich stoße mit meinem Schwanz in ihre nasse Lustgrotte.

»Schatz ... mmhmmm, das ist noch tiefer«, stöhnt Phebey auf.

Aber ihr Kommentar hält mich nicht von meinem Vorhaben ab. Ich stoße wieder zu, erst langsam und dann immer schneller. Ihr Po klatscht an mein Becken und ich gebe ihm zwischendurch einen Klaps. Phebeys Stöhnen wird noch lauter.

»Ich komme gleich, Maus«, stöhne ich.

»Jaaaa! Ich auch ...«, kommt es von Phebey zurück.

In diesem Moment ist es soweit und ich komme zum Höhepunkt. Erschöpft ziehe ich meinen Schwanz aus ihrer Pussy und lege mich neben Phebey. Sie holt sich die Bettdecke und deckt uns damit zu. Ich ziehe sie mit ihrem Halsband zu mir und wir kuscheln uns aneinander. Jetzt spüre ich das erste Mal, welche Macht mir dieses kleine lederne Spielzeug gibt. Nicht nur dass Phebey darin wahnsinnig reizend aussieht, ich verspüre ganz tief in mir die Lust, sie zu dominieren, ihr wieder auf den Arsch zu hauen und dabei am Halsband festzuhalten. Früher oder später werde ich diesem Gefühl Beachtung schenken, die Gier nach mehr davon würde in mir wachsen.

Am nächsten Nachmittag haben Phebey und ich sturmfrei. Phebeys Eltern sind an diesem Weihnachtstag in die Nachbarstadt gefahren, um Freunde zu besuchen. Am Morgen wachten wir spät auf und frühstückten gemeinsam. Ihre Eltern waren gerade aus der Tür. Wir zogen uns etwas über und lagen auf dem Sofa.

»Was wollen wir eigentlich heute machen?«, frage ich.

»Wie wäre es mit baden?«

Stimmt, dass wollten wir schon immer zu zweit. Da meine Wohnung nur eine Dusche im Badezimmer hat, sind wir mit unserem Vorhaben bei Phebey genau richtig.

»Das klingt gut.«

»Dann lasse ich schon mal Wasser in die Badewanne«, stimmt sie erfreut ein und springt gleich auf, um sich ins Badezimmer zu begeben.

Ich verlasse ebenfalls das Wohnzimmer, suche mir meine Sachen in ihrem Zimmer zusammen und stecke ein Kondom ein. Grinsend gehe ich ins Badezimmer. Phebey schaut mich an.

»Warum grinst du so?«

Jetzt ahnt sie schon wieder etwas, denke ich mir.

»Nichts, nichts!«, sage ich und gebe ihr einen Kuss auf ihre Nasenspitze. Darauf folgt ein heißer Zungenkuss.

»Gehst du zuerst in die Wanne?«, zwinkert Phebey mir zu.

»Wenn du meinst ...«

Wir ziehen uns aus und ich steige als Erster in die Badewanne.

Phebey setzt sich auf die andere Seite. Sie schaut mich ganz verlegen an.

»Och man, schau mich nicht so an«, meckert sie, weil ihr mein Blick anscheinend nicht passt.

Ich grinse.

»Warum sitzt du überhaupt auf der anderen Seite?«, frage ich verdutzt.

»Wieso nicht?«

Phebey lässt noch etwas heißes Wasser ein.

»Komm zu mir rüber«, flüstere ich.

Phebey überlegt kurz und wechselt die Seite. Ich spreize meine Beine so, dass Phebey mit dem Bauch auf meinem Schwanz liegt und umarme sie, als sie sich zurückfallen lässt.

»Hm, ich glaub, da ist jemand wach geworden«, bemerkt

sie.

»Ja, das könnte sein ...«

Phebey gibt mir einen langen Zungenkuss. Als das Wasser nach einiger Zeit kälter wird, beschließen wir die Wanne zu verlassen. Phebey steht zuerst auf und holt sich ein Handtuch. Ich folge ihr gleich, weil ich nicht will, dass sie sich jetzt schon anzieht. Sie schaut mich verschreckt an.

Bevor sie etwas sagen kann, gebe ich ihr einen weiteren Kuss und lasse meine Hände über ihren Körper fahren, um sie zu streicheln. Ich beuge mich nach vorne, lutsche an ihrem harten Nippel, die beide wegen der Kälte abstehen und wandere mit meiner Hand Richtung Vulva. Phebey nimmt meinen Schwanz in die Hand und wichst ihn richtig hart.

Ihr scheint es zu gefallen und vermutlich hat sie damit gerechnet, denke ich.

»Ich will dich im Stehen«, stöhne ich Phebey ins Ohr, wobei ich weiß, dass sie ziemlich groß ist.

»Hoffentlich klappt das auch«, zweifelt Phebey.

Sie stellt sich mit einem Bein auf die Toilette, während ich langsam meinen Schwanz in ihre nasse Pussy stoße.

»Aaaahh ...«, stöhnt Phebey auf.

Wir müssen feststellen, dass es einfach zu unbequem ist und von der Größe nicht passt.

»Wie wäre es auf dem Boden?«, fragt Phebey.

»Versuchen wir es«, stimme ich ihrem Angebot zu.

Sie legt sich auf die Duschvorlage und ich beuge mich über sie, um ihr meinen Schwanz langsam in die Lustgrotte zu bohren. Ich stoße immer wieder zu, während Phebey die Beine auf meinen Rücken legt und mich umklammert. Ich schaffe es dadurch, noch tiefer in sie einzudringen.

»Mhm, meine süße geile Maus!«

»Hmmm ... mhhmm ... jaaa ... Mein Hase, mach weiter so!«

Phebey presst sich immer fester an mich und lässt meinen Schwanz richtig tief in sich.

»Jaaaa ... mhmmm, ich komme Schatz!«

Ich stoße noch schneller zu, um mit ihr zum Orgasmus zu kommen.

»Süße ...«, bringe ich nur noch heraus, während ich komme.

Phebey gibt mir einen Kuss, wir stehen auf und ziehen uns an. Dann gehen wir wieder ins Wohnzimmer und machen es uns auf dem Sofa bequem. Wir schauen TV und nach einer Stunde sind ihre Eltern wieder zurück. Phebey grinst mich ganz dreckig an, als ihre Mutter an uns vorbei in die Küche geht. Wir kuscheln uns aneinander und ziehen die Decke noch etwas höher. Phebey strahlt mich immer noch an und ich blicke direkt in ihre Augen. Sie findet es anscheinend sehr aufregend im Badezimmer Sex zu haben. In der Richtung hatte ich aber nicht wirklich viel Erfahrung. Außer dieses eine Mal mit Steffi, was aber nun auch schon fast zwei Jahre zurück lag ...

Spritziges Vergnügen

Das konnte echt nicht wahr sein. So oft wie ich dieses Mädel in der letzten Woche sah, konnte das kein Zufall mehr sein. Sie war klein, hatte kinnlange blonde Haare und immer ein Lächeln übrig, wenn ich ihr begegnete.

Angefangen hatte das vor ein paar Wochen, als sich gegenüber unserer Pizzeria bei der Konkurrenz ein neues Auto breit machte. Erst regte ich mich darüber auf, dass sie alles zugeparkte, aber als sah, mit wem ich es zu tun hatte, brauchte sie nicht mehr um Verzeihung bitten. Wenn wir uns auf dem Hof begegneten, schauten wir uns kurz an, sagten aber nichts. Sie hieß Steffi, das wusste ich mittlerweile. Ich hatte mich auch nicht mehr darum gekümmert, bis zu den Vorfällen vor ein paar Wochen. Jedes Mal, wenn ich in der Stadt war, begegneten wir uns. An einem Sonntagmorgen, als ich jemanden aus unserem Verein zu einem Lehrgang brachte. Es war sieben Uhr und sie kam mir auf einer Wald- und Wiesenstraße entgegen. Beim Einkaufen begegnete ich ihr gleich zweimal. Ein paar Tage später musste ich zu meinem zweiten Nebenjob und sah sie erneut. Sie ging mir nicht mehr aus dem Kopf und ich musste etwas unternehmen. Am Abend führte uns nicht mein Vorhaben, sondern ein Zufall zusammen.

An diesem Abend war bei den Lieferdiensten und in den Restaurants eine ganze Menge los. Steffi und ich mussten sogar auf dem benachbarten Parkplatz vom Supermarkt parken. Ausgerechnet in diesem Moment, an dem wir uns trafen, brach ein Platzregen über uns hinein. Wir flüchteten beide unter das Vordach des Supermarktes.

»Was für ein Wetter«, fluchte ich laut.

Dann schaute ich zu Steffi, die ebenfalls mit ihrer Lieferkiste neben mir stand.

»Hi, ich bin Don. Wir sehen uns in der letzten Zeit anscheinend häufiger«, suchte ich das Gespräch.

Sie grinste.

»Ja, das habe ich auch schon gemerkt. Irgendwie komisch, vor allem neulich morgens. Ich heiße übrigens Steffi!«

Ich lachte.

»Ja, das war schon sehr lustig, aber auch Donnerstag mit dem Einkaufen.«

»Ja, vielleicht sollten wir uns mal treffen?«

»Gute Idee! Was schlägst du denn vor?«

»Ich hab heute nichts besonderes. Wir könnten ja Video schauen. Hast du Lust?«

Sie war echt sehr freundlich und sehr spontan, dachte ich nur.

»Ja, ist kein Problem! Klar hab ich Lust.«

Wir trafen uns nach der Arbeit draußen und fuhren zu ihr. An diesem Abend passierte noch nicht viel. Wir unterhielten uns ein wenig und schauten uns einen Film an. Sie lag zwar schon in meinen Armen, aber dabei beließ ich es an dem Abend. Irgendwann suchte ihre Hand die meine und Steffi kuschelte sich noch dichter an mich. Nach einem weiteren Film fuhr ich um zwei Uhr nach Hause. Wir sahen uns fast eine Woche nicht. Am Samstag darauf traf ich sie wieder bei der Arbeit an.

»Hi. Na, wie geht´s?«, fragte sie.

»Gut und dir? Ist heute ein bisschen mehr los wie sonst!«

»Ja, geht wieder Richtung Winter. Schon was vor heute Abend?«

»Nein, nicht so direkt ...«, flunkerte ich, denn ich wollte an diesem Abend in die Disco und hatte mich dafür schon passend angezogen.

»Wie wäre es mit Disco? Können uns ja noch überlegen, wohin! Ich möchte auf jeden Fall heute Abend mal wieder raus.«

»Hab nichts dagegen, dafür bin ich immer zu haben.«

Wir fuhren zu ihr, damit sie sich fertigmachen konnte. Sie schloss die Tür auf und wir standen in ihrem Flur.

»Ich müsste mich noch duschen ... bist du denn schon fertig?«, fragte sie.

»Ähmm, ja eigentlich schon!«

Sie schaute mich eindringlich an.

»Du willst wirklich nicht mit mir duschen?«, fragte sie.

Aua, das war der Wink mit dem ganz dicken Zaunpfahl. Jetzt rede bloß kein Blödsinn, dachte ich. Am Besten sagst du gar nichts ...

Sie nahm meine Hand und zog mich in das Badezimmer. Ich zog sie an mich und gab ihr vorsichtig einen Kuss. Sie kam gleich mit ihrer Zunge und ließ mir keine andere Wahl ... Ich öffnete ihre Hose, die direkt zu Boden glitt und ging ihr unter den Pulli, um ihn hoch zu rollen. Sie nahm ihre Arme in die Luft und ich zog ihr den Pulli ganz aus. Während sie meine Hose herunterzog, entledigte ich mich meines Sweatshirts. Dann schob sie mir das T-Shirt über den Kopf. Ich öffnete langsam den BH, der ihre kleinen Brüste umgab. Sie grinste.

»Na, gespannt?«

»Schon ein wenig, klar!«

Der BH fiel zu Boden. Ich schaute sie an. Ihre runden kleinen Brüste und die süßen Nippel passten zu ihrer Figur. Es sah einfach nur geil aus. Ich zog langsam ihr Höschen herunter, während sie das Wasser anstellte.

»Und nun möchte ich wissen, was du noch so zu verbergen hast!«

Ich bemühte mich, keinen Ständer zu bekommen, weil ich nicht wusste, wie weit sie noch gehen wollte. Sie zog den Slip herunter. Dann ging sie in die Dusche, nahm meine Hand und zog mich hinein. Während einer Umarmung gab ich ihr einen Kuss, während das Wasser auf die nackte Haut prasselte. Ich streichelte ihre Brüste und ihre Hand wanderte langsam über meinen Bauch zu meinem Schwanz.

Sie stellte unerwartet das Wasser aus, nahm Shampoo und Duschgel und rieb mich an allen Stellen damit ein. Das Gleiche machte ich bei ihr. Ich ließ mir dabei aber richtig viel Zeit. Ich fing oben an, weiter über ihre Brüste und den Rücken herunter, zu ihrer rasierten Pussy. Steffi stellte das Wasser wieder an. Ihre Hand wanderte wieder zu meinem Schwanz und ihre Lippen zu meinem Mund. Sie begann mit meiner Zunge zu spielen und ich bekam einen Ständer.

»Ich dachte schon, der wacht nie auf«, sagte sie frech zu mir.

Ich führte eine Hand zwischen ihre Beine und ließ zwei meiner Finger in ihrer Lustgrotte verschwinden. Mit dem Rest der Hand übte ich ein bisschen Druck auf ihren Kitzler aus.

»Mmhhmm ...«, stöhnte sie mir ins Ohr, wobei das Wasser

noch immer lief. »Ich möchte gern mehr!«

»Ich habe nichts dagegen«, flüsterte ich und lutschte an ihrer Unterlippe.

Sie legte die Arme auf meine Schultern und gab mir einen Zungenkuss. Bei ihrem Kuss saugte sie so dermaßen an meiner Zunge, dass es schon ein bisschen schmerzte. Sie stellte das Wasser ab. Ich hörte nur ein »Okay ...« und bemerkte wie sie hochsprang und sich mit ihren Beinen an meiner Hüfte festklammerte.

»... trag mich zur Waschmaschine!«

Ich öffnete die Duschkabine und stieg mit ihr hinaus. Im Badezimmer konnte man nicht mehr viel sehen. Ich setzte sie auf der Waschmaschine ab. Steffi lehnte sich zurück, wobei sie sich an den Rändern der Waschmaschine abstützte. Ich kniete nieder und zog ihre Schamlippen etwas auseinander, um sie genüsslich zu lecken. Dann ließ ich meine Zunge langsam zum Bauchnabel wandern und von dort zu einer ihrer Brüste, um an ihrem Nippel zu saugen. Steffi rutschte noch ein wenig nach vorne, und ich schob meinen Schwanz langsam in ihre Vulva. Ich wurde von ihren Beinen herangezogen, die mich von hinten umschlossen. Steffi lächelte, wobei ein paar Strähnen ihrer nassen Haare noch in ihrem Gesicht hingen. Ich umfasste ihre Taille, um sie ein wenig zu halten, als ich sie nahm.

»Oaarr, mhmm, oaaarrr, mmmh, oaaarr ...«, stöhnte sie leise, aber doch hörbar.

Mit jedem Stoß spürte ich, wie sie dagegen hielt. Ich spürte wie der Druck größer wurde und obwohl ich es noch zu gern hinausgezögert hätte, kam ich ein paar Sekunden später. Als Steffi merkte, dass ich abspritzte, zog sie sich hoch und warf mir ihre nassen Haare ins Gesicht. Ihr Lächeln, das sie unter ihren Haaren verbarg, schien schon ein klein bisschen unverschämt und mädchenhaft, aber sie war wirklich zu süß. Ich ließ sie hinunter und wir verschwanden noch mal unter der Dusche, bevor wir uns für den Abend fertigmachten.

Zwischen Steffi und mir kam es immer wieder zu spontanen Treffen. Ich stellte jedoch fest, dass ich nicht der einzige Kandidat auf ihrer Liste war. Nach und nach verlief sich der Kontakt und irgendwann riss er ganz ab. Nach einigen Monaten sah ich Steffis Auto auch nicht mehr beim Bringdienst und schloss damit ab.

Ein paar Tage später ist bereits Silvester. Phebey und ich waren gestern noch im Wellenbad, um etwas auszuspannen und alles rundherum zu vergessen.

Am Silvesternachmittag bleiben wir zu Hause und schauen uns zwei DVDs an. Am Abend essen wir gemeinsam mit den Eltern und lassen zusammen das Jahr ausklingen. Gegen Mitternacht machen wir uns auf den Weg zur Landungsbrücke, wo jedes Jahr ein großes Feuerwerk stattfindet. Dort angekommen, spüren wir den eisigen Wind. Ich halte Phebey in den Armen und wir warten gespannt, bis es Mitternacht ist. Die ersten Raketen steigen in die Luft und wir hören die Kirchenglocke schlagen. Sofort ertönen die ersten Knaller und etliche Raketen steigen in die Luft. Weil es so windig ist, geraten einige vom Kurs ab und schlagen an den Gebäuden auf. Ich drehe Phebey zu mir und schaue ihr in die Augen.

»Frohes neues Jahr, meine Maus.«

»Frohes neues Jahr, Hase«, kommt es von Phebey und ich bekomme sofort einen langen Kuss von ihr.

Was hatten wir alles in diesem Jahr schon erlebt? Wir hatten uns gefunden und trotz unserer unregelmäßigen Treffen schon so viele Erlebnisse, die wir teilten. Beim ersten Treffen war sie noch die unschuldige Jungfrau und nun hatte ich sie richtig verdorben. Es war wie bei meiner ersten Jungfrau, nur habe ich jetzt das Glück, dass Phebey mit mir zusammen ist. Aber Tina war damals schon ein Fall für sich ...

Der One-Night-Stand

Ich war auf dem Weg ins Ruhrgebiet, um mich dort mit Tina zu treffen. Tina hatte ich über eine Bekannte kennengelernt, die im Ruhrgebiet eine Ausbildung absolvierte. Vor einigen Monaten war sie mit meiner Bekannten kurz zu Besuch. Wir verbrachten den Abend zu dritt. Tina und ich waren uns so sympathisch, dass wir unsere Telefonnummern austauschten und fortan regelmäßig telefonierten. Außerdem schrieben wir täglich SMS. Sie war 19 und hatte eine sehr schüchterne Art an sich. Mit ihren blonden Haaren und blauen Augen war sie kein Model, aber auch kein hässliches Entlein. Irgendwann griff ich das Thema in einer SMS auf und tastete mich an ihr Geheimnis heran. Ich fand sie sehr attraktiv und wunderte mich doch sehr, als sie mir beichtete, dass sie Jungfrau war. Die Inhalte unserer SMS wurden immer intimer. Ein paar Wochen später war es soweit. Tina schrieb mir eine SMS, die keine Zweifel aufkommen ließ.

»Don, wenn ich dich fragen würde, würdest du eine Nacht mit mir verbringen?«

Natürlich wollte ich das. Tina war durch ihre Schüchternheit so anziehend für mich, dass ich auf diese Frage nur gehofft hat. Wir schrieben uns weiter. Sie erklärte mir, dass sie viel Angst hatte und bat mich darum, es vorsichtig anzugehen. Dann äußerte sie einige Wünsche, die so gar nicht nach einer schüchternen Tina klangen. Da Tina noch bei ihren Eltern wohnte, weil ihr Pferd auf dem Hof untergebracht war, hielten wir ein Wochenende Anfang Juli fest.

Es war soweit. Es war Sommer und Tina war alleine zu Hause, weil ihre Eltern im Urlaub waren. Jedes Mal, wenn ich daran dachte, wie genau wir alles geplant hatten, musste ich lächeln. Das alles für einen One-Night-Stand. Für Tina war es aber mehr. Es war ihr erstes Mal. Sie hatte aber auch nicht viel zu verlieren. Wir fanden uns sympathisch und Tina wollte lieber Sex mit einem Mann, den sie kannte. Ich hatte ihr versprochen, vorsichtig zu sein und war auch schon etwas aufgeregt, denn damals hatte ich noch nie eine junge Dame entjungfert.

Während der Autofahrt wurde ich nervös und fragte mich, ob das wirklich so eine gute Idee war. Die Fahrt verlief sehr ruhig und ich versuchte, mich nicht verrückt zu machen. Nach zwei Stunden kam ich an und klingelte an der Tür. Tina öffnete diese. Sie sah hinreißend aus mit ihren blonden Haaren.

»Hi! Na, wie war die Fahrt?«

Ihre Stimme zitterte. Sie schien nervös zu sein.

»Hi! Ging so. Darf ich rein?«, fragte ich.

»Klar, komm rein!«

Wir gingen durch die Wohnung und sie zeigte mir alles. Alles – bis auf ihr Zimmer.

»Wo ist denn dein Zimmer?«, fragte ich.

»Muss das sein?«

»Spätestens heute Abend sehe ich es ja sowieso!«

»Dann kann es ja auch noch so lange warten. Ich muss noch reiten«, sagte Tina.

Sie hatte ein eigenes Pferd, das in einem Stall nahe dem Haus untergebracht war.

»Okay. Ich kann ja zuschauen.«

Sie holte ihre Reitsachen und machte das Pferd fertig. Ich half ihr dabei, den Sattel festzuzurren. Tina ritt über die angrenzende Weide, während ich auf einer Holzstange am Rande der Weide saß und zuschaute.

Als sie fertig war, fütterte sie das Pferd. Neben den Pellets bekam es auch noch frisches Heu. Tina nahm mich mit und zeigte mir den kleinen Heuboden, auf dem frisches Heu von der letzten Ernte lag. Ich ahnte, was sie sich wünschte und kam ihr langsam näher. Wir lagen im frischen Heu, als ich sie das erste Mal berührte. Tina zitterte und bekam Angst.

»Ich glaub, das war alles nicht so ne tolle Idee«, meinte sie.

»Hey Tina, du brauchst doch echt keine Angst haben. Es ist wunderschön«, versuchte ich sie zu beruhigen.

Ich begann mich langsam ihren Lippen zu nähern und

küsste sie. Sie wehrte sich nicht, also tat ich es noch einmal. Ich versuchte, mit meiner Zunge ihre Lippen zu lecken, um sie zu einem Zungenkuss herauszufordern. Sie schien zu begreifen, was ich wollte und öffnete ihren Mund. Langsam wurde es ein richtiger Zungenkuss.

Nicht schlecht für den Anfang, dachte ich und fühlte mich dazu ermutigt, den nächsten Schritt zu unternehmen. Ich streichelte ihren Körper und zog sie an mich. Als nächstes begann ich sie auszuziehen. Das T-Shirt und der BH waren ein leichtes Spiel. Dann kamen jedoch die Reitstiefel an die Reihe. Ich stoppte danach, weil ich bemerkte, wie nervös sie war und dass sie am ganzen Körper zitterte. Das erinnerte mich an mein erstes Mal, denn das war nicht anders.

Ich küsste ihre kleinen Brüste und leckte ihre Brustwarzen, die mittlerweile vor Geilheit abstanden.

»Du hast schöne Brüste, Tina! Ich bin total geil auf dich«, stöhnte ich vor Erregung.

»Meinst du das ernst? Ich weiß nicht, was ich machen soll, sag es mir!«

»Zieh mich einfach aus und dann sehen wir weiter!«

Sie zog mein Shirt und meine Hose aus. Ich widmete mich ihrer engen Reithose und sah, dass sie darunter einen weißen Slip trug.

»Ich hab mich extra rasiert für dich. Ich hoffe, du magst das?«, fragte sie.

»Ja, sehr sogar.«

Sie lächelte verunsichert. Wir lagen mittlerweile auf unseren Sachen im Heu. Ich zog ihren Slip herunter und sah ihre glatte Pussy. Tina nahm das als Signal und zog meinen Slip aus. Sie blickte auf meinen Ständer und starrte ihn eine gefühlte Ewigkeit an.

»Du darfst ruhig anfassen«, sagte ich und führte ihre Hand zu meinem Schwanz.

Sie umschloss meinen Schwanz mit ihrer Hand und ich begann mit ihrer Hand meinen Schwanz zu wichsen.

»Jaaa. Das ist schön, mach ruhig weiter«, stöhnte ich, während sie mich fragend ansah. Ich küsste sie.

»Du siehst so süß aus«, flüsterte ich.

»Boar, nein!«, kam es nur von ihr zurück. Sie hörte auf.

Tina hasste es, wenn ich das sagte. Jedoch wusste ich, dass ein wenig necken bei ihr zur Auflockerung führte. Ich gab ihr einen langen Kuss und hielt dabei ihren Kopf. Sie lächelte.

»Du weißt, ich mag das nicht. Warte nur, das bekommst du zurück.«

Tina rutschte nach unten, griff nach meinem Phallus und wichste ihn dieses Mal härter. Ich lehnte mich zurück und schloss die Augen. Der süße Duft des Heus war angenehm. Ich spürte etwas feuchtes an meinem Schwanz und konnte mir vorstellen, dass es Tinas Lippen waren, die mich verwöhnten.

»Mhmm, jaa, oooh«, kam es stöhnend von mir. »Nicht so stark, wenn du so weitermachst, komme ich gleich! Ich würde dich jetzt viel lieber lecken.«

Sie hörte kurz auf und erhob ihren Kopf.

»Das macht mir aber gerade sehr viel Spaß. Außerdem hast du mich vorhin geärgert.«

Bevor ich etwas sagen konnte, hatte sie meinen Ständer wieder im Mund. Ich musste mich sehr zusammenreißen, denn sie verwöhnte mich einige Minuten, bevor sie unterbrach und sich ins Heu legte. Sie schaute mich verträumt an. Mit meinen Händen legte ich ihre Schenkel auseinander und rutschte nach unten, um ihre Lustgrotte zu erkunden. Ihre Schamlippen waren schön glatt und Tina stöhnte, als ich sie auseinanderzog, um sie tiefer lecken zu können.

»Mmmmh, das tut gut«, stöhnte sie leise und vergrub ihre Hände im Heu.

Ich gab ihrer Pussy einen Kuss und fing an, sie zu fingern, was ihren Körper erbeben ließ.

Siehst du, dachte ich, jetzt hast du keine Angst mehr, jetzt bist du einfach nur geil, Süße. Aber pass mal auf, was ich jetzt mache. Gleich wirst du noch mehr spüren.

Ich rutschte etwas nach oben und stieß mit meinem Schwanz langsam in ihre Lustgrotte. Langsam glitt ich in sie hinein und war überrascht, dass sie so weit war. Tina beobachtete alles, biss sich dabei auf ihre Lippen und stöhnte auf, als ich in ihr war.

»Na, gefällt es dir?«, fragte ich, als ich ihn langsam in ihre Pussy stieß.

»Ooh jaaa! Das ist geil. Wahnsinn, ein tolles Gefühl. Geht das noch tiefer und schneller?«

»Ich versuche es, ich muss aber aufpassen, dass das Kondom nicht abrutscht!«

Meine Bewegungen wurden heftiger und ich zeigte ihr, dass sie mich mit ihren Beinen umklammern sollte, damit ich noch tiefer eindringen konnte. Mein Schwanz fing an zu spucken und ich zog Tina fest an mich. Sie stöhnte laut auf und warf ihre Haare in mein Gesicht. Dann schaute sie mich an und grinste.

»Ich besteh darauf, dass du heute Nacht bei mir bleibst, und mir zeigst, wie oft du es in einer Nacht schaffst!«

Was habe ich da erweckt, fragte ich mich in diesem Moment.

»Das hatte ich gehofft, schließlich will ich noch etwas Zeit mit dir verbringen, Süße!«

»Aber nur diese Nacht. So war es abgemacht«, sagte sie und küsste mich.

Wir verließen den Heuboden und gingen ins Haus, um Tinas Zimmer aufzusuchen. Tina hatte sich nur ihre Hose und das T-Shirt übergezogen und sich die restlichen Kleidungsstücke unter den Arm geklemmt. Jetzt ließ sie diese einfach fallen und drehte sich zu mir. Sie ging mir mit ihren Händen unter mein T-Shirt und streifte es nach oben, um es danach in die nächste Ecke zu werfen. Sie zog meinen Oberkörper an sich und küsste mich. Wir standen dort bestimmt fünf Minuten und küssten einander, während ich ihr unter das T-Shirt griff, um ihre Brüste zu kneten. Ich spielte mit ihren Nippeln und überlegte, wie es nun weitergehen sollte.

Ich sollte ihr vielleicht zeigen, wie sie mich so richtig heiß machen kann, dachte ich.

Ich zog ihre Hüfte an mich und zeigte ihr, wie sie damit meinen Schwanz massieren konnte. Ihre Bewegungen ließen meinen Schwanz steif werden und sie öffnete meine Hose.

»So, jetzt machen wir da weiter, wo wir vorhin aufgehört haben, schließlich will ich auch mal wissen, wie es schmeckt«, hauchte sie mir ins Ohr.

Sie kniete nieder und begann meinen Schwanz zu verwöhnen. Tina zog die Vorhaut zurück und nahm den ganzen

Phallus in den Mund, um ihn mit ihrer spitzen Zunge zu verwöhnen.

»Jaa, mmhmmm«, stöhnte ich.

Sie schaute kurz zu mir hoch und schloss ihre blauen Augen, um zu genießen. Dann begann sie meinen Ständer mit Rein- und Rausbewegungen zu massieren. Sie schloss ihren Mund so fest, sie nur konnte und der Druck wuchs stetig. Es kam mir. Mein Schwanz fing an zu zucken und Tina riss die Augen auf. Sie hielt inne und begann zu schlucken.

»Ja, war das geil!«, stöhnte ich und sah zu ihr herunter.

Sie lutschte noch das letzte bisschen aus und erhob sich, während sie mit ihrer linken Hand meinen Schwanz festhielt.

»Na ja, so toll schmeckt es nicht! Aber das Blasen macht trotzdem Spaß«, sagte sie und lächelte zufrieden.

»Komm, leg dich aufs Bett und schließe die Augen. Ich habe eine Überraschung!«

Ich legte mich hin, verschränkte die Arme und schloss die Augen. Tina fing an, an meinen Händen herumzufummeln und eh ich mich versah, hatte sie meine Handgelenke zusammengebunden und zog diese über meinem Kopf am Bett fest.

Jetzt kommen also ihre wilden Fantasien ... dachte ich und hatte eine ihrer SMS vor Augen, in welcher sie die nachfolgende Situation genau beschrieb.

»So jetzt musst du schon sagen, wenn dir was nicht passt! Mit den Händen ist jetzt erst mal Schluss. Ich mach nämlich jetzt mal das, was ich mit dir machen will, und glaub ja nicht, ich hätte keine Ahnung!«

Sie gab mir einen kurzen Kuss. Ich bekam etwas Angst.

Sie streichelte mit beiden Händen meinen Schwanz, der langsam wieder anschwoll. Als Tina das sah, fing sie an, ihn mit einer Hand zu wichsen.

»Dein Schwanz sieht echt schick aus«, meinte sie. »Wo hast du denn die Kondome?«

»Die sind in meiner Jeans«, sagte ich nur.

Sie holte eines hervor und packte es aus. Dann rollte sie es über meinen Phallus.

»Mmhmmm, jaaaaa«, stöhnte sie und leckte ihre Lippen, als mein Schwanz in ihre Pussy eindrang.

Ihre Bewegungen wurden schneller und ich schaute zu, wie Tina sich Mühe gab, meinen Ständer bis zum Anschlag zu versenken. Sie lehnte sich nach hinten und bog meinen Schwanz, der gegen ihre Bauchdecke drückte.

»Wooaarrr, mmmhmm, du bist so geil, wie lange habe ich mich schon danach gesehnt, mit dir Sex zu haben«, stöhnte ich.

Ihre Nippel standen steil ab. Das fiel umso mehr auf, weil sie nur eine kleine Oberweite hatte.

»Glaub ja nicht, dass du mich zu mehr überredest, Don«, meinte sie, während sie sich mit ihrer Hand über den Kitzler fuhr.

»Jaa …. jaaa …. ich liebe diesen Schwanz in mir«, schrie sie, bevor sie kam.

Ich merkte, wie sie erbebte. Das hielt sie aber nicht auf, sie ritt mich einfach weiter.

»Tina, jaa, Tina, ich komme!«, brachte ich gerade noch heraus.

Sie hielt inne, ließ meinen Schwanz aus ihrer Pussy gleiten. Dann legte sie sich auf mich. Ich spürte, wie sie am ganzen

Körper zitterte.

»Na, möchtest du das ich dich los mache«, fragte sie.

»Ja! Schließlich will ich noch ein bisschen lecken.«

»Okay, aber nur, wenn wir vorher eine kleine Pause machen.«

Sie löste die Fesseln, während sie auf mir saß. Ich betrachtete meine Handgelenke, die rot waren und schmerzten. Wir legten uns zusammen auf das Bett und kuschelten uns aneinander. Tina war immer noch total aufgewühlt und kam gar nicht zur Ruhe. Ich konnte mein Interesse an ihr jedoch nicht zurückhalten und so dauerte es keine halbe Stunde und ich vergriff mich wieder an ihren Brüsten. Nach vorne gebeugt leckte ich ihre Brustwarzen. Dann ließ ich zwei Finger in ihrer Lustgrotte verschwinden, wobei Tina heftig anfing zu stöhnen und sich an meinen Schultern festhielt. Als ich mit vier Fingern in ihre weite Pussy eindrang, griff sie richtig fest zu und ich spürte ihre Fingernägel auf meinem Rücken.

»Oooh, mmhmmm, du hast ja wohl echt nen Schaden«, meinte sie, als sie an sich hinabschaute und sah, dass fast meine ganze Hand in ihrer Pussy steckte.

Ich bewegte die Hand noch etwas und sie stöhnte weiter. Der Anblick dabei, was ihre Lustgrotte alles verschlang, erregte mich enorm. Mein Schwanz wollte sie wieder, diese heiße Blonde, die neben mir lag und mit ihrer süßen Stimme gar nicht mehr aufhörte, Laute von sich zu geben.

»Ich will dich jetzt von hinten«, meinte sie.

Tina dreht sich um und hielt sich am Bettgestell fest. Sie schaute mich mit einem lasziven Blick an. Ich schielte derweil auf ihre kleine Brüste, die etwas größer wirkten, weil sie nach unten hingen.

»Ich hab mal gelesen, dass der Schwanz von hinten noch tiefer eindringen kann«, sagte sie und lächelte.

»Das wirst du gleich schon merken, Süße«, sagte ich und ließ meinen Schwanz an ihrer Lustgrotte andocken. Sie wartete gespannt darauf, dass ich hineinstoßen würde. Ich fuhr mit meinen Händen über ihren Po und den Rücken, um ihre Brüste festzuhalten. In diesem Moment stieß ich zu.

»Ohhhhh ...«, kam es von Tina.

Ich machte langsam weiter, damit sie das Gefühl genießen konnte.

»Das ist wirklich tiefer und noch viel geiler!«

Nach einiger Zeit rollte ich mit ihr auf die Seite und legte ihr oberes Bein über meins, um weiter in sie einzudringen. Mit einer Hand drückte ich ihre Brüste zusammen und mit der anderen berührte ich ihre Hand, die den Kitzler massierte.

»Mmmhmmm, wenn das so weitergeht, komme ich heute noch zehnmal«, stöhnte sie vor sich hin.

»Hauptsache es gefällt dir«, stöhnte ich ihr von hinten ins Ohr und drückte meine Hüfte wieder an ihren Po.

Ich hatte sie wirklich auf den Geschmack gebracht. Vielleicht hatte ich aber auch nur eine schüchterne Raubkatze geweckt. Irgendwann gegen fünf Uhr am Morgen siegte die Müdigkeit und ich schlief mit ihr, sie in den Armen haltend, ein.

Am nächsten Morgen frühstückten wir zusammen und Tina hatte die ganze Zeit ein Grinsen im Gesicht.

»Was grinst du so?«, fragte ich neugierig.

»Nichts. Ist alles okay«, antwortete sie und schob mir das Körbchen mit den Brötchen herüber.

»Ich hab nur gute Laune. Wobei ein bisschen Schmerzen hab ich auch ...«

Sie verzog das Gesicht.

»Aber darüber kann ich hinwegsehen. Weil die Nacht der Hammer war.«

Ich belegte mir gerade mein Brötchen und nahm einen Schluck Kaffee.

»Du sagst ja gar nichts dazu, hat es dir nicht gefallen?«, fragte sie mich ganz direkt.

»Natürlich hat es mir gefallen. Das habe ich heute Nacht doch öfters gesagt. Sonst wären wir auch nicht so lange wachgeblieben.«

»Das stimmt.«

Wir aßen beide unsere Brötchen und es wurde unangenehm still. Ich fühlte mich gezwungen, etwas zu sagen. Sie hatte mich in die Enge getrieben. Lieber hätte ich von meiner Seite aus gesagt, dass die Stunden mit ihr schön waren. Nachdem wir mit dem Essen fertig waren, brachte Tina mich zum Auto und wir verabschiedeten uns.

Es ist schon einige Zeit vergangen. Phebey war Ostern wieder bei mir und wir haben unser Einjähriges gefeiert. Zwischenzeitlich gab es mal ein paar Meinungsverschiedenheiten zwischen uns, weil Phebey ihr Abitur abbrechen wollte, um bei mir eine Ausbildung zu beginnen. Ich konnte sie aber davon überzeugen, dass es besser wäre, dieses eine Jahr noch zu überstehen. Sie hatte nach ihrem Realschulab-schluss bereits eine zweijährige schulische Ausbildung ab-solviert und danach entschieden, das Abitur nachzuholen.

Mittlerweile ist es Sommer und ich bin seit drei Tagen bei Phebey. Das Wetter ist einfach fantastisch. Wir sind jeden Tag zusammen am Strand und machen es uns auf einer großen Decke gemütlich. Am Mittag ist es so heiß, dass man es ohne Sonnenschirm nicht aushält. Nachdem ich den Schirm aufgestellt habe, krieche ich wieder zu Phebey auf die Decke, die mich die ganze Zeit durch ihre Sonnen-brille beobachtet.

Abends gehe ich mit ihr in unserem Lieblingsrestaurant es-sen. Nachdem wir noch eine Kleinigkeit getrunken haben und es ein bisschen kühler ist, treten wir den Heimweg zur Wohnung ihrer Eltern an. Phebey und ich verabschieden uns noch kurz im Wohnzimmer von den Eltern und treten den Rückzug in ihr Zimmer an. Wir schalten den Fernse-her an und kuscheln uns zusammen auf dem Bett. Phebey liegt vor mir und ich versinke mit meinem Gesicht in ihren blonden Haaren. Ich liebe den Geruch ihrer Haare. Meine Hand wandert über ihren Bauch und ich halte ihren Kör-per fest in den Armen.

»Ich liebe den Duft deiner Haare«, hauche ich Phebey leise ins Ohr.

Sie dreht sich zu mir und schaut mich mit ihren grünbrau-nen Augen an. Mir fällt auf, dass sie von Tag zu Tag hüb-scher wird. Sie ist einfach ein Traum.

»Was hast du nur immer mit meinen Haaren?«, fragt sie und reißt mich aus meinen Gedanken.

Ich gebe ihr als Antwort einen langen Zungenkuss. Sie lässt

mich nicht mehr los und saugt genüsslich an meiner Zunge. Meine Hand hat schon den Weg unter ihr Shirt gefunden.

»Moment, Hase. Warte, ich will nur noch schnell was holen.«

Phebey steht auf und verschwindet aus dem Zimmer. Etwa drei Minuten später ist sie zurück, legt etwas neben das Bett und kommt zurück unter die Decke.

»Ich habe nur ein paar Eiswürfel geholt«, sagt sie und gibt mir einen Kuss. Ich fahre wieder mit meiner Hand unter ihr Shirt, spüre ihre glatte, zarte Haut und finde ihren BH. Ich muss lächeln, denn sie trägt mein Shirt. Phebey hat es nach unserem ersten Treffen mitgenommen und seitdem trägt sie es fast immer.

»Ich liebe dich, meine süße Maus.«

»Komm her«, fordert mich Phebey auf und küsst mich. Ich ziehe ihr mein Shirt aus und lasse Phebey auf mich setzen. Ihre langen Haare fallen mir ins Gesicht, während wir uns weiter küssen. Ich löse die Haken von ihrem schwarzen BH und lasse ihn aus dem Bett fallen. Meine Hände umfassen ihre Brüste und kneten sie genüsslich. Phebey schließt die Augen und genießt es. Ihr Becken massiert meinen harten Schwanz in meiner Boxershorts. Ich löse die Bändchen, die ihren schwarzen Stringtanga zusammenhalten.

Dann beuge ich mich aus dem Bett und hole einen Eiswürfel. Vorsichtig fahre ich mit ihm ein paar Kreise über Phebeys Nippel, die danach noch steiler abstehen.

»Huuuuuuh«, stöhnt Phebey auf, »das ist wirklich kalt.«

Ich lasse den Eiswürfel auf ihrem Bauchnabel ab.

»Ah ... das ist sehr kalt ... und das kitzelt«, sagt Phebey lachend.

Ich grinse, weil mir eine Idee kommt.

»Oh weh, so wie du grinst, hast du wieder nen ganz tollen Einfall ...«, bemerkt Phebey passend und schaut mich kritisch an. Wie gut meine Süße mich doch mittlerweile kennt.

»Leg dich hin, mein Schatz«, fordere ich sie auf.

Ich nehme den Eiswürfel und lasse ihn über ihre Schamlippen langsam in ihre Pussy gleiten.

»Mhmm ... das ist ziemlich geil«, stöhnt Phebey.

Ich stoße den Eiswürfel, oder das was noch davon übrig ist, noch tiefer in ihre Pussy.

»Noch einen ...«, stöhnt Phebey lauter und greift zu meiner Hand.

Ich greife neben das Bett und hole einen weiteren Eiswürfel, um ihn in ihrer Pussy zu versenken. Phebey stöhnt laut auf. Ich krieche zwischen ihre Beine und lecke das Wasser aus ihrer nassen Pussy. Phebey winkelt ihre Beine an und ich schiebe meine Hände unter ihren Po, während ich lecke, lutsche und sauge. Meine Hände wandern über ihren Bauch zu den Brüsten mit ihren harten Nippeln.

»Hol noch einen Eiswürfel, mein Hase und dann nimm mich, wenn du ihn reingesteckt hast ...«, haucht sie.

»Du willst, dass ich dir den Eiswürfel in deine Pussy ficke?«, frage ich etwas ungläubig.

»Ja ... bitte ...«, fleht sie.

Ich hole einen Eiswürfel und drücke ihn etwas in ihre nasse Lustgrotte. Dann stoße ich ihn mit meinem Schwanz so tief es geht in ihre Pussy hinein. Phebey legt ihre Hände auf meinen Po und zieht mich so weit es geht an sich.

»Das ist ein geiles Gefühl mein süßer Hase ... mach weiter«, flüstert sie, während ich sie langsam ficke.

»Süße geile Maus ...«, stöhne ich in ihr Ohr.

»Mein süßer geiler Hase ...« , kommt es von ihr zurück.

»Du bist so geil Süße.«

Ich vergrabe mein Gesicht in ihren blonden Haaren und übersähe ihren Hals mit Küssen, wobei sich meine Hände in ihren langen Haaren verfangen.

Ich ficke sie immer weiter und spüre auf einmal eine eisige Kälte auf meinem Rücken.

Phebey grinst mich an.

»Na, wie fühlt sich das an?«

Sie hatte doch glatt einen Eiswürfel vom Boden geholt und ihn auf meinen Rücken gelegt. Es ist kalt, aber da ich sehr erregt bin, ist das Gefühl einfach nur geil.

»Ziemlich geil, Maus«, stöhne ich und gebe Phebey einen Zungenkuss.

Du wirst schon sehen, was du davon hast, denke ich und ficke sie, so hart ich nur kann.

»Süüüüßer ... mmhmhmm«, stöhnt sie und verschränkt ihre Beine auf meinem Po.

»Mhmmm jaaa ...«

»Süße, ich liebe dich«, flüstere ich.

Phebey zieht mich mit ihren Beinen noch fester zu sich. Kurz bevor ich komme, lässt sie mich los. Ich ziehe meinen Schwanz aus ihrer Pussy und Phebey dreht sich auf den Bauch, so dass ich sie von hinten nehmen kann. Sie dreht ihr Gesicht zu mir und hält mir ihren Po hin, voller Erwartung, dass ich weitermache. Ich stoße meinen Schwanz in ihre nasse Pussy und dringe tief in sie ein. Ihre Pobacken klatschen auf mein Becken, während ich sie immer heftiger ficke. Phebey stöhnt und drückt ihr Gesicht aufs Kopfkissen.

»Mmhmm Süßer, ich komme gleich ... mach weiter ... bitteee«, fleht sie.

Ich vergrabe meine Hände in ihren Oberschenkeln und ziehe sie noch stärker an mich.

»Ohhhh, mhm jaaaa ...«

Ich stoße mit meinem Schwanz noch einmal hart zu, als ich komme. Phebey legt sich erschöpft auf die Seite. Ich kuschele mich an ihren heißen, verschwitzten Körper und gebe ihr einen Kuss. Es dauert nicht lange und ich schlafe ein. Ich träume von Katharina, die ich früher in der Diskothek kennenlernte. Schon beim ersten Mal, als sie mir über den Weg lief, wusste ich, dass sie eine meiner nächsten Liebschaften werden würde. Ich wollte sie, ich konnte an nichts anderes mehr denken. Die schwarzhaarige Schönheit hatte mir den Kopf verdreht.

Die Heimfahrt

Ich war mal wieder mit ein paar Freunden in der Disco. An jenem Abend waren Christoph und Stefan dabei. Wir wollten wieder neue Frauen kennenlernen. Nach dem ersten Rundgang dauerte es keine zwei Minuten, da hatten Christoph und Stefan bereits zwei Mädchen angesprochen, die an der Bar standen.

Das konnte es doch nicht sein, dachte ich mir und irrte etwas verwirrt auf der Tanzfläche herum, um nicht das fünfte Rad am Wagen zu sein.

Na gut, das Mädchen, das ich schon längere Zeit beobachtete und sehr süß fand, ist heute auch hier.

Ich erzählte Stefan davon. Er war jemand, den ich erst vor kurzem kennengelernt hatte und von dem ich wusste, dass er in der Disco wirklich jeden kannte. Stefan versuchte mir gut zuzureden, aber das half alles nichts. Ich konnte mich an diesem Abend nicht überwinden. Also beschlossen wir gemeinsam hinzugehen und er stellte mich ihr vor. Sie sah nicht nur total süß aus, sondern war auch eine ganz Liebe! Sie brauchte eine halbe Stunde dazu, um mir zu gestehen, dass sie wohl gar nichts für mich übrig hatte. Voher machte sie mir sogar erst Komplimente wegen meines jugendlichen Aussehens. Aber vielleicht lag auch hier genau das Problem. Sie war 19 und machte eine Ausbildung zur Krankenschwester in meiner Nähe. Ich musterte sie noch einmal von Nahem: Blonde, schulterlange Haare, richtig blaue Augen und dieses komische Kopftuch. Da war es wieder! Damals war es halt modern.

Tja, die zweite Enttäuschung an diesem Abend. Es lief wirklich nicht gut für mich. Während sich meine Freunde und deren Eroberungen zusammen amüsierten – ich musste daran denken, dass ich die Herrschaften auch noch nach Hause bringen musste – schwitzte ich meine Aggressionen beim Tanzen aus. Ab und zu kamen Stefan und Christoph zum Tanzen, aber ich ließ mich nicht stören und genoss die Party. Ich hatte mir fast die Seele aus dem Leib geschrien, aber das war mir so etwas von egal, denn irgendwo wollte ich an diesem Abend noch meinen Spaß haben. Mittlerweile war es vier Uhr morgens und ich musste um sieben Uhr schon wieder arbeiten.

Christoph erzählte mir, dass wir seine neue Bekannte nicht mitnehmen brauchten, aber dass eine Freundin dieser Bekannten noch eine Mitfahrgelegenheit suchte. Sie kam aus meiner Nähe und so sagte ich zu, ohne zu wissen, was mich erwartete. Ich hatte sie gar nicht bemerkt. Sie war sehr zurückhaltend und sagte kaum etwas. Ich musste jedoch feststellen, dass sie ganz nett aussah. Irgendwie konnte ich mir das Grinsen nicht verkneifen.

Eine halbe Stunde können wir wohl noch bleiben, dachte ich, während die anderen schon drängelten, weil sie nach Hause wollten. *Da hatten sie die Rechnung jedoch ohne den Fahrer gemacht – und der war dieses Mal ich.*

Nach einiger Zeit taten mir doch die Füße weh und ich beschloss, es wäre wohl besser zu fahren. Zuerst brachte ich die neue »Freundin« von Stefan nach Hause und danach Stefan und Christoph. Dann setzte sich das schüchterne Mädchen nach vorne, von dem ich nur wusste, dass sie Katharina hieß.

Wir kamen ein bisschen ins Gespräch und unterhielten uns über Hobbys und Leute aus dem Ort, die ich auch kannte. Völlig unerwartet bekam ich noch zu hören: »Sag mal, das ist ja der Wahnsinn, wie du getanzt hast. Wie kann man nur so lange tanzen?«

»Es gibt Sachen, die kann ich noch länger – und das auch nach dem Tanzen«, rutschte es mit heraus.

Oh man, was hatte ich da gerade gesagt?!

Ich wurde rot.

»Das will ich sehen. Du könntest es mal mit ein paar guten Küssen versuchen«, hauchte sie mir ins Ohr.

»Okay«, sagte ich ganz ruhig und nahm die nächste Abfahrt von der Bundesstraße in einen kleinen Feldweg.

Das Blut wich ihr aus dem Gesicht und sie wurde total blass. Hatte sie wirklich gedacht, ich nähme diese Herausforderung nicht an?

»Wenn du mich herausforderst, musst du auch mit den Konsequenzen leben«, triumphierte ich.

Ich hielt an und stellte den Motor aus. Sie schaute zu mir herüber. Ihre grünen Augen starrten mich an und warteten gespannt.

»Würde ich wohl gleich eine Ohrfeige bekommen, wenn ich sie küsse?«, überlegte ich.

Ich beugte mich zu ihr herüber und gab ihr vorsichtig einen Kuss. Das reichte schon aus, um Katharinas Lust zu wecken. Der zweite Kuss folgte zugleich, dieses Mal spielten unsere Zungenspitzen bereits miteinander. Ich roch ihr süßes Parfüm und sog es mit der Nase ein. Ich zog sie noch weiter zu mir und wir küssten einander.

»Moment mal«, stoppte sie, drehte die Lehne herunter und schob den Sitz nach hinten.

Ich kletterte langsam auf die Beifahrerseite und küsste sie weiter.

»Jetzt will ich es aber wissen«, flüsterte Katharina, »jetzt gibt es kein Zurück mehr!«

»Ich will auch gar nicht zurück«, entgegnete ich ihr und gab ihr einen Kuss.

Ich zog ihr Top hoch, den BH zur Seite und erblickte ihre großen Brüste. Die großen Knospen waren vor Erregung hart und ich ließ es mir nicht entgehen, sie mit meiner Zunge zu lecken. Katharina zog meine Jeans herunter und massierte meinen Schwanz. Ich öffnete den Knopf ihre schwarzen Stoffhose und sie drückte sich hoch, damit ich ihre Sachen ausziehen konnte. Leider war es alles recht eng. Nach kurzer Überlegung massierten meine Finger ihre nasse Pussy. Ich hätte sie wirklich gerne geleckt aber der Platz dafür reichte nicht aus. Mittlerweile hatte ihre Hand auch meinen Schwanz ganz ausgepackt und wichste ihn richtig hart. Dann drückte sie meinen Po herunter und ließ meinen Schwanz auf ihren feuchten Schlitz landen.

»Nimm mich jetzt, ich hab schon lange genug gewartet«, zischte sie mir erregt ins Gesicht.

Das ließ ich mir nicht zweimal sagen und setzte meinen Phallus auf ihre Lustgrotte. Er fand seinen Weg ohne Probleme in die Tiefe. Katharina gab mir einen harten Klaps auf meinen Po.

»Los jetzt«, feuerte mich die temperamentvolle Schwarzhaarige an, bevor sie mir auf die Unterlippe biss.

Du geiles Biest, dachte ich nur und stieß so hart zu, wie ich nur konnte.

»Raaaarrr, mmmhm, du gefällst mir«, stöhnte sie und gab danach laut ihre Zufriedenheit von sich. Ich biss ihr sanft in ihren Hals, während ich immer wieder zustieß.

Katharinas Schreie wurden lauter und ich versuchte mit meinen Fingern nebenbei ihren Kitzler zu massieren. Doch Katharina hatte ihre Finger ebenfalls dort. Doch anstatt sie mich lies, kratzte sie mir mit den anderen Fingern auf dem Rücken entlang. Katharina bekam es dadurch nur noch härter zu spüren. Es dauerte nicht lange und ich kam schon. Ich suchte ihre Nähe, während Katharinas Stöhnen langsam verebbte. Sie fuhr mir mit den Händen durch die Haare.

»Was hast du nur mit mir gemacht? Aber ein sehr netter Quickie«, ließ sie noch von sich.

Nach einer ganzen Weile zogen wir uns wieder an.

»Aber du solltest mich jetzt schon nach Hause bringen! Sonst merken meine Eltern noch, dass ich erst heute morgen nach Hause gekommen bin.«

»Okay, was meinst du, willst du mich mal besuchen kommen?«, fragte ich, weil ich mich wirklich für sie interessierte.

»Mal schauen, ich möchte aber nicht, dass das gleich jeder mitbekommt. Vor allem, weil ich einen Freund habe«, sagte sie und grinste mich an.

Ich schluckte.

Das fängt ja gut an.

Katharina bemerkte wohl, dass ich etwas erschrocken schaute.

»Ich möchte dich aber schon gerne noch einmal treffen. Vielleicht einen ganzen Nachmittag, damit wir uns mal kennenlernen.«

Ich fühlte mich geschmeichelt und wollte sie selbst gerne ein zweites Mal treffen.

Ich sagte zu und wollte mich einfach überraschen lassen, ob das zweite Treffen auch so aufregend würde wie das erste.

Geheimes Treffen

Katharina und ich hatten uns für den nächsten Donnerstag verabredet. Wir verhielten uns so unauffällig wie nur möglich. Nach der Berufsschule sollte ich sie abholen. Ich hatte mir die ganze Situation noch einmal überlegt. Mein Entschluss stand fest: Ich wollte sie nicht nur einmal. Meine Hoffnung war, dass sie sich in mich verliebte und die Beziehung mit ihrem Freund beenden würde. Sie war wirklich bezaubernd und der Quickie mit ihr hatte gereicht, um mir den Kopf zu verdrehen. In der Nacht vor dem Treffen war ich so aufgeregt, dass ich kaum schlafen konnte. Ich holte Katharina am Donnerstag nach der 6. Stunde ab. Es lief zum Glück alles sehr glatt. Sie kam gerade aus der Schule, als ich auf den Parkplatz fuhr. Katharina stieg ein und ich fuhr gleich weiter, um Begegnungen mit bekannten Personen zu vermeiden. Als wir vor der ersten Ampel standen, schaute sie mich an und sagte:

»Man ist das geil. Das ist alles geheim und ich musste echt jedem was anderes erzählen. Aber es ist auf jeden Fall ein tolles Erlebnis. Hoffentlich fliegt nichts auf!«

Sie grinste.

»Hoffentlich!«, stimmte ich zu.

Hoffentlich ist es nicht nur ein Erlebnis für dich, dachte ich bei mir.

Auf der Fahrt erzählte sie mir noch ein paar Einzelheiten. Zu Hause angekommen, schob ich uns erst einmal etwas zu essen in den Backofen. Katharina zog ihre Jacke aus und ich schaltete das Radio ein.

»Ziemlich viele CDs hast du«, warf sie in den Raum.

»Tja, ab und zu bin ich auch mal unterwegs. Dann braucht mal aktuelle CDs«, sagte ich und schaute nach etwas aktuellem.

Nachdem ich eine CD eingelegt hatte, kam sie zu mir und ich zeigte ihr ein paar Dinge von der Musikanlage. Dann ging sie zum Fenster und lehnte sich an die Heizung.

Nicht schon wieder, warum stellen sich alle Mädchen ans Fenster und lehnen sich an meine Heizung?

Katharina blieb doch sehr distanziert. Ich begab mich ebenfalls zum Fenster und beugte mich nach vorne zu ihrem Gesicht. Sie schaute mich erwartungsvoll an.

Gut, warum nicht. Dann beginne ich heute wieder.

Ich küsste sie sanft auf ihre Lippen. Das reichte aus, um Katharina aus dem Dornröschenschlaf zu erwecken. Sie zog mich an sich und küsste mich. Es war wie beim ersten Mal. Ich legte meine Arme um sie und sie lächelte mich an.

»Das ist ein Traum!«

»Das glaube ich aber auch«, sagte ich und erzählte ihr, dass ich kaum geschlafen hatte.

»Nicht nur du. Ich war auch so aufgeregt«, meinte sie und gab mir einen Kuss.

Irgendwie konnte das keiner von uns so richtig fassen. Da standen wir nun, waren anscheinend über beide Ohren verliebt und niemand von uns hatte sich ein paar Tage eher getraut etwas zu sagen.

»Ich hatte dich schon abgeschrieben und nun passiert das im Auto ...«, flüsterte sie mir ins Ohr.

»Du hast echt süße Augen«, sagte sie.

»Du auch«, meinte ich und blickte in ihre strahlend blauen

Augen, die mich neugierig musterten.

Sie kann ja richtig niedlich sein, dachte ich und küsste ihre Nasenspitze.

Sie gab mir einen Zungenkuss. Als unsere Pizza fertig war, mussten wir uns zwangsläufig trennen. Katharina hielt jedoch weiter meine Hand, bis wir unsere Teller in den Händen hielten und zum Esstisch gingen. Wir aßen und erzählten dabei. Ich blickte immer wieder in ihre strahlenden Augen. Katharina hatte es also ebenfalls erwischt. Dann brauchte ich mir über das Problem mit ihrem »Freund« keine Sorgen mehr machen. Nach dem Essen gingen wir zu meinem großen Sofa und machten es uns dort gemütlich. Katharina lag auf mir und verwöhnte mich mit ihren Küssen, die nicht nur meine Zunge zum Glühen brachte.

»Du bist so süß ...«, brachte sie wieder heraus.

»Meinst du wirklich?«, fragte ich und schaute sie schräg an.

»Ja!«, kam es kurz und entschlossen zurück.

Ich begann beim Küssen damit, ihr langsam den Pulli auszuziehen.

»Ich will dich«, flüsterte ich ihr ins Ohr.

»Ich dich auch, deine Küsse machen mich immer so geil«, sagte sie zart und schaute mich lächelnd an.

Sie zog mir das Sweatshirt über den Kopf. Ich schob mein Bein noch näher zu ihrer Vulva, um sie zu massieren.

»Ich glaube das immer noch nicht. Das muss ein Traum sein! Kneif mich«, forderte sie mich auf.

Aber ich tat es nicht. Stattdessen gab ich ihr einen weiteren Zungenkuss und machte mich an ihrem BH zu schaffen. Die Träger von ihrem BH glitten langsam über ihre Arme. Katharina zog mir unterdessen meine Hose aus.

Ich betrachtete sie dabei. Sie war einfach umwerfend. Vor allem, wenn sie lächelte, brachte sie mich fast um den Verstand. Währen ich ihre großen Brüste liebkoste, streifte ich ihre schwarze Hose herunter. Ich konnte ihr Lächeln spüren, zog sie noch näher an mich und massierte sie mit meinem Bein. Katharina fing an zu stöhnen.

Zumindest nahm ich das dort erst wahr. Ich griff mit zwei Fingern unter ihr Höschen und zog es sanft hoch. Ihr Stöhnen wurde lauter. Ihre langen, schwarzen Haare fielen ihr wieder ins Gesicht und sie fuhr mit ihrer Hand langsam in meine Boxershorts, um sie etwas herunterzuziehen und meinen Schwanz zu massieren. Ich zog ihr das Höschen herunter und begann ihre nasse Vulva zu fingern. Wir hatten uns allmählich von unseren ganzen Kleidungsstücken getrennt und Katharina lag auf mir. Sie massierte meinen Schwanz mit ihrem Venushügel. Ich fingerte sie weiter und ließ meinen Schwanz in ihre Pussy gleiten. Katharina stöhnte und begann mich zu reiten. Wir küssten uns innig und ich kam wenig später schon das erste Mal. Katharina ritt mich weiter, bis mein Schwanz aus ihrer Lustgrotte glitt. Ich hielt Katharina im Arm und hatte wohl mitbekommen, dass sie zwischendurch gekommen sein musste, denn ihr Stöhnen wurde leiser und ihre Küsse waren nicht mehr so fordernd.

»Oh man, das glaub ich nicht. Ich hatte gedacht, wir bleiben heute artig und jetzt liegen wir hier und hatten schon wieder Sex!« Ich war etwas geschockt.

»Wie? Ich dachte, dass war klar, dass es bei unserem geheimen Treffen darum gehen würde? Sonst hätte ich nicht gleich angefangen.«

»Wie, war das etwa alles geplant?«, fragte sie jetzt auch schockiert. »Wenn ja, hast du das ja gut hinbekommen. Du hast mich ganz schön geschafft.«

»Ja, das war schon so geplant«, gab ich zögerlich bekannt.

»Aha, dafür war das aber wieder richtig guter Sex«, flüsterte sie und lächelte.

»Dem kann ich mich nur anschließen«, meinte ich und küsste sie wieder.

Ich drückte sie fest an mich und rieb meinen Schwanz an ihr, der schon wieder hart wurde.

»Ich möchte, dass du mich reitest«, sagte ich ihr.

Sie schaute mich an. »Magst du das gerne?«

»Mhm ja, das gefällt mir ganz besonders!«

Sie setzte sich auf meinen Schwanz und massierte ihn. Nach kurzer Zeit rutschte mein Phallus in ihre feuchte Pussy. Ich griff ihr ans Becken und ließ meine Hände langsam nach oben gleiten, um während ihres Ritts die Brüste zu massieren. Mein Schwanz rutschte aber wieder heraus.

»Uups.«

Sie lächelte wieder in ihrer süßen Art und Weise.

»Ist wohl doch noch nicht bereit, dein Schwanz?«

Sie legte sich auf die Seite und streichelte meinen Rücken.

»Ich hab dich lieb!«

»Ich dich auch. Du bist echt so süß«, flüsterte ich wie angetrunken.

Sie war so betörend. Wir gaben uns erneut einige Zungenküsse. Dann probierten wir es ein weiteres Mal. Katharina legte sich auf den Rücken. Dieses Mal war ich oben und mein Schwanz tauchte in ihre feuchte Lustgrotte ein.

»Du bist wohl unersättlich«, sagte sie lächelnd, denn das

gefiel ihr besonders an mir.

»Du hast mich doch schon total fertiggemacht ...«

Ich stieß noch ein paar Mal zu und ich spürte, dass ich bald schon wieder kommen würde. Die Berührungen waren sehr intensiv und die Enge ihrer Pussy brachte mich zum Orgasmus. Ich ließ mich langsam fallen und kuschelte mich an sie.

»Es war echt schön, Süße!«

»Wir sollten das öfters machen«, stimmte Katharina zu.

Gesagt, getan. Am nächsten Tag bekam ich eine Nachricht von Katharina:

»Habe mit meinem Freund Schluss gemacht. Wann kann ich dich wiedersehen? Ich halte es kaum aus ohne dich!«

Wir trafen uns noch am gleichen Tag bei mir. Dieses Mal ganz offiziell. Wir waren seit dem Tag zusammen und verbrachten fast jeden Tag miteinander. Über Katharina lernte ich auch Tanja, eine Freundin, kennen. Wir trafen uns ab und zu Mal bei ihr, weil Tanja zwischen uns wohnte. Da sie kurze Zeit später Geburtstag hatte, wurden wir gemeinsam zu ihrer Feier eingeladen.

Partytrip

Tanja feierte zusammen mit ihrer Freundin Nadine den Geburtstag. Da ich noch arbeiten musste, trafen wir uns bei dem Haus von Tanjas Eltern und Katharina holte uns dort ab. Katharina gab mir zur Begrüßung einen Kuss und wir fuhren weiter zur Hütte in den Wald. Auf dem

Hinweg zur Party sagte mir Kathi, dass ich diese Nacht nicht bei ihr schlafen könnte. Das war eigentlich anders geplant, aber wir konnten es nicht ändern. Begeistert waren wir von der Entscheidung nicht. Ihre Mutter hatte sie gebeten am nächsten Tag bei der Hausarbeit zu helfen. Auf der Party verging die Zeit sehr schnell. Wir redeten mit ein paar Bekannten und irgendwann zog mich Katharina zur Seite und gestand mir ihre Liebe. Dies überraschte mich, denn ich hatte wohl gemerkt, dass es bis jetzt das Schönste war, was mir passiert war und das wir gut zueinander passten. Jetzt war es keine Affäre mehr. Wir waren nun offiziell zusammen. Ich umarmte sie und gab ihr einen langen Kuss. Endlich hatte die Ungewissheit ein Ende. Katharina wollte das gleich feiern, zog mich von den ganzen Leuten weg und fing bereits damit an, mir mein T-Shirt aus der Hose zu ziehen.

»Nicht hier«, flüsterte ich. »die ganzen Leute!«

»Ich bin total geil auf dich. Ich will dich jetzt, wenn ich schon nicht mit zu dir kann«, flüsterte sie so leise, dass nur ich es hören konnte.

»Oh ja, das merk ich«, meinte ich nur. »Aber doch nicht hier!«

Sie zog mich hinter sich her und wir machten uns auf den Weg zu meinem Auto. Dort angekommen schloss ich den Wagen auf.

»Lust auf ein Abenteuer?«, fragte Kathi und zwinkerte mir zu. Sie hatte bereits auf dem Beifahrersitz Platz genommen und zog mich zu sich hinunter.

»Hier?«, fragte ich.

»Mhhmmm … jaaaa«, antwortete sie.

Der ganze Platz war beleuchtet und einige der Gäste standen draußen und rauchten ihre Zigaretten.

»Du spinnst, doch nicht hier?!«, brachte ich nur nervös heraus.

Was ist, wenn sie das ernst meinte?

»Wenn du schon nicht bei mir schläfst, will ich dich wenigstens jetzt«, forderte sie mit Nachdruck.

»Aber doch nicht hier, Süße«, sagte ich und schaute mich nervös um.

»Dann lass uns eine Spazierfahrt machen!«

»Okay«, stimmte ich zu. Ich stieg ebenfalls in den Wagen und wir fuhren los. Kurze Zeit später standen wir auf einer Kreuzung. Wir waren mitten im Wald und der Weg geradeaus sah noch weniger befestigt aus.

»Geradeaus«, meinte Katharina. Ich befolgte ihre Anweisung und folgte dem Waldweg. Ein paar hundert Meter weiter parkte ich den Wagen auf einem kleinen Parkplatz. Ich beugte mich zu ihr rüber und küsste sie. Kathi drehte die Lehne zurück und ich kroch zu ihr rüber.

»Ist alles ein bisschen eng, oder?«, fragte ich Katharina.

»Ja, schon.«

»Lass uns nach hinten«, schlug ich vor und begann zwischen den Sitzen hindurch nach hinten zu klettern. Kathi kam hinterher und küsste mich fordernd. Ich öffnete ihre Hose und zog ihr Oberteil aus. Danach folgte der BH. Ich küsste ihren Hals und spielte mit meiner Zunge an ihren Knospen. Der Versuch, ihre Hose auszuziehen, war etwas schwierig. Irgendwann gelang es mir doch und Katharina kümmerte sich darum, mir mein Sweatshirt und das T-Shirt auszuziehen. In diesem Moment kam ein Auto aus der

Stadt mit Fernlicht. Ich hatte natürlich so geparkt, dass es genau ins Auto schien.

»Da hab ich ja echt gut geparkt, wir hätten wohl lieber weiterfahren sollen!«

»Wieso, ich finde es geil«, kommentierte Kathi die Situation.

Katharina zog meine Hose und den Slip aus, während ich ihr Höschen herunterzog. Alles ging etwas schneller als sonst und ich bemerkte, dass Katharina es kaum erwarten konnte. Sie setzte sich auf die Rückbank und schob ihre Beine über meine. Dann massierte sie meinen Schwanz und ich zog sie noch näher zu mir, damit ich überhaupt in sie eindringen konnte. Inzwischen kam wieder ein Auto aus der Stadt, erneut mit Fernlicht. Im ganzen Auto war es taghell. Ich begann Kathi zu fingern, während sie immer noch meinen Phallus wichste. Das machte mich richtig geil. Sie schob meinen Schwanz in ihre feuchte Lustgrotte und ich zog sie zu mir, um garantiert in ihr zu sein.

Kathi hielt sich an der Lehne fest und ließ sich langsam auf die Rückbank ab, während ich zustieß. Ihre Lustgrotte nahm meinen Schwanz ganz und ich nahm sie immer schneller und härter. Das war so erregend, dass ich spürte, ich würde bald kommen.

»Nicht so schnell, Süße, sonst komme ich schon. Das möchtest du doch nicht, oder?«

»Nein, noch nicht«, stöhnte sie. Wieder ein heller Lichtkegel, der mich erkennen ließ, wie geil Katharina wirklich war. Ihre Brustwarzen waren vor Erregung hart.

Ich stieß etwas langsamer zu, konnte mich jedoch nicht lange zurückhalten. Ich merkte, wie es in meinem Schwanz pulsierte und ich in ihr kam. Völlig außer Atem küsste Kathi mich. Sie blickte mich an und grinste zufrieden.

»War doch geil, oder?«

»Oh ja«, stimmte ich zu. Das nächste Auto kam aus der Stadt und die Scheinwerfer erhellten den Wald.

»Lass uns lieber zurück,« sagte Kathi »sonst vermissen die uns noch!«

Wir zogen uns wieder an und fuhren zurück. Ich parkte das Auto am Anfang des Parkplatzes, um nicht aufzufallen. Auf dem Weg zur Party kamen uns Tanja und ihr Freund entgegen.

Tanja schaute uns an, grinste nur und meinte: »Ihr habt gefickt!«

Katharina und ich schauten uns an und grinsten.

War das so offensichtlich?

In der Hütte hatte uns zum Glück niemand vermisst. Mein Blick blieb immer wieder am zweiten Geburtstagskind Nadine hängen. Ich musterte sie intensiv, während wir an der Bar standen und etwas tranken. Katharina ertappte mich bei meinen Beobachtungen und sprach mich gleich darauf an.

»Na, gefällt dir Nadine?«

Ihr Grinsen auf dem Gesicht verriet alles. Ich wusste, dass Katharina eine leichte Bi-Neigung hatte. Über das Thema hatten wir schon ein paar Mal gesprochen.

»Sie ist ganz süß, ja. Aber nicht so wie du ...«, schob ich gleich hinterher und gab ihr einen Zungenkuss.

»Wer weiß, vielleicht könnten wir mit ihr ja mal ein Dreier haben. Ich bring das mit in Erfahrung, mein Süßer.«

In den nächsten zwei Wochen sprachen wir nicht mehr

über das Thema. Jedoch unternahmen wir hin und wieder etwas mit Nadine und Tanja.

Abenteuer zu dritt

An einem Freitagabend wollten Katharina und ich in die Disco. Meine Freundin bat mich, Nadine und Tanja sowie eine weitere Freundin mitzunehmen. Das war für mich kein Problem, denn das Auto war groß genug und es lag alles auf dem Weg.

Katharina war schon am späten Nachmittag zu mir gefahren und wir beschlossen etwas eher als sonst aufzubrechen. Zuerst fuhren wir zu Nadine und Tanja. Wir standen vor der Haustür und Katharina klingelte. Der Bruder öffnete.

»Hi, wir wollten zu Nadine.«

Er konnte gar nicht alle Worte gehört haben, denn er rannte ganz schnell die Treppe hoch und brüllte nur: »Nadine, komm mal runter, Besuch für dich!«

Draußen war es kalt und von drinnen strömte uns die warme Luft entgegen. Nadine kam die Treppe herunter. Sie hatte eine dunkle Stoffhose an und ein rosafarbenes Top. Ich riss mich mächtig zusammen, nicht rot zu werden. Sie hatte sich so schick gemacht, dass mir der Atem stockte.

Auf der Geburtstagsparty hatte sie sich nicht so gestylt, dachte ich.

Ich war sehr in Katharina verliebt aber Nadine fand ich dennoch hübsch. Nadine trug nichts unter dem Top, denn ihre Nippel standen bei der einströmenden Kälte nach vorne ab und drückten sich sehr ersichtlich durch den Stoff. Jetzt musste ich doch etwas grinsen. Nadine war glücklicherweise bereits auf der Treppe und wir folgten ihr. Ich hatte nun ausgerechnet ihren süßen Hintern vor mir, der mich davon träumen ließ, wie es wohl wäre, diesen nackt vor mir zu haben. Sie führte uns in ihr Zimmer.

»Ich hol gerade noch Tanja, die ist nebenan.«

Kathi schaute mich an und gab mir einen Zungenkuss. Nadine und Tanja kamen herein. Nachdem alle ihre Sachen zusammen hatten, fuhren wir weiter zu Stefanie. Von dort aus ging es in die Disco. Leider mussten wir feststellen, dass dort an diesem Abend nicht viel los war. Wir saßen einige Zeit an der Bar und kamen auf meine Internetseite zu sprechen, denn Tanja und Nadine hatten noch eine Frage zu unserer Geschichte.

Nadine meinte nur: »Kannst du mir erklären, warum du das Höschen hochziehst? Ich dachte, das zieht man aus.«

Ich musste grinsen.

Tja, Nadine, das könnten wir ja gerne mal ausprobieren.

Ich schaute Kathi an und wir mussten beide grinsen.

»Ist das nicht klar, was dadurch passiert? Könnt ihr euch das nicht vorstellen?«

»Also ich weiß auch nicht, warum man das hochziehen sollte ...«, warf Stefanie dazwischen.

Es dauerte ungefähr eine Viertelstunde, um zu klären, was passierte, wenn man den Stoff durch die Vulva zog. Das empfand Stefanie einleuchtend genug.

»Dann darfst du bei mir auch mal das Höschen hochziehen«, sagte sie amüsiert und grinste.

Da so wenig Besucher in der Disco waren, beschlossen wir

nach Hause zu fahren. Auf dem Weg hielten wir an, um noch etwas zu essen. Zuerst setzte ich Katharina ab, danach brachte ich Stefanie nach Hause. Nadine setzte sich auf die Beifahrerseite und ich versuchte, ein Gespräch anzuzetteln. Nachdem wir ein paar Themen angeschnitten hatten, landeten wir wieder bei meiner Internetseite.

Ich fragte sie, was sie davon halten würde, wenn ich über sie eine solche Geschichte schreiben würde. Wir standen gerade an der roten Ampel und ich konnte ihre Reaktion genau sehen. Sie riss zuerst ihre süßen Augen auf und ihr Gesicht wurde knallrot. Und das lag nicht an dem roten Licht der Ampel.

»Und du meinst, wir verwirklichen die Geschichte dann? Aber du bist doch mit Kathi ... Oder soll das auch so ein geheimes Treffen werden … ?«

»Nein, das mach ich nicht. Es wird nicht geheim sein. Ich werde Kathi auch nicht hintergehen ... Sie wird dabei sein. Das ist die einzige Bedingung!«

Mittlerweile standen wir vor der Haustür. Nadine sah sehr schockiert aus.

War ich wohl ein bisschen zu weit gegangen? Ich würde Kathi nicht betrügen. Auch wenn Nadine süß war. Katharina wollte ich nicht verlieren.

»Ich weiß noch nicht«, sagte Nadine etwas zurückhaltend.

»Ich muss erst einmal Kathi fragen«, sagte ich.

Wir verabschiedeten uns und beließen es dabei. Am nächsten Tag sprach ich mit Kathi. Sie fand es zwar nicht so toll, dass die Initiative von mir ausging, aber sie war nicht abgeneigt. So machten wir aus, dass ich sie am Montag von der Schule abholen und wir Nadine mitnehmen würden –

wenn sie einverstanden wäre.

Die Überraschung für Nadine war am Montag ziemlich groß und ich glaubte schon, dass sie wusste, was wir vorhatten. Wir waren bei mir zu Hause und Nadine brachte kaum ein Wort heraus. Katharina und ich standen da und umarmten uns. Ich schaute Kathi in die Augen. Ihre blauen Augen waren wie immer überwältigend und dieser süßer Blick zusammen mit dem Lächeln ließen mein Herz rasen. Ich küsste ihre sanften Lippen und sie forderte mich mit ihrer Zunge heraus. Nadine saß auf dem Sofa und beobachtete uns.

»Kathi-Maus«, flüsterte ich ihr ins Ohr, »soll ich mich mal um Nadine kümmern?«

»Ja«, stimmte sie leise zu.

Kathi setzte sich zu Nadine auf das Sofa. Ich lehnte mich über Nadine.

»Nein, nein, nein ...«, protestierte sie, als ich mich grinsend ihren Lippen näherte.

»Doch ...«, grinste ich.

Dann küsste ich ihre vollen Lippen. Langsam kniete ich mich auf das Sofa nieder und spielte beim Küssen mit ihren Lippen. Es dauerte etwas, bis daraus ein richtiger Zungenkuss wurde. Ich griff mit einer Hand unter ihren Pulli und streichelte ihre kleinen Brüste. Katharina zog mir inzwischen mein Sweatshirt und das T-Shirt über den Kopf. Ich nahm Nadine in meine Arme und streifte ihr den Pulli ab. Sie hatte nur ein Hemd darunter, schaute Katharina an und gab ihr einen fordernden Zungenkuss, mit dem keiner von uns so gerechnet hatte. Ich stieg vom Sofa, öffnete die Jeans von Nadine und zog sie aus. Jetzt lag sie nur noch in

Hemd und Höschen da. Kathi löste sich aus ihrer Umarmung und kam zu mir herüber. Sie verdrehte ihre Augen, wobei ich mir das Grinsen kaum verkneifen konnte, weil es sehr süß aussah. Ihr Blick sprach Bände und sie brauchte dazu gar keine lange Erklärung abzugeben.

»Wow«, brachte sie nur heraus.

Ungeduldig stieß sie mir ihre Zunge in den Mund und öffnete den Knopf und den Reißverschluss meiner Jeans. Ich schloss die Augen und bemerkte, wie Kathi von meinem Mund abließ und sich mit ihren Händen an meinem Slip vergriff. Es dauerte nicht lange, da spürte ich ein paar andere Lippen auf den meinen. Das musste Nadine sein, die jetzt sich mit ihrer fordernden Zunge in meinen Hals verirrte. An meinem Schwanz, der schon seit den ersten heißen Küssen zu einem Ständer gewachsen war, spürte ich ein warmes Gefühl. Kathi verwöhnte ihn mit ihrer Zunge und ihre Hand half ein bisschen nach. Nun beugte sich Nadine nach unten, während ich Kathi aus ihren Sachen half. Ich war jedes Mal wieder überrascht, wenn ich ihr den BH öffnete, was dort für große Brüste zum Vorschein kamen. Katharina zog sich ihre schwarze Stoffhose aus und ich vergriff mich an dem Hemd von Nadine, um es ihr über den Kopf zu ziehen. Ihre Nippel standen vor Erregung ab und ihre runden kleinen Apfelbrüste sahen echt sexy aus.

»Soll ich dir das mal zeigen, mit dem Höschen?«, fragte ich Nadine.

Sie schaute mich verwundert an.

Anscheinend hatte sie es schon vergessen. Ich griff unter das Bündchen und zog es nach oben. Ich hörte nur ein

»Ahh«, was sich aber eher nach einem Stöhnen anhörte. Noch einmal zog ich, dieses Mal etwas heftiger.

»Ahhh! Mmmhmm. Okay, du hast mich überzeugt«, brachte Nadine hervor.

Ihre Lustgrotte musste sehr feucht gewesen sein, denn die Ränder ihres Höschen waren ganz nass. Ich zog es herunter und es kam ein rasierter Venushügel zum Vorschein. Ich schaute zu Kathi, die ihr Höschen ebenfalls ausgezogen hatte. Ich gab ihr einen Kuss. Mein Schwanz pochte und wollte unbedingt diese süße rasierte Pussy von Nadine erkunden. Nadine umarmte und küsste mich. Ich legte meinen Schwanz auf ihren nassen Schlitz und ließ ihn langsam in ihre Pussy gleiten. Sie war ziemlich eng und Nadine stöhnte laut auf, als ich in sie eindrang. Katharina schien der Anblick doch ein wenig zu gefallen, als sie sah, dass ich heftiger zustieß. Dieses Grinsen auf ihrem Gesicht konnte nichts anderes bedeuten. Nadine war sehr eng und es dauerte nicht lange, bis ich kam. Nadine ließ aber nicht von mir ab.

Langsam erschlaffte mein Phallus. Ich ließ mich auf ihren verschwitzten Körper nieder und leckte ihre erregten Nippel. Kathi legte sich auf den Rücken.

»Und was ist mit mir?«, fragte sie, weil sie sich vernachlässigt fühlte.

»Wenn ich gleich wieder kann, darfst du mit mir machen, was du willst.«

Ich ließ meine Finger über ihren Venushügel in ihre Muschi gleiten, um sie zu fingern.

»Und ich?«, beschwerte sich Nadine.

»Knie dich hier hin«, sagte ich und deutete neben meinen

Kopf. »Ich will dich richtig lecken!«

Sie tat, was ich sagte und hockte mit ihrer Pussy genau auf meinem Gesicht. Ich ließ meine Zunge in ihrer Lustgrotte spielen. Kathi nahm meinen Schwanz in die Hand und wichste ihn, bis er hart war. Dann ließ sie ihn bis zum Äußersten in ihre weiche Lustgrotte gleiten. Ich hätte am liebsten laut aufgestöhnt, so wie Katharina mich wieder ritt, aber Nadine saß auf meinem Gesicht. So genoss ich es ihre kleinen Brüste zu massieren und ihre nasse Pussy zu lecken. Ich spürte plötzlich noch zwei weitere Hände an Nadines Brüsten und schloss daraus, dass es nur Kathi sein konnte, denn Nadine stützte sich auf dem Sofa ab. Ihre Haare fielen nach vorne, als sie mich dabei beobachtete, wie ich ihren Kitzler massierte und sie leckte.

Katharinas Hände verschwanden wieder und einen Augenblick später ritt sie mich so hart, dass ich es nicht mehr schaffte, Nadine zu lecken. Ich konnte nur noch laut stöhnen und Kathi ließ mich nicht zur Ruhe kommen. Nadine kniete noch über mir und wartete gespannt darauf, wie es weitergehen würde. Kurze Zeit später kam ich laut stöhnend und Kathi war zufrieden, weil sie ihre Revanche bekommen hatte. Kathi und Nadine legten sich neben mich. Sie schienen beide etwas erschöpft und so kuschelten wir zusammen.

Irgendwann verirrten sich unsere Hände an den intimen Körperstellen der anderen und es dauerte nicht lange, da begann unser Spiel erneut.

In der darauffolgenden Woche sprachen Kathi und ich häufiger über das Vorkommnis. Wir fragten Nadine nach einem weiteren Treffen aber sie meinte, es wäre besser, wenn es bei einem einmaligen Erlebnis blieb. Später erzählte sie mir, dass ihr dabei nicht ganz wohl war, da Katharina und ich zusammen waren.

Da Katharina sehr aufgeschlossen war und durch unser Zusammenkommen schon zeigte, wie ihre Einstellung zu einer Beziehung ist, kam das, was kommen musste. Wir waren zusammen mit einigen Freunden in der Diskothek und der ganze Abend verlief schon etwas angespannt. Irgendwann nahm mich Kathi beiseite und wir zogen uns zurück. Noch war ich der Meinung, dass sie etwas versautes mit mir vorhatte, weil sie uns gerne in gefährliche Situationen manövrierte. Aber es kam anders.

»Ich muss dir etwas sagen«, sagte sie ziemlich kühl.

Mir lief ein Schauer über den Rücken.

»Ich kann das nicht länger mit mir herumtragen. Ich habe es heute schon Tanja erzählt und daher will ich, dass du es auch von mir erfährst. Ich bin in dieser Woche mit einem anderen im Bett gelandet.«

Ich bekam kein Wort heraus. Meinen Wunsch, sie anzubrüllen, konnte ich nicht umsetzen. Ich war einfach geschockt.

»Warum?«, brachte ich gerade noch heraus.

»Es ist einfach passiert. Ich weiß auch nicht. Dabei will ich nur dich.«

In dem Moment wurde mir jedoch klar, dass sie es immer wieder tun würde. Unsere Beziehung hatte schon so begonnen. Sie hatte ihren Freund betrogen und war dadurch mit mir zusammengekommen. Warum sollte sie es jetzt ändern?

»Es ist aus, Kathi. Ich glaube nicht, dass es bei einem Ausrutscher bleiben würde. Du kannst nicht treu sein«, sagte ich hart und emotionslos zu ihr.

Ich entfernte mich von ihr und in diesem Moment liefen die Tränen über mein Gesicht. Ich musste raus, weg von hier. Ich schritt möglichst schnell dem Ausgang entgegen, vorbei an Nadine, Tanja und Frank. Ich hörte nur ein "ooh, scheiße" von Tanja. Frank lief mir hinterher, wurde aber von Kathi überholt, die mir ebenfalls folgte.

»Bitte Don, warte. Lass uns darüber reden.«

Sie hielt mich am Arm fest.

»Worüber willst du reden? Worüber, verdammt?«, zischte ich.

»Es war nur ein Mal … Bitte.«

»Geh zu ihm und fick ihn doch noch mal«, brüllte ich im Vorraum der Discothek, was auch einige der Besucher mitbekamen.

Ich riss mich los und ging zur Kasse, um zu bezahlen. Jetzt kam mir Tanja hinterher.

»Hey, bleib doch. Lass uns was trinken und darüber reden. Ohne Kathi. Lass dir nicht den Abend kaputtmachen.«

»Tut mir leid, Tanja. Der Abend ist schon kaputt. Ich brauche meine Ruhe. Ich muss nachdenken.«

»Aber mach keinen Scheiß. Hörst du? Fahr vernünftig nach Hause. Schreib mir später ja?«

Unter Tränen fuhr ich nach Hause. Auf der Fahrt begann sich meine Liebe zu Katharina in Hass zu verwandeln. Ich verfluchte sie – und mich gleich mit. Ich hätte es wissen müssen. Der Hass auf Katharina half mir jedoch in den nächsten Tagen dabei, sie schnell aus meinem Kopf zu bekommen. Sie war es einfach nicht wert.

Tanja blieb mit mir in Kontakt. Wir schrieben uns regelmäßig und ich fuhr sogar ein paar Mal zu ihr. Das ganze war kurz vor Weihnachten. In der Weihnachtszeit verbrachte ich die Zeit bei Verwandten. Nach Weihnachten meldete sich Tanja bei mir.

Der Videoabend

An einem Freitagabend hatten Tanja und Frank einen Videoabend organisiert. Ich sollte Mareike kennenlernen, weil ich wegen der Geschichte mit Katharina immer noch etwas durch den Wind war. Tanja teilte mir die Adresse mit und meinte, dass wir uns direkt bei Mareike treffen. Es hatte natürlich noch den Vorteil, dass ich länger bleiben konnte, falls es mir gefallen würde. Erst war es doch ein wenig verkrampft, denn wir waren zu viert und Frank drängelte immer hinter Mareikes Rücken, ich solle doch endlich etwas unternehmen. Zuerst lagen wir auf einem ausgeklappten Sofa und überlegten, ob wir bei dem Wetter ein Spaziergang machen sollten. Es hatte geschneit und Mareike wohnte in einem Dorf. Es sah bei der Landschaft natürlich wunderschön aus. Daher beschlossen wir, doch einen kurzen Spaziergang zu unternehmen. Der Wind war eisig und wir kehrten nach einer halben Stunde bereits wieder zurück. Frank und Tanja machten sich auf dem Sofa breit und Mareike und ich verzogen uns ins Bett. Ich legte meinen Arm um sie und schaute, wie sie darauf reagierte. Keine Reaktion. Ich kuschelte mich an sie und wir zogen die Decke noch etwas höher. Mareike schaute sich den Film an. Frank und Tanja dagegen schauten die ganze Zeit vom Sofa herüber. Ich musste grinsen, konnte mir das Lachen aber verkneifen. Sie saßen da, wie die Hühner auf der Stange und schauten sich jede Bewegung von uns an. Zwischendurch verschwanden sie unter ihrer Decke. Irgendwann meinte Mareike nur: »Ihr könnt auch rüber gehen ins andere Zimmer, meine Schwester ist nicht da!«

Kaum war der Satz ausgesprochen, waren sie auch schon weg.

»Die müssen es ja nötig haben«, rutschte es mir raus.

»Lass sie doch«, sagte Mareike und zwinkerte mir zu. Ich gab ihr einen Kuss auf die Wange. Dann umarmte ich sie von hinten und gelangte mit meinen Händen zu ihren Brüsten, um sie zu massieren. Meine Hände wanderten zu ihrem Bauch herab, aber ihre Hände zogen die meinen wieder zurück an ihre weiche Oberweite. Ich sollte weitermachen.

»Wir haben es aber auch nötig ...«

Nach ein paar Minuten waren Tanja und Frank wieder da. Langsam ging ich Mareike unter ihre Bluse und mit meinem Bein massierte ich sie durch ihre Schenkel. Tanja und Frank bemerkten anscheinend, dass es besser wäre, zu gehen. Zwei Minuten später hatten sie sich verabschiedet und waren verschwunden. Inzwischen war der Film zu Ende und Mareike kümmerte sich um Musik. Dann kam sie wieder zu mir ins Bett. Meine Liebkosungen setzten dort an, wo wir aufgehört hatten. Ich zog ihren BH unter ihrer Bluse nach unten, um ihre Brüste genießen zu können.

Ihre Nippel waren schon hart und ich begann sie am Hals zu lecken. Mareike gab ein leises Stöhnen von sich.

»Geh mit deiner Hand auf meinen Rücken! Das macht mich immer total geil«, flüsterte sie mir ins Ohr und biss sanft hinein. Ich versuchte ihr zwischen die Beine zu gehen.

»Lass das, sonst beiße ich dich!«

»Tu es doch«, antwortete ich nur.

Langsam versuchte ich ihr unter die Bluse zu gehen, um ihren Rücken zu streicheln. Sie erschauerte.

»Das ist geil. Mach weiter«, kam es überraschend von ihr. Ich streichelte sie weiter und leckte sie sanft den Hals hinab.

»Mmhmm, warte ...«

Sie richtete sich auf und zog die Bluse aus. Danach mein Sweatshirt und das T-Shirt. Ich öffnete ihren BH und fuhr ihr dabei noch mal über den Rücken. Sie erschauerte wieder.

»Das ist so geil. Du machst mich total scharf!«

Ich griff ihr an ihre großen Brüste und leckte ihre Nippel.

»Halt. Stopp«, sagte sie.

»Was ist denn?«, fragte ich etwas verdutzt .

»Ich würde ja gern, aber das geht glaube ich nicht!«

»Warum denn?«

Sie schaute mich traurig an. »Ich habe meine Tage! Würdest du es trotzdem wollen?«

»Ja, ist das denn so schlimm?«

»Nein, ich will es ja auch! Aber dann muss ich gerade vorher noch ins Bad! Bis gleich!«

Sie stand auf und ging hinaus. Ich überlegte kurz. Das

konnte doch eigentlich nicht sein: Ich kannte das Mädel mal wieder gerade fünf Minuten und war ihrem Allerheiligsten zum Greifen nah. Der Gedanke daran machte mich aber nur noch geiler. Ich würde gleich ihre Knospen lecken und in ihre feuchte, warme Lustgrotte eindringen. Mareike kam wieder.

»Komm, lass uns auf das Sofa, da haben wir mehr Platz!«

Sie hatte ihre Hose ausgezogen und lag nur noch im Höschen da. Ich zog meine Jeans aus und legte mich zu ihr. Mareike gab mir einen Kuss.

»Na, hast du noch Lust?«

Sie fasste mir an meinen Schwanz und packte ihn aus.

»Klar«, gab ich zurück und zog ihr Höschen aus.

Ich streichelte ihr wieder den Rücken.

»Nimm mich jetzt, bevor ich es mir doch noch einmal anders überlege«, fuhr sie mich an.

Sie nahm die Beine auseinander und schaute mich fordernd an. Ich nahm meinen Schwanz und ließ ihn in ihre Lustgrotte eindringen. Mit ein paar langsamen Stößen begann ich. Mareike umarmte meinen Po mit ihren Beinen.

»Ich will es härter, Don! Los komm, nimm mich richtig!«

Ich stieß härter und tiefer zu. Aber das genügte ihr nicht. Mareike zeigte jetzt ihr wahres Gesicht.

»Mmmhmm, schneller, komm ... spiel ein bisschen Rambo! Härter! Ich will ihn richtig spüren!«

Sie zog mich mit ihren Beinen noch näher heran.

»Mmmh, ohhhh, Mareike, dann komm ich gleich aber schon!«

»Das ist mir egal! Mach einfach weiter! Jaaa! Fick mich richtig durch!«

Ich bemerkte, wie ich kam, aber ich stieß weiter zu. Mareike bäumte sich auf und ich merkte, wie kurz sie vor dem Orgasmus stand. Da wollte ich auf keinen Fall aufhören. Ihr Stöhnen wurde noch lauter, bis sie dann kam und erschöpft zusammensackte. Ich konnte nicht genug bekommen, leckte ihre Knospen und massierte dabei ihren Kitzler.

»Sanfter!«, fuhr sie mich an.

»Ist es dir auf einmal zu hart?«, fragte ich.

Ich war total verwirrt. Man konnte es ihr anscheinend nicht recht machen.

»So ist es aber besser. Mhhmmm, hör jetzt nicht auf, mmhm, nicht aufhören, ja?«

Ich sah, wie sie ihren Körper wieder anspannte und wie sie wieder anfing zu stöhnen. Sie kam ein zweites Mal, nicht weniger heftig als vorher. Mareike küsste mich.

»Komm gleich wieder. Gehst du schon ins Bett? Ich komm gleich nach«, fragte sie.

Sie ging zur Tür und schaltete die Deckenleuchte an. Ich blinzelte und musste mich erst an das Licht gewöhnen. Mareike war schon verschwunden und ich wartete gespannt darauf, was jetzt passieren würde. Ihr herrischer Ton beim Sex passte mir gar nicht, aber fahren wollte ich auch nicht. Als sie wieder kam, sah sie kurz auf die Couch.

»Mist, da sind ja Blutflecken drauf. Na, egal!«

Sie kam ins Bett. Ich nahm sie in den Arm und streichelte sie, aber ihre Hand zog meine Hand wieder zwischen ihre Beine. Ich massierte langsam den Kitzler, was sie ziemlich wild machte. Sie fing wieder an zu stöhnen.

»Mhhmmm, weiter, ja mach weiter! Ohhh, wehe du hörst

auf! Mhmmhm ...«

Ich zog sie ganz fest an mich. Ihr Stöhnen erregte mich und ich presste meinen harten Schwanz in ihre Rille zwischen ihrem Po. Der Duft ihrer braunen Haare war betörend und ich beobachtete, wie sich die Spannung in ihrem Körper aufbaute und sie zum Orgasmus ritt. Sie zog meine Hand weg, als sie kam und japste nach Luft. Ich wollte meine Hand gerade um sie legen, da nahm Mareike sie und schob sie wieder unter den Slip.

»Noch einmal«, forderte sie und stöhnte dabei völlig außer Atem.

Mein Finger massierte wieder mit kreisenden Bewegungen den angeschwollenen Kitzler, der deutlich zu spüren war. Ich leckte Mareikes Hals und fuhr mit meiner Zungenspitze zu ihrem Hals hinauf.

»Ja, jaa, jaaa, mmhm«, stöhnte Mareike und ließ mich merken, wie sehr sie erregt war. Es dauerte nicht lange, als sie zum vierten Mal kam und erschöpft in meinen Armen versank. Rhythmisch presste ich mein Glied zwischen ihre Pobacken, um ihr zu zeigen, wie geil ich war.

»Okay, jetzt bist du dran«, entschied sie und leckte meine Brustwarzen, um danach unter der Decke zu verschwinden. Dann zog sie meinen Slip herunter, wichste meinen Schwanz noch ein bisschen härter und ließ ihre Zungenspitze über meine Eichel fahren.

»Entspann dich und genieße es«, flüsterte sie.

Und ob ich das tun würde. Sie nahm meinen Schwanz in den Mund und fing an, ihn zu verwöhnen. Ich konnte nicht mehr. Dieses Gefühl war so erregend.

»Mhmmm, Mareike, was machst du da bloß?«

Sie hörte nicht auf und ließ ihre Zungenspitze meine Eichel verwöhnen. Es schmerzte ein wenig.

"Mmmhhm, jaa, ohhh!"

Ich wollte schon schreien, sie sollte aufhören, aber ich konnte nicht! Es war zu geil, sie sollte lieber weitermache. Ich krallte mich an der Bettwäsche fest und verdrehte dabei die Augen. Das Gefühl der Unentschlossenheit zwischen Schmerz und Geilheit klang erst ein wenig ab, als sie eine Pause machte.

»Mach bitte weiter, biittteee!«, flehte ich nun.

»Ja, willst du das wirklich … ?«, fragte sie.

»Ja!«

Sie setzte wieder an und trieb mich damit fast zum Wahnsinn.

»Ohhh, mmmmhm, ich will, dass du mich gleich reitest! Bis zum Äußersten! Bis ich nicht mehr kann!«

Mareike kam wieder hoch.

»Okay, ich muss aber vorher noch ins Bad!«

Was hatte ich da gerade gesagt? Beim Sex wollte sie so hart es ging von mir genommen werden, jetzt hatte sie mich beim Blasen fast zum Wahnsinn getrieben und ich hatte ihr gerade erlaubt, dass sie mich bis zum Äußersten reiten durfte? Sie würde mich um den Verstand vögeln. Das würde doch dabei herauskommen, so wie sie drauf war.

Ich ging wieder zur Couch. Als Mareike wiederkam, hatte mein Schwanz schon die Geilheit verlassen.

Das war richtig bescheuert, dass sie immer ins Bad rennen musste. Wenn sie doch bloß nicht ihre Tage hätte!

»Ohhh, hat deine Manneskraft dich verlassen?«, fragte Mareike etwas neckisch.

»Aber das kriegen wir schon wieder hin!«

Sie begann meinen Schwanz hart zu wichsen. Erst langsam, dann immer schneller. Bis er wieder stand. Dann versuchte sie, ihn in ihre Lustgrotte zu versenken.

»Oh, man«, kam es von ihr. »Ich bin gar nicht mehr feucht!«

Ich spürte es, weil es total schwierig war, in sie einzudringen. Mareike legte sich auf die Seite und ich versuchte von oben in sie einzudringen. Ich massierte und fingerte sie ein bisschen, bis es wieder ging. Es schmerzte trotzdem beim Eindringen, aber es wurde mit jedem Stoß besser. Dieses Mal war ich vorsichtiger. Ihre süße Pussy ließ meinen Schwanz immer und immer wieder eindringen, bis Mareike noch einmal kam und sich erschöpft fallen ließ. Es hatte zwar länger gedauert, aber wir wechselten dennoch zufrieden von der Couch ins Bett, wo wir völlig erschöpft einschliefen. Früh morgens klingelte der Wecker und ich verließ völlig verschlafen das Haus.

»Mareike konnte ja weiterschlafen«, grummelte ich.

Als ich dann nach draußen kam, war ich hellwach. Es war sehr kalt und der neue Schnee war auf dem Auto gefroren. *Jetzt auch noch kratzen!*

Ich fluchte leise, blickte auf das Haus, in dem Mareike jetzt im warmen Bett lag. 40 Minuten später schloss ich meine Haustür auf und suchte den Weg ins Bett, um noch ein paar Stunden zu schlafen.

Ein paar Wochen später traf ich mich noch einmal mit Mareike. Eigentlich wollte ich kein zweites Treffen, weil ich ihre herrische Art nicht mochte. Ich hatte aber in den Wochen niemand neues kennengelernt und meine Geilheit überstieg genau den Punkt, an dem es mir egal war, dass Mareikes Art mich nervte. Ich wollte einfach wieder geilen, aufregenden Sex.

Tanja und Frank wollten an diesem Abend ebenfalls vorbei kommen. Mareike hatte ein Video ausgeliehen, das nebenbei lief. Wir unterhielten uns und kuschelten ein bisschen miteinander. Allmählich wurde die Sache eindeutig zweideutig. Ich begann, über dem Pulli ihre Brüste zu reiben und sie damit in Stimmung zu bringen. Ein paar Küsse am Hals und sie ließ einen kurzen Seufzer los.

»Don, ich weiß nicht, ob das so gut ist ... Tanja und Frank wollten doch gleich noch vorbeikommen!«

Ich tat, als hätte ich das nicht gehört und öffnete ihre Hose, um darin mit meiner Hand zu verschwinden und ihren Venushügel zu erkunden. In diesem Moment klingelte es natürlich an der Tür. Wir zogen uns schnell an und ich lief zur Tür, um sie zu öffnen.

Es waren Tanja und Frank.

»Gutes Timing ...«, grummelte ich.

»Haben wir euch gerade gestört?«, kicherte Tanja und wusste die Antwort schon.

»Sollen wir wieder fahren?«, fragte Frank.

»Nein, Quatsch. Kommt rein.«

Wir schauten zusammen zwei Videos, redeten noch ein wenig und kurze Zeit später verschwanden die Beiden wieder. Mareike und ich waren wieder alleine. Ich war eigentlich froh, dass sie endlich weg waren, denn ich war geil und konnte es kaum erwarten, mich Mareike wieder zu nähern. Ich wusste, dass es nicht großartig anders werden würde, als das erste Mal. Sie wollte einfach nur den puren Sex, das möglichst hart und ohne irgendwelches Streicheln und Küssen. Das war nicht meine Meinung von gutem Sex – aber besser Sex mit ihr als schlechten Sex.

Wir rissen uns die Sachen vom Leib und ich ließ meine Hand zwischen ihre Beine gleiten. Ich strich über das kurze Schamhaar und fingerte ihre Pussy. Es ging so leicht, dass ich ein paar Finger dazu nahm.

»Mhmm Mareike ... ich will dich gleich von hinten nehmen!«

»Oh ja bitte, das ist meine Lieblingsstellung«, ließ sie entzückt verlauten.

Sie schob meine Finger beiseite und drehte sich um, um mir ihren Po entgegen zu strecken. Ich drückte meine Faust langsam in ihre Pussy, ohne dass Mareike groß aufstöhnte.

»Fick mich jetzt endlich«, drängelte sie ungeduldig.

Ich genoss es jedoch gerade, sie zu fisten. Es war so ein geiles Gefühl, die ganze Hand in ihrer Pussy zu versenken.

»Ich will, dass du mich jetzt endlich nimmst!«

Ich zog meine Hand langsam aus ihrer weiten Lustgrotte und nahm meinen harten Schwanz in die Hand, um damit in sie einzudringen. Von hinten umfasste ich ihre großen Brüste, die ich rieb und massierte, während ich zustieß.

»Ich will es noch härter«, protestierte Mareike.

Ich zog meinen Ständer fast ganz aus ihrer Pussy, um wieder mit voller Wucht hineinzustoßen. Mareike versank langsam in ihrem Kissen und stöhnte leise. Ihre Hände griffen fest in die Ecken des Kissens, während ich immer wieder zustieß. Ihr Lusttropfen lief das Bein hinunter.

Mein Schwanz fing an zu spucken und ihr das warme Sperma in ihre Pussy zu spritzen.

»Ooooarrr, ich will noch mehr ... jetzt sofort«, jammerte Mareike.

»Du bekommst gleich noch mehr«, flüsterte ich.

»Nein, dann will ich auch nicht mehr, lass uns schlafen gehen!«

Sie schaute mich beleidigt an.

Ein wenig wie ein kleines Kind. Die Frau konnte man einfach nicht verstehen.

Ich schüttelte den Kopf. Mein Versuch, sie noch zu streicheln, ließ sie völlig unbeeindruckt. Wir gingen ins Bett und schliefen. Am nächsten Morgen weckte sie mich und flüsterte mir ins Ohr: »Guten Morgen, da gibt es noch etwas, das ich dir versprochen habe. Du kannst es jetzt kriegen! Jetzt oder gar nicht!«

Ich nickte. Klar wollte ich das. Mareike hatte mir versprochen, mich richtig heftig zu reiten, weil es bei unserem letzten Treffen nicht dazu gekommen war. Sie zog die Bettdecke beiseite und strich mir ihrer Hand über meinen Schwanz, der gar nicht anders konnte, als sich aufzurichten. Mareike umfasste ihn, um ihn hart zu wichsen. Danach setzte sie sich auf mich und ließ ihn in ihre Lustgrotte ein. Ihre Brüste wippten im Takt und sie lehnte sich ein wenig zurück. Ich genoss es und schloss die Augen. Das ganze Bett wackelte. Es war einfach geil, wie sie mit jedem Stoß meinen Schwanz in sich aufnahm und mich von Mal zu Mal geiler machte. Ich stöhnte immer lauter.

Lange hielt ich es nicht mehr aus. Dann war es soweit. Mein Sperma schoss tief in ihre Pussy und durch ihre Bewegungen, die meinen Ständer fast herausrutschen ließen, floss es nach unten und tropfte heraus. Mareike stieg von mir herunter und schaute mich an.

»Naaaaa, zufrieden?«, grinste sie frech.

Ich war auf jeden Fall zufrieden und sie hatte mich geschafft.

Lange hielt es nicht mit Mareike und mir. Wir waren einfach zu unterschiedlich und ich kam mit ihrer Art manchmal gar nicht klar. Der Kontakt riss ziemlich schnell ab. Ich
war gar nicht enttäuscht und versuchte mich abzulenken.
Das nächste aufregende Abenteuer war nicht weit entfernt.

Es ist wieder Ostern und Phebey ist bei mir zu Hause. An
diesem Abend habe ich etwas besonderes vor. Ich überrede
Phebey, dass sie ein Bad nehmen soll, während ich uns etwas zu Essen koche. Während die Nudeln schon kochen,
kümmere ich mich darum und dekoriere den Tisch. Ich
verteile im ganzen Zimmer sowohl Kerzen als auch Teelichter und zünde sie an. Insgesamt dürften es mindestens 50
sein. Auf dem Boden stelle ich die Teelichter zu einem
großen Herzen zusammen. Dann bereite ich einen Salat
und die Sauce zu. Eine Flasche Sekt und zwei Gläser stehen
bereits auf dem Tisch. Nachdem das Essen fertig ist, stelle
ich alles auf den Tisch. Das Licht schalte ich aus, es ist aber
durch die Kerzen so hell, dass man alles sehen kann. Ein
sehr stimmungsvolles Ambiente. Ich bin sehr gespannt, was
Phebey sagt, wenn sie in den Raum kommt. Den Verlo-
bungsring trage ich schon die ganze Zeit in meiner Hosentasche. Ich habe die letzten Monate seit Weihnachten darüber nachgedacht und weiß, dass ich nur noch mit Phebey

zusammensein will. Phebey hat mir schon mehrere Male gesagt, dass sie zu mir ziehen will und ich bin davon überzeugt, dass wir zusammen gehören.

Ich gehe zur Badezimmertür.

»Maus, das Essen ist fertig. Kommst du?«

»Ja, bin gleich da. Bin schon dabei mich anzuziehen«, ruft Phebey und ich mache mich auf den Weg zurück ins Wohnzimmer.

Die Aufregung steigt ins Unermessliche, weil Phebey mich warten lässt. Ich schaue mich noch einmal um, ob ich nichts vergessen habe. Jetzt könnte ich es noch ändern. Einige Minuten später höre ich die Tür und sehe, wie Phebey durch die Küche ins Wohnzimmer kommt. Ihre Augen weiten sich.

»Was ist denn hier los?«, fragt sie völlig überrascht.

Ich grinse. Sie kommt noch ein paar Schritte näher.

»Habe ich irgendwas vergessen? Ist heute etwas besonderes?«, fragt sie zaghaft in ihrer unglaublich süßen Art.

»Bis jetzt ist noch nichts besonderes ...«, sage ich und kann mir ein noch breiteres Grinsen nicht verkneifen.

Ich nehme ihre Hand und knie mich nieder.

»O Gott, o Gott o Gott ...«, stottert sie, weil sie ahnt, was ich vorhabe.

Ich muss mich zusammenreißen. Sie ist immer so süß, wenn sie überrascht wird. Ich kenne das nicht anders von ihr.

»Maus, wir sind jetzt über ein Jahr zusammen. Trotz der Entfernung bist du mir so ans Herz gewachsen, dass ich die Zeit am liebsten nur noch mit dir verbringen will. Ich liebe dich so sehr. Möchtest du mich heiraten?«

Phebey stehen die Tränen in den Augen.

»Ja! Ja, natürlich! Und jetzt komm hoch du verrückter Kerl und küss mich«, lächelt sie.

Ich stecke ihr den Ring an den Finger, nehme ihre beiden Hände und gebe ihr einen langen Kuss.

Phebey hält mich fest und lässt mich gar nicht mehr los. Ich spüre ihren Atem und Phebey drückt mir einen nicht enden wollenden Kuss auf die Lippen. Ich vernehme den Duft ihrer Haare und schiebe meine Hände auf ihren Po. Sie hat ja gesagt. Ja! Wir können jetzt ewig zusammen sein. Denn sie will nur mich und ich will nur sie.

»Damit habe ich ja jetzt gar nicht gerechnet«, sagt sie strahlend.

»Dann habe ich es ja einmal geschafft, dich zu überraschen«, scherze ich und halte sie fest.

»Das sieht unglaublich toll aus mit den ganzen Kerzen. Ich liebe dich, du Spinner!«

»Wir sollten aber trotzdem langsam etwas essen, sonst ist es gleich kalt.«

Wir können uns beim Essen die ganze Zeit nur anlächeln.

In dieser Nacht ist unser Sex besonders heiß, ich habe das Gefühl, dass Phebey mir besonders nah ist. Am nächsten Morgen kommt Phebey strahlend aus dem Badezimmer.

»Na, mein Verlobter. Hast du das Frühstück schon fertig?«, sagt sie und gibt mir einen kleinen Klaps auf den Po. Ich muss lächeln.

»Ja, mein Schatz«, antworte ich zufrieden und blicke auf den Ring an ihrem Finger. Die Tage darauf sind die schönsten unserer Beziehung. Wir scheinen jeden Moment noch mehr zu genießen als zuvor. Das war bereits zuvor intensiv, weil wir jedes Mal wissen, dass unsere Zeit immer nur kurz ist. Auch dieses Mal muss Phebey nach einer Woche wieder zurück.

Den Sommer verbringen wir wieder zusammen. In den ersten Tagen scheint noch alles normal zu sein. Aber dann fällt mir bei Kleinigkeiten auf, dass es nicht so unbeschwert ist wie im Vorjahr.

Wir sind auf dem Rückweg vom Strand und ich gebe Phebey einen Klaps auf den Allerwertesten. Früher hat sie das nie gestört. Heute kassiere ich einen bösen Blick.

»Lass doch mal meinen dicken Arsch«, grummelt sie.

»Dein Arsch ist doch nicht dick. Ich find den toll«, schwärme ich, immer noch fröhlich.

Das bringt Phebey auf die Palme.

»Ist er wohl und meine Beine auch.«

Ich halte meinen Mund und bin etwas schockiert. Nach ein paar Tagen habe ich das Gefühl, dass in diesem Sommer alles anders ist.

Wir streiten darum, was wir essen und wohin wir ausgehen. Vielleicht liegt es auch daran, dass sich ihre Eltern trennen werden. Der Vater hat bereits seine Sachen gepackt und wird in den nächsten Wochen in eine eigene Wohnung ziehen. Ich hoffe einfach nur, dass es eine Phase ist und vorbeigeht. Das erste Mal, seitdem ich mit Phebey zusammen bin, bin ich froh, als ich wieder alleine zu Hause bin. Ich mache mir Sorgen und habe Angst, dass ich mich vielleicht getäuscht habe. Was ist, wenn Phebey doch nicht die Richtige ist? Die Anzahl der Telefonate nach dem Sommerurlaub nehmen ab. Ich versuche für Phebey da zu sein. Das gelingt mir jedoch nicht. Sie ist mittlerweile mit ihrer Mutter umgezogen und wohnt direkt in der Stadt.

Phebey meldet sich in den Wochen darauf noch weniger bei mir. Manchmal kann ich kurz mit ihrer Mutter sprechen und versuche von ihr zu erfahren, warum Phebey so abweisend ist, jedoch ohne Erfolg.

Am 3. Oktober schaffe ich es endlich, sie telefonisch zu erreichen. Die Stimmung ist eisig.

»Schatz, ist alles okay?«, möchte ich wissen.

»Alles in Ordnung«, kommt es leise zurück.

Ich erzähle ihr von den letzten Wochen und möchte, dass die Stimmung lockerer wird.

»Ich freue mich schon auf den nächsten Sommer mit dir. Dann ist die Entfernung endlich Geschichte. Wir können uns dann immer sehen. Ist doch toll?«

Das Telefonat sollte endlich etwas fröhlicher werden, denke ich mir. Sie wird bestimmt froh sein, wenn sie diesen ganzen Stress mit der Schule nicht mehr hat. Und sie freut sich so darauf, zu mir zu ziehen.

Aber es kommt ganz anders. Mit meinem Anstoss zur guten Stimmung leite ich genau das Gegenteil ein.

»Ich werde nicht zu dir ziehen. Ich will hier bleiben und studieren. Ich glaube, meine Mutter schafft das nicht alleine.«

»Aber dein großer Bruder ist doch in der Stadt und ist jetzt wieder öfters zu Besuch.«

Der Kontakt zu ihm war früher fast abgebrochen.

»Ich will einfach hier bleiben. Punkt«, sagt sie trotzig.

»Das ist nicht dein Ernst? Du wolltest doch die ganze Zeit zu mir ...«

Ich bin fassungslos.

»Das kann ich doch immer noch. Nach dem Studium.«

»Du weißt, das sind drei Jahre Fernbeziehung«, werfe ich traurig ein und denke daran, wie selten ich sie dann sehen werde.

»Ich kann das nicht, ich muss hier bleiben.«

Du musst gar nichts, denke ich verärgert und kann ihren Standpunkt nicht verstehen.

»Warum denn? Warum?«, frage ich und werde etwas lauter.

Schweigen.

»Ich will nicht noch weitere drei Jahre Fernbeziehung. Das halte ich nicht aus.«

»Vielleicht komme ich ja schon eher, aber im Moment möchte ich einfach nur hier bleiben. Ich weiß nicht mal, ob ich hier überhaupt weg will.«

Jetzt spinnt sie total, oder was?

Mir laufen die Tränen über das Gesicht. Meine Wut schlägt in Traurigkeit um. Phebey bekommt das mit.

»Wenn du das nicht aushältst, ist es wohl besser, wenn wir uns trennen.«

Wie kommt sie jetzt auf den Gedanken? Waren wir nicht verlobt? Hat sie nicht ja zu uns gesagt?

»Ich möchte dich bei mir haben. Ich will nicht drei Jahre warten. Warum redest du denn jetzt davon, dass wir uns trennen?«

»Ist doch wohl das Beste, wenn du nicht damit klarkommst«, sagt sie kühl.

Wenn ich damit nicht klarkomme? Du kommst nicht klar, faucht mein Unterbewusstsein.

Ich beiße mir auf die Lippe.

»Ich will dich aber gar nicht verlieren, ich möchte nur endlich ganz mit dir zusammen sein ...«

»Es ist wohl besser, wenn wir das Telefonat beenden«, schneidet sie mich ab.

»Dann sollten wir wohl getrennte Wege gehen. Du möchtest ja anscheinend gar nicht zu mir ziehen«, werfe ich wütend ein und hoffe, dass sie dem widerspricht.

Sie MUSS einfach mitbekommen haben, dass ich weine. Sie wird unsere Beziehung nicht einfach beenden.

»Wenn du das meinst ...«, sagt Phebey gleichgültig.

Sie bricht das Telefonat ab und schockiert mich ein weiteres Mal. Ich sitze neben dem Telefon und kann es nicht fassen. Am nächsten Tag will ich noch einmal mit ihr sprechen, aber Phebey ist eingeschnappt. Ich lasse ein paar Tage vergehen, aber Phebey ändert ihre Meinung nicht. Für sie ist unsere Beziehung beendet.

Ich ziehe mich mehrere Wochen zurück und fange danach an, im Internet wieder mit anderen Frauen zu flirten. Seit der letzten Woche schreibe ich intensiver mit Sandra, die ich schon länger kenne. Sie schafft es mich zu trösten und ich habe das Gefühl, dass sie mich mag. Ihre freche Berliner Schnauze und das hübsche Aussehen haben es mir angetan. Als sie mir Fotos von ihrem makellosen Körper schickt, ist es um mich geschehen.

Wir verabredeten uns für das nächste Wochenende. Ich werde mit dem Zug zu ihr fahren. Sandra hat mir mittlerweile gesagt, dass sie mich mag. Mein Herz schlägt noch voller Trauer für Phebey, aber die reagiert schon seit Wochen nicht mehr. Zeit etwas neues zu beginnen ...

to be continued ...